KB111303

왜소 소설

歪笑小說

WAISHO SHOSETSU by Keigo Higashino

Copyright © 2012 Keigo Higashino
All rights reserved.
First published in Japan in 2012 by SHUEISHA Inc., Tokyo.
Korean translation rights in Korea arranged by SHUEISHA Inc., Tokyo
in care of Tuttle-Mori Agency, Inc., Tokyo through EntersKorea Co., Ltd., Seoul.

왜소 소설

초판 1쇄 펴낸 날 2021년 1월 5일
지은이 히가시노 게이고 **옮긴이** 이혁재 **펴낸이** 박설림 **펴낸곳** 도서출판 재인 **디자인** 오필민디자인
등록 2003. 7. 2. 제300-2003-119 **주소** 서울시 강남구 언주로 30길 13 대림아크로텔 1812호
전화 02-571-6858 **팩스** 02-571-6857

ISBN 978-89-90982-91-9 03830   Copyright © 재인, 2021 Printed in Korea.

왜소 소설
히가시노 게이고

이혁재 옮김

재인

차례

전설의 편집자

1

서적 출판부로 발령이 났을 때 아오야마는 뛸 듯이 기뻤다. 미스터리 소설책을 만드는 일이 그가 어릴 적부터 키워 온 꿈이었기 때문이다. 소설가가 되겠다고 마음먹은 적은 한 번도 없다. 재미있는 미스터리 소설을 발견하는 게 즐거웠고, 그렇게 발견한 책을 사람들에게 권하고 그 감상을 나누는 일이 무엇보다 기쁘게 느껴졌다.

그토록 동경하던 부서에 출근한 첫날, 두리번거리고 있는 아오야마에게 깡마른 남자가 다가와 "무슨 일이죠?" 하고 물었다.

아오야마가 자신을 소개하자 남자는 알겠다는 듯이 고개를 끄덕였다.

"자네가 아오야마군. 얘기는 들었네. 내가 자네를 담당할 거야. 잘 부탁하네."

그는 이름이 고사카이라고 했다. 친절해 보여서 아오
야마는 일단 안심했다. 잘 부탁드린다며 고개를 깊이 숙
였다.

"그럼 우선 편집장을 만나러 가지."

"아, 알겠습니다."

살짝 긴장이 되었다.

"편집장이라면…… 시시도리 씨 말씀이죠? 그 유명
한……."

그러자 고사카이가 걸음을 멈추고 뒤를 돌아봤다. 그
의 눈이 번쩍 빛난 것 같았다.

"그래, 전설의 편집자라고 불리는 인물이지."

"제가 듣기로는 엄청난 베스트셀러를 여러 권 내셨다
던데요."

고사카이가 고개를 저었다.

"여러 권이 아니야. 수백 권이지."

아오야마는 말문이 막혔다. 대체 어떤 사람일지, 두려
움이 앞섰다.

"너무 신경 쓰지 말게. 작가 이외의 사람들에게는 그저
평범한 인간일 뿐이니까."

고사카이가 히죽 웃으며 말했다.

고사카이가 아오야마를 데려간 곳은 흡연실이었다. 안으로 들어가니 짧은 머리에 안경을 쓴 남자가 혼자서 담배를 피우고 있었다. 체격이 커서 양복이 꼭 끼어 보였다.

"편집장님, 오늘부터 우리 부서에서 근무하게 된 아오야마 씨입니다."

아오야마가 잘 부탁드린다고 인사했다.

시시도리는 굵은 손가락 사이에 담배를 끼운 채 아오야마의 얼굴, 이라기보다 몸 전체를 훑어봤다.

"학생 시절에 운동 좀 했나?"

"운동…… 말씀입니까? 중학교 때 배구를 조금……, 금방 그만두긴 했지만요."

"배구라……."

시시도리가 유감스럽다는 듯한 표정을 지었다.

"구기에 능한가 보군. 그럼 골프는?"

"아, 골프요……."

"그래, 이거 말이야."

시시도리가 담배를 입에 문 채 골프채를 휘두르는 시늉을 했다.

"아니, 골프는……."

아오야마는 머리를 긁적거렸다.

"아직 못 해 봤습니다."

"그래? 그럼 오늘부터 특별 훈련에 들어가야겠군."

"특별 훈련요?"

"레슨비가 저렴한 연습장이 있어. 이봐, 고사카이, 이 친구를 그리 데려다줘. 지난번 그 프로한테 내가 연락해 둘 테니까. 아, 그리고 아오야마 자네는 되도록 빨리 골프 웨어랑 신발을 사도록. 골프채는 좀 낡긴 했지만 내가 쓰던 것을 줄 테니까 말이야."

"아니, 저, 그런데…… 제가 왜 골프를 해야 합니까?"

그러자 시시도리는 질문의 의미를 모르겠다는 듯이 눈을 껌뻑거렸다.

"왜라니, 자네는 오늘부터 우리 부서 소속 아닌가."

"그렇죠. 서적 출판부로 발령을 받았으니까요."

"그럼 골프를 해야지."

"네?"

"고사카이, 히라이즈미 선생 건을 아오야마에게 설명해 줘."

그 말을 마치고 시시도리는 휴대 전화를 받았다.

"네, 시시도리입니다. 아아, 선생님! 여전히 잘 지내시지요? 마침 선생님 목소리가 듣고 싶던 참입니다. ……

에이, 거짓말이라니요, 정말입니다. 이번 선생님 작품은 잘 읽었습니다. 제가 너무 감동해서 한동안 얼이 빠져 있었다니까요. ……무슨 말씀입니까. 저는 입에 발린 말이라고는 모르는 사람입니다. 정말이지 감동 그 자체였어요. ……네? 긴자에서 한잔요? 좋지요. 언제라도 연락 주십시오."

큰 소리로 통화하며 시시도리는 멀어져 갔다.

아오야마가 멍하니 서 있자니 고사카이가 주머니에서 종이 한 장을 꺼냈다.

"자, 이거."

"이게 뭡니까?"

"읽어 보면 알아."

아오야마가 종이를 건네받아 펼쳤다. 그걸 읽은 그는 눈을 동그랗게 떴다. 거기에는 다음과 같은 내용이 적혀 있었다.

'제21회 히라이즈미 소노스케 선생과 골프를 즐기는 모임의 공지 사항'

'히라이즈미 소노스케'라는 글자에 아오야마는 저도 모르게 위축되는 것을 느꼈다. 히라이즈미라면 대중 문학의 대가 아닌가.

"참가자 명단에 시시도리 편집장이랑 내 이름도 있지?"

"아, 그러네요! 선배님도 참가하시는군요. 잘 치고 오십시오."

그러자 고사카이가 얼굴을 찡그렸다.

"그게 말이지, 내가 허리를 좀 다쳤어. 그러니 자네가 내 대신 가야겠네."

"네, 제가요?"

"이번 주 금요일이야. 그럼 부탁하네."

"아니⋯⋯."

2

금요일 밤 아오야마는 기진맥진한 상태로 일단 회사에 돌아왔다. 무거운 골프 가방을 들고 편집부에 들어서니 고사카이가 컴퓨터 앞에 앉아 휴대 전화를 만지작거리고 있었다.

"오, 수고했어, 수고했어. 어땠어?"

아오야마는 무너지듯이 의자에 걸터앉았다.

"어땠겠습니까. 인생을 살면서 이렇게 만신창이가 된

적은 처음이에요. 공이 전혀 맞지 않는 데다 어쩌다 맞아도 앞으로 날아가지 않고……, 고생이 이만저만 아니었어요. 다시는 안 갈 겁니다."

"무슨 말을 하는 거야. 골프도 엄연히 편집자의 일이야. 아니, 어떤 의미에선 제일 중요한 임무라고 할 수 있지. 그런데 편집장은?"

"히라이즈미 선생님 일행이랑 긴자에 가셨습니다."

"그렇군. 자네랑 편집장이랑 히라이즈미 선생님이 한 조였지? 선생님은 기분이 어떻던가?"

"굉장히 좋으시던데요. 처음에는 별로였는데, 끝날 무렵에는 기분이 상당히 좋아 보였어요. 골프 스코어는 그리 좋은 편이 아니었지만요."

"스코어가 얼마였는데?"

"그러니까, 101이었던가……."

"편집장은?"

"102였어요. 히라이즈미 선생님께 한 타 차이로 졌다고 소리를 고래고래 지르면서 발을 구르더라고요."

그러자 고사카이가 손가락을 탁, 튕기며 아오야마를 가리켰다.

"바로 그거야."

"뭐가요?"

"사실 시시도리 편집장은 골프 실력이 프로급이야. 아무리 컨디션이 나빠도 100타를 넘기지 않는단 말이지."

"네? 그럼 오늘은 일부러 그렇게 치셨다는 말인가요?"

고사카이가 고개를 끄덕거렸다.

"당연하지. 골프를 잘 치는 것만으로는 작가 마음에 들수 없어. 오히려 스코어가 너무 좋으면 미움을 받을 우려가 있지. 그렇다고 너무 못 치면 재미가 없고 말이야. 작가들을 기분 좋게 하면서도 적당히 긴장감을 주는 정도의 플레이가 필요한 거야. 물론 작가마다 실력이 다르니까 상대방에 맞춰서 자기 스코어를 조절해야지. 물론 그게 어렵긴 한데, 편집장은 아주 절묘하게 맞추거든. 오늘자네는 자네 한 몸 챙기는 데만도 정신이 없었겠지만, 작가가 좋은 샷을 날리면 거기에 약간 못 미치는 정도의 샷을 하고, 작가가 실수했을 때는 그보다 약간 낮게 친다, 그게 바로 시시도리 편집장의 접대 골프야."

들고 보니 아오야마는 떠오르는 장면이 있었다. 작가 히라이즈미가 OB(Out of Bounds의 약자로, 골프공이 경기장을 벗어나는 일을 말한다 – 옮긴이)를 연발한 홀에서는 시시도리도 똑같이 OB를 냈다.

"그 정도야 편집장에게는 식은 죽 먹기지."

아오야마의 얘기에 고사카이는 팔짱을 끼며 말했다.

"한번은 공이 벙커에 빠지는 바람에 작가가 헤맨 적이 있었어. 그 모습을 본 시시도리가 어떻게 했을 것 같나? 이미 그린에 올라가 있던 자신의 공을 퍼터로 냅다 쳐서 벙커에 빠뜨렸어."

"뭐라고요?"

아오야마는 고개를 절레절레 저었다. 감탄하지 않을 수 없었다.

"시시도리에 따르면 편집자에게 필요한 덕목은 딱 세 가지라는 거야."

"그 세 가지가 뭔데요?"

"골프, 긴자, 아부."

고사카이가 손가락을 꼽으며 말했다.

"그 세 가지만 갖추면 나머지는 아무래도 좋다더군."

"아니, 하지만 소설을 보는 눈은 필요하지 않나요? 그게 없으면 좋은 작품을 발견하기 힘들잖아요."

그러자 고사카이는 '몰라도 한참 모르는군', 하는 얼굴로 쓴웃음을 지었다.

"어떤 작품이 좋은 작품이라고 생각하나?"

"그야 독자에게 감동을 주는 작품 아닐까요?"

"그래? 그럼 감동을 줄 수 있다면 안 팔려도 상관없다는 건가?"

"그건……."

"감동을 주지만 잘 안 팔리는 책과, 내용은 허접하지만 많이 팔리는 책, 둘 중 어느 쪽이 우리 출판사에 감사한 존재인지는 말하지 않아도 알겠지. 우리는 많이 팔리는 책을 만들어야 해. 그럼 어떤 책이 많이 팔릴까. 내용이 좋은 책이 잘 팔릴 수도 있어. 하지만 예측이 어렵지. 예측이 가능한 건 인기 작가의 책이야. 소위 베스트셀러 작가라고 불리는 사람들이 쓴 책은 어느 정도 팔릴지 예측할 수 있단 말이지."

"그야 당연한 일 아닌가요?"

"그래. 그러니까 다들 베스트셀러 작가의 원고를 탐내는 거야. 하지만 작가의 글쓰기 능력에는 한계가 있지. 출판사마다 골고루 작품을 나눠 주는 일은 불가능하단 말일세. 그래서 마음에 드는 편집자를 우선시하게 되는 거야. 인정에 이끌린다, 이 말이야. 이해하겠나?"

"그야 저도 모르는 바는 아니지만……."

즉, 하면서 고사카이가 집게손가락을 세워 들었다.

"잘 팔리는 작가의 마음을 얻은 편집자가 출판사에 도움이 되는 편집자인 셈이지."

"그건……,"

잠시 생각에 잠겼던 아오야마가 고개를 비스듬히 기울였다.

"그럴 수도 있겠지요."

"그럴 수도 있는 게 아니라 그런 거야. 시시도리 편집장은 그런 식으로 난공불락으로 불리는 작가들에게서 원고를 받아 낸 결과 지금의 지위를 구축하고 전설의 편집자라고 불리게 된 거고."

"그럼 이번 주말에는 원고 따위 제쳐 두고 골프 연습이나 할까요?"

농담으로 내뱉은 말인데, 고사카이가 진지한 표정으로 고개를 끄덕였다.

"바로 그거야. 열심히 연습해서 다음번 접대 골프에 대비하게. 내주 수요일에는 나쓰이 선생, 금요일에는 다마자와 선생이랑 골프를 쳐야 하니까."

"아니, 그렇게 주야장천 골프만……."

"그뿐이 아니야."

고사카이가 책상 서랍에서 A4 용지를 꺼냈다.

"가루타 선생에게서도 요청이 왔어. 참가자 명단에 자네 이름을 넣어 놨네. 다다음 주 토요일이야. '하프'니까 별로 힘들지는 않을 거야."

"하프요? 9홀만 도는 겁니까? 그렇게도 치는군요."

그러자 고사카이가 눈을 동그랗게 떴다.

"그게 무슨 소리야?"

"명색이 접대 골프인데 9홀만 치는 건 좀……."

그 말에 고사카이는 고개를 저었다.

"가루타 선생은 골프를 안 쳐. 골프가 아니라 마라톤 얘기야. 하프 마라톤에 참가한다는 거지."

"네에?"

아오야마가 몸을 뒤로 벌렁 젖혔다.

"참가하다니, 혹시 달린다는 말씀입니까, 제가요?"

"당연하지. 작가 중에는 골프를 치지 않고 마라톤이나 테니스가 취미인 경우도 있어. 아, 그리고 미스터리 작가 니시구치 선생 같은 경우는 스케이트보드가 취미니까 그것도 미리 연습해 두게."

"스, 스, 스케이트보드요?"

"그것도 대충 타고 노는 정도가 하프 파이프(스케이트 보드나 스노보드 등에서 점프나 회전 등의 기술을 구사할 수 있도

록, 파이프를 반으로 가른 모양으로 만든 사면 – 옮긴이)에서 공
중회전까지 한다니까 각오해야 할 거야. 보험도 들어 두
면 좋을 테고 말이지. 시시도리 편집장은 떨어지면서 머
리를 부딪쳐서 다섯 바늘이나 꿰맨 적이 있어. 하지만 그
덕분에 원고를 받아 내는 데 성공했지."

아오야마는 할 말을 잃었다. 그렇게까지 해야 한단 말
인가. 그런 그의 생각을 알아차린 듯 고사카이가 의미심
장한 미소를 지었다.

"어처구니없다는 표정이군. 하지만 작가의 취미에 호
응해 주는 정도의 일은 시작에 불과하네. 시시도리 편집장
을 잘 관찰해 보면 내 말이 무슨 뜻인지 알게 될 걸세."

3

시계를 보니 기다리는 열차가 거의 도착할 시간이었다.

아오야마 일행은 도쿄역 신칸센 승강장에 있었다. 도
호쿠 신칸센으로 여류 작가 하나가 도착하기로 되어 있
어 그녀를 맞이하러 나온 것이다.

그 작가란 하나부사 유리에다. 일본을 대표하는 미스

터리 작가로, 베스트셀러를 여러 편 쓴 바 있는 그녀는 지금도 여전히 높은 인기를 구가하고 있다. 문예지가 팔리지 않는 요즘으로선 출판사에 더없이 소중한 작가다.

센다이에 사는 하나부사 유리에는 도쿄에 오는 일이 드문데, 오늘은 어느 문학상 파티에 참석하려고 상경하는 것이다.

역에서 기다리는 사람들은 각 출판사의 하나부사 유리에 담당 편집자와 그 상사들이다. 규에이 출판사에서는 아오야마와 고사카이, 시시도리가 나왔다. 모두 합해 스무 명쯤 될까. 다들 검은색 양복 차림이지만 일반 회사원들과는 어딘가 모르게 분위기가 달랐다. 그래서인지 승강장에 있는 다른 사람들은 그들에게 가까이 가지 않았다.

왔다, 하고 누군가 외쳤다. 신칸센 특유의 열차가 다가오는 모습이 보였다. 하나부사 유리에가 몇 호 차에 탔는지는 다들 알고 있다. 편집자들이 일제히 승강구 쪽으로 다가갔다.

"이봐! 뭘 그렇게 꾸물거려. 좀 더 앞으로 나가라고."

뒤에서 고사카이가 아오야마에게 소리쳤다.

"네, 왜요?"

"뒤에서 미적대다가는 우리가 마중 나왔다는 사실을 선생님이 기억하지 못할 수도 있잖아. 그러니까 일단 눈도장을 찍으란 말이야!"

"아아, 그렇군요."

아오야마는 대답하면서 승강장 앞쪽으로 시선을 돌렸다.

"그래서 시시도리 편집장이 맨 앞에서 대기하는 거군요."

"편집장이 저기 서 있는 건 단순히 얼굴을 보이려는 게 아니야. 가방 쟁탈전에서 승리하려는 거지."

"가방 쟁탈전이라니요?"

"열차의 문이 열리는 순간 잽싸게 올라타서 하나부사 선생님 자리까지 달려간 다음 선생님의 짐을 받아 드는 거지. 그 승부에서 이긴 출판사는 어김없이 다음 연재를 쟁취하게 되거든."

"아니, 하지만 그런 짓을 했다가는 다른 승객들에게 불편을 끼칠 텐데요."

"상관없어. 다른 승객들은 베스트셀러 작가가 아니잖아."

고사카이가 차갑게 내뱉었다.

이윽고 열차가 승강장으로 들어왔다. 그리고 잠시 후 서서히 멈춰 선 열차의 문이 열렸다.

편집자 몇이 경쟁하듯 열차 안으로 뛰어드는 모습이 보였다. 열차에서 내리려던 할머니가 그들과 부딪혀 넘어졌지만 그들 중 누구도 할머니를 일으키려 하지 않았다.

열차에 올라타지 않은 편집자들은 부채꼴 모양으로 진을 친 채 하나부사 유리에를 기다렸다. 열차에서 내리던 승객들이 그들을 보고 흠칫흠칫 놀랐다.

마침내 분홍색 모자에 색이 옅은 선글라스를 쓰고 분홍색 투피스를 입은 하나부사 유리에가 나타났다.

"선생님, 오시느라고 고생하셨습니다."

누군가가 인사했다. 그 말이 신호탄이라도 되는 듯 일제히 "고생하셨습니다."를 외쳤다.

하지만 하나부사 유리에는 미소조차 짓지 않았다. 그러기는커녕 편집자들을 건너다보며 "대체 어떻게 된 일이에요?"라고 소리를 지르는 것이었다.

다들 영문을 몰라 어리둥절해하는데 느닷없이 검은 그림자 하나가 하나부사 유리에와 그녀를 마중 나온 사람들 사이로 뛰어들었다.

"죄송합니다."

그러고서 검은 그림자는 여류 작가 앞에 무릎을 꿇었다. 그는 다름 아닌 시시도리 편집장이었다. 그는 옆구리에 분홍색 가방을 끼고 있었다. 가방 쟁탈전에서 승리한 모양이었다.

"정말 죄송합니다."

시시도리가 재차 말했다.

"무슨 일이 있었는지는 모르겠지만, 무조건 이 시시도리의 책임입니다."

고사카이가 아오야마의 귀에 대고 "봤지?"라고 속삭였다.

"저게 시시도리 편집장의 비장의 기술인 슬라이딩 무릎 꿇기야."

"스, 슬라이딩요?"

"작가의 기분이 상했을 때 누구보다 먼저 무릎을 꿇는 기술이지. 왜 화가 났는지는 나중 문제야. 무조건 빌고 또 빌다 보면 길이 열린다는 것이 편집장의 생각이라네."

"맙소사."

아닌 게 아니라 시시도리는 이마를 바닥에 조아린 채 빌고 있었다. 그 모습을 본 하나부사 유리에가 난감한 표정을 지었다.

"이러지 마세요, 시시도리 씨. 당신 때문이 아니라니까요. 제가 화가 난 이유는 철도 회사 때문이에요."

"철도 회사요? 철도 회사가 선생님께 무슨 짓을 한 겁니까?"

"그게 그러니까……, 제가 심한 모욕을 당했지 뭐예요."

"그러면 안 되지!"

시시도리가 잽싸게 몸을 일으켰다.

"당장 항의합시다. 여러분, 역장실로 갑시다!"

그러고서 시시도리는 하나부사 유리에의 가방을 옆구리에 낀 채 성큼성큼 걸어갔다.

하는 수 없이 아오야마도 그를 뒤따라갔다. 도무지 한 치 앞을 예상하기 힘들었다.

"이것도 편집장의 장기 중 하나야."

고사카이가 옆에서 걸으며 말했다.

"작가의 분노가 자신들 때문이 아니라는 것이 판명되는 순간 작가와 한편이 되어 길길이 뛰는 거야. 심지어 작가 이상으로 화를 내면서 항의하지. 이유를 모르면서 저런 식으로 분노하는 것도 어떤 의미에서는 대단한 재능이야."

아오야마가 따라가면서 봐도 머리에서 김이 피어오를

듯한 기세로 화를 내는 시시도리의 행동은 전혀 연기 같
지 않았다.

역장실로 뛰어든 시시도리는 다짜고짜 승객을 뭐로
보느냐, 역무원 교육은 제대로 하느냐며 고래고래 소리
를 지른 후 하나부사 유리에에게 바통을 넘겼다. 그녀는
어느 승객이 엎지른 맥주가 자신의 발밑까지 흘러와서
불쾌했다는, 딱히 철도 회사의 잘못인지조차 애매한 얘
기를 했지만, 역장은 이미 시시도리의 기세에 압도당한
탓에 고개를 연신 꾸벅거리며 사과했다.

"편집장이 너무 몰아붙이니까 왠지 역장이 불쌍해 보
이네요."

역장실을 나오자 하나부사 유리에가 말했다.

"그렇게 화내실 것까지는 없었는데 말이죠."

"그렇습니까? 야, 역시 선생님은 마음이 넓으시군요. 오
늘 또 한 수 배웠습니다. 자, 그러면 선생님, 이쪽으로 가
시죠. 자동차를 대기해 놓았습니다. 자, 자, 이쪽으로요."

다른 사람에게 절대로 빼앗기지 않겠다는 듯이 하나
부사의 가방을 품에 꼭 안은 채 시시도리는 그녀를 안내
했다. 그 모습을 바라보던 아오야마는 고사카이의 말을
떠올리며 내심 탄복했다.

아오야마가 서적 출판부에 배속된 지도 한 달이 지났
다. 시시도리가 '전설의 편집자'라고 불리는 이유를 이제
는 알고도 남았다. 그런 식이라면 작가가 설령 좋아하지
않더라도 미움을 받는 일은 없을 듯했다. 모든 걸 희생하
면서까지 자신을 우선시하는 사람이 있다면 누군들 기
껍지 않겠는가.

게다가 시시도리는 무슨 일을 하든 간에 평범한 방식
을 택하지 않고 상대방에게 강한 인상을 남길 수 있도록
연출했다.

며칠 전에는 이런 일이 있었다. 지금은 타계하고 없는
어느 시대 소설 대가의 추도식이 열렸다. 그 작가의 작품
은 규에이 출판사에서도 출간한 적이 있었고 지금도 여
전히 중쇄를 거듭하고 있었다. 따라서 규에이 출판사로
서도 그 추도식은 중요한 이벤트였고, 사장을 비롯한 임
원들이 참석하게 되었다. 아오야마나 고사카이 같은 직
급이 낮은 직원들은 안내 요원으로 동원되었다.

스님의 독경이 끝난 뒤 참석자들은 작가의 미망인을
필두로 다 함께 묘지로 향했다. 그곳에서 사람들은 땀투

성이의 시시도리가 묘비를 닦고 있는 모습을 보았다.

규에이 출판사 사장이 시시도리에게 뭘 하는 거냐고 묻자 그는 황급히 묘비에서 물러서더니 미망인 앞으로 나아가 특유의 슬라이딩 무릎 꿇기를 선보이며 "죄송합니다."라고 말했다.

"여러분이 오시기 전에 청소를 마치고 돌아갈 작정이었는데 뜻밖에 시간이 많이 걸렸지 뭡니까. 서둘러 물러갈 테니 용서해 주십시오."

"아, 그랬군요. 고생 많으셨어요. 사과하실 필요는 없습니다. 고개를 드세요. 댁은 누구신가요?"

작가의 부인이 물었다.

"네, 규에이 출판사 서적 출판부의 시시도리라고 합니다."

"시시도리 씨라고요. 기억해 두겠습니다."

아, 네, 하며 시시도리는 다시 한 번 고개를 깊이 숙였다. 다른 이들은 모두 할 말을 잃은 듯 입을 딱 벌렸다. 사람들이 오기 전에 돌아갈 작정이었다는 말은 물론 거짓이었다.

무슨 일이건 뻔뻔스럽게 해내는 것이 시시도리의 대

단한 점이라고 아오야마는 생각했다. 보통 사람이라면 양심이나 수치심이 작용해 주저할 만한 일도 그는 망설이지 않고 행동으로 옮기고야 말았다. 다른 사람들이 손가락질을 하건 말건 개의치 않았다. 작가의 마음을 움직이면 승리하는 것이라고 그는 믿었다. 그리고 아마도 그런 신념은 틀리지 않았을 것이다.

"시시도리 편집장이 원고를 받아 내지 못한 작가도 있습니까?"

아오야마의 질문에 고사카이는 고개를 갸웃했다.

"글쎄……, 아마 없었을 거야. 그 사람은 냄새를 맡는 능력이 뛰어나서 작가와 만나 얘기를 나누다 보면 어떻게 해야 작가 마음에 들지 알게 된다더라고. 부러운 재능이지."

"그렇군요."

두 사람이 그런 대화를 나누고 있는데 시시도리 편집장이 그들을 불렀다.

"이봐, 거기 두 사람, 잠깐 이리 와 봐."

아오야마와 고사카이가 편집장 앞에 나란히 섰다. 시시도리가 입을 열었다.

"아카무라 선생 건은 어떻게 됐어? 아카무라 미치루 선생 말이야. 연재를 하겠대?"

"아니, 그게……."

고사카이가 머리를 긁적거렸다.

"어려울 것 같습니다."

"어렵다니, 왜?"

"실은 전임 편집장이 아카무라 씨를 화나게 한 일이 있었습니다. 그 일 이후로 우리 출판사에는 원고를 주지 않으십니다."

"뭐야, 그만한 이유로 포기한단 말이야? 편집장이 바뀌었다고 말하면 되잖아."

시시도리가 미간을 찌푸렸다.

"아카무라 선생은 이제 다섯 손가락 안에 드는 베스트셀러 작가야. 다음번 나오모토상 수상자로도 거론되고 있다고. 그런 사람의 원고를 받아 내지 못한대서야 말이 되겠어?"

"아……, 죄송합니다."

고사카이가 고개를 숙였다. 옆에 있던 아오야마도 그를 따라 했다.

"어쩔 수 없군. 그럼 내가 만나 보지. 약속 시간을 조율해 봐."

"아니요, 아마 그것도 불가능할 겁니다. 같이 일할 생각이 없는 출판사의 직원들과는 만나지 않겠다고 선언한 적이 있거든요."

"뭐야, 도대체 우릴 얼마나 싫어하면 그렇게까지 한다는 거야?"

"하여간 지금으로서는 뾰족한 방법이 없습니다."

흐음, 하고 시시도리가 신음했다.

"만나지도 못한다면 어쩔 도리가 없군. 그런데 정말 좋은 수가 없을까?"

"파티장에 가면 만날 수는 있을 겁니다. 이번 주 목요일에 신일본 미스터리 대상 축하 파티가 있습니다. 아카무라 선생은 심사 위원이니 틀림없이 참석할 겁니다."

"그래, 그거야. 그때 어떻게든 얘기를 붙여 봐야 해."

시시도리의 목소리에 굳은 각오가 담겨 있었다.

5

목요일 오후 6시 반. 아오야마 일행은 도쿄의 한 호텔 연회장에 있었다. 수상식이 끝나고 마침내 축하 파티가 시작되었다.

"편집장님, 찾았습니다. 아카무라 선생이 저쪽에 있습니다."

고사카이가 종종걸음으로 달려와 시시도리에게 보고했다.

"좋아. 가지."

시시도리는 남은 맥주를 단번에 들이켠 뒤 몸을 일으켰다.

아카무라 미치루 주위에는 여러 사람이 모여 있었다. 과연 인기 작가는 인기 작가다. 편집자들이 그에게 말을 붙여 보려고 줄지어 서 있다.

시시도리는 그 줄을 완전히 무시하고 사람들을 밀어헤치며 아카무라 미치루에게 다가갔다. 혀를 차며 투덜대는 소리가 들렸다.

"뭐야, 다들 줄을 서서 기다리는데 새치기를 하다니."

"어쩌겠어. 규에이 출판사 시시도리잖아. 늘 저런 식이지."

수군거리는 소리가 들릴 텐데도 시시도리는 일절 신경 쓰지 않고 굳세게 전진했다. 그리고 마침내 아카무라 미치루에게 다다랐다.

"네, 네, 실례 좀 합시다. 예, 죄송합니다. 아! 아카무라 선생님, 처음 뵙겠습니다. 저는 이런 사람입니다. 야아, 선생님 신작을 읽어 봤는데, 여전하시더군요. 저, 감동받았습니다. 마지막 장면의 반전에 놀라움을 금할 수 없었지요. 대단한 걸작이었습니다."

명함을 내밀며 시시도리가 정신없이 지껄여 댔다.

짧은 머리에 검은 피부가 어딘지 모르게 도마뱀을 연상시키는 아카무라 미치루는 명함에 흘끗 눈길을 준 후 노골적으로 흥미 없다는 표정을 지었다.

"아, 그래요? 고맙군요."

쌀쌀맞게 내뱉고서 그녀는 명함을 가방에 던져 넣더니 다른 편집자 쪽으로 돌아섰다. 시시도리가 그 편집자와 아카무라 미치루 사이로 재빨리 비집고 들어갔다.

"선생님, 수영을 잘하신다고 들었습니다만, 실은 저도 수영을 좀 합니다. 다음에 한번 저와 같이 수영을 하시면 어떨까요? 어디라도 좋습니다. 아니면, 수영장을 하나 통째로 빌릴까요?"

"됐어요. 저는 혼자 수영하는 걸 좋아합니다. 그보다, 자리를 좀 비켜 주시겠어요?"

"아아, 그럼 연극은 어떨까요? 연극 관람이 취미라고 들었는데요. 혹시 보시고 싶은 연극이 있는지요? 어떤 연극이건 표를 준비하겠습니다."

"거참, 귀찮게 구는군요. 연극도 혼자 보는 걸 좋아해
요. 제발 좀 비켜 주세요!"

아카무라 미치루의 호통에 시시도리는 하는 수 없이
물러났다.

저런, 하고 고사카이가 탄식했다.

"어쩔 도리가 없군요."

그러나 시시도리는 엷은 미소를 지어 보였다.

"아니, 꼭 그렇지만도 않아. 희망이 보이던걸."

"네에? 전혀 그래 보이지 않던데요."

"그래서 자네들은 안 된다는 거야. 다시 한 번 말을 붙
일 기회를 찾아봐."

그러자 고사카이는 잠깐 기다려 보라고 한 뒤 어딘가
로 사라졌다. 몇 분 뒤 돌아온 그의 손에는 종이 한 장이
들려 있었다.

"희소식입니다. 수상자들이 2차 모임을 가질 모양인데
아카무라 선생도 참석하는 듯합니다."

"그래? 자, 그럼 우리도 가야지."

시시도리가 주먹을 불끈 쥐었다.

그로부터 약 두 시간 뒤, 고사카이 일행은 2차 모임 장

소인 와인 바에 있었다. 사람이 어찌나 많은지 발 디딜 틈
조차 없었다. 아오야마와 고사카이는 카운터 끝자리나마
간신히 차지하고 앉았다. 그런데 어찌 된 영문인지 시시
도리는 아카무라 미치루와 한 테이블에 앉아 있었다.

실내가 왁자지껄 시끄러웠지만 시시도리의 목소리만
은 또렷이 들렸다.

"이야, 역시 아카무라 선생님은 의상으로 보나 액세서
리로 보나 취향이 고상하시군요. 어쩌면 그렇게 잘 어울
리는지요. 혹시 스타일리스트라도 있습니까? 아니, 없다
고요? 그럼 선생님이 직접 고르신단 말입니까? 정말 대
단하십니다. 그런 센스가 있어서 그렇게 훌륭한 소설을
쓰시는군요. 아니, 그게 아닌가……, 맞다! 선생님 스타
일이 워낙 좋으셔서 뭐든 잘 어울리는 거군요. 그래요,
분명 그럴 겁니다. 이제야 수수께끼가 풀렸습니다."

보통 사람이라면 낯간지러워서 입에 담기 힘든 말이
시시도리의 입에서는 술술 잘도 나왔다. 주위에 앉은 편
집자들이 쓴웃음을 지었지만 시시도리 본인은 전혀 개
의치 않는 듯했다.

그러나 그의 그런 분투도 좋은 결실을 얻지는 못했다.
아카무라 미치루는 여전히 쌀쌀맞은 표정인 데다가 시

시도리에게 눈길조차 주지 않았다.

이윽고 2차 모임도 막을 내리고 아카무라 미치루는 돌아갈 채비를 했다.

"선생님, 딱 한잔만 더 하면 어떻겠습니까. 선생님께서 소주를 좋아하신다는 얘기를 들었습니다. 전국의 소주를 한자리에 모아 놓은 술집이 있는데요, 한번 모시고 싶습니다."

시시도리가 아카무라 미치루를 붙들고 늘어졌다.

"됐습니다. 규에이 출판사에는 안 쓴다고 했잖아요. 거참, 끈질기시네."

아카무라 미치루가 눈썹을 찌푸렸다.

"그래도 괜찮습니다. 안 써 주셔도 괜찮아요. 그러니까 딱 한잔만 더……."

"에이, 귀찮아. 글쎄, 안 간다면 안 가는 줄 알아요!"

그렇게 내뱉고 아카무라 미치루는 술집을 나갔다.

"아니, 잠깐만요!"

시시도리가 허둥지둥 아카무라 미치루를 쫓아갔다. 아오야마 일행도 그 뒤를 따랐다.

밖으로 나가 보니 시시도리가 땅에 무릎을 꿇고 있었다.

"제발 부탁드립니다. 집에까지 모셔다드리게 해 주세

요. 제 평생의 소원입니다."

아카무라 미치루가 난감한 표정으로 시시도리를 내려다봤다.

"왜 이래요. 사람들이 보잖아요."

"그럼 모셔다드리게 해 주세요. 그렇지 않으면 계속 이러고 있겠습니다."

아카무라 미치루가 팔짱을 끼며 한숨을 내쉬었다.

"할 수 없군요. 그럼 딱 한 번이에요. 하지만 원고는 드리지 않을 겁니다."

"감사합니다."

시시도리가 벌떡 일어나더니 지나가던 택시를 불러세웠다. 그리고 아오야마 쪽을 보며 "선생님을 모셔다드리고 올 테니까 자네들은 평소에 마시던 집에서 기다리게."라고 했다.

고사카이와 아오야마는 "알겠습니다."라고 대답했다.

평소에 마시던 집이란 편집자들의 아지트 같은 술집이다. 아오야마와 고사카이는 그곳으로 가서 맥주를 마시며 시시도리를 기다렸다.

"정말 대단해. 그렇게 뿌리치는데 결국은 설득하고 말았잖아."

고사카이가 한숨을 쉬었다.

"편집장이 아카무라 선생에게 원고를 받아 낼 수 있을까요?"

"그건 좀 어렵다고 봐. 아까도 선생이 우리 출판사에는 글을 안 쓰겠다고 딱 잘라 말했잖아."

"그렇겠죠?"

아오야마도 한숨을 내쉬었다. 제아무리 전설의 편집자라도 불가능한 일은 있을 것이다.

그때였다. 쾅, 하고 기세 좋게 문이 열리더니 시시도리가 들어왔다. 그는 곧장 아오야마가 앉은 테이블로 와서 맥주를 주문했다.

"고생하셨습니다. 어떻게 됐습니까?"

고사카이가 대뜸 물었다.

"응, 내가 할 수 있는 일은 다 했어. 아마 잘될 거야."

네에? 하며 시시도리의 얼굴을 바라보던 아오야마가 눈을 화들짝 뜨며 소스라치게 놀라는 표정을 지었다. 시시도리의 뺨에 붉게 손자국이 나 있었던 것이다.

"펴, 편집장님, 그, 그거, 뭐예요?"

"어? 아아, 자국이 남았나 보군. 별일 아니니까 신경 쓰지 말게."

"아무리 그래도……."

그때 고사카이가 휴대 전화를 꺼냈다. 전화가 걸려 온 모양이었다. 발신자 표시를 본 그의 눈이 휘둥그레졌다.

"네, 고사카이입니다. ……아, 네. 오늘은 정말이지……, 네? 정말입니까? 아, 아니요, 알겠습니다. 그러면 편집장과 의논해서 날짜를 정하겠습니다. 네. 진심으로 감사드립니다."

전화를 끊은 고사카이가 넋이 나간 표정으로 시시도리를 봤다.

"아카무라 선생입니다. 연재를 할지 안 할지는 모르겠지만, 일단 이쪽 얘기를 들어 보겠답니다."

"옳거니, 내 예상대로야."

시시도리가 만족스러운 표정으로 맥주를 들이켰다.

"편집장님, 대체 아카무라 선생을 어떻게 공략하신 겁니까?"

고사카이가 물었다.

"별거 아냐. 내가 늘 말하던 대로 했을 뿐이지. 작가들의 마음을 얻는 요령은 그 작가가 평소에 뭘 바라고, 지금 뭘 하고 싶어 하는지 간파하는 거라고 했잖나. 아카무라 선생의 욕구를 충족시켜 줬지."

시시도리는 득의의 미소를 지었다.

6

"얼마나 놀랐는지……. 참으로 어처구니가 없더군요. 이 사람, 바보예요. 당신들은 이런 사람이 상사인데도 괜찮아요? 정말이지 딱하기 짝이 없네요. 내가 간부한테 얘기해서 편집장을 바꾸라고 할까요?"

"아이고, 선생님, 제발 봐주세요. 그날은 너무 취했었다니까요. 제발 용서해 주십시오."

시시도리가 그 커다란 덩치로 굽실굽실 조아렸다.

"아무리 취했다고 해도 그러는 건 좀 아니잖아요. 있죠, 고사카이 씨랑 아오야마 씨는 그렇게 생각하지 않으세요? 집 앞까지 바래다준 건 고맙지만, 느닷없이 프러포즈라니요. 한눈에 반했다면서 결혼해 달라는 거예요. 이게 말이 되나요?"

"아니, 그건 좀……."

고사카이가 머리를 긁적였다.

"나중에 듣고 저희도 놀랐습니다."

"그렇죠? 내가 놀리지 말라고 했더니 진짭니다, 진심입니다, 그러면서 키스하려고 하는 거예요. 미친 거 아니에요? 그래서 있는 힘을 다해 따귀를 때렸죠. 그랬더니 이 남자가 흑흑 울면서 사과하지 뭐예요. 무릎까지 꿇고요. 이렇게 바보 같은 사람은 처음 봐요."

"면목이 없습니다. 하지만 선생님, 제가 술에 취하긴 했어도, 한눈에 반했다는 말이 빈말이 아니라는 점은 믿어 주셨으면 합니다. 프러포즈도 진심이었습니다. 아니, 지금도 포기하지 않았습니다."

시시도리가 힘주어 말했다.

"제발 그만하세요. 내가 댁처럼 멍청한 남자랑 결혼할 거 같아요? 그러니까 이쯤 하고 저리 가시죠. 일에 관해서는 이 두 사람과 의논하겠어요."

"선생님, 그런 말씀 마시고, 저는 입 다물고 있을 테니 여기 있게 해 주세요."

"그럼 저만치 떨어져 계세요. 댁의 그 갑갑한 얼굴을 보고 있자면 저까지 숨이 막히는 것 같으니까요."

아카무라 미치루는 시시도리에게 계속 쏘아붙였다. 하지만 그 말투가 밝고, 기분도 좋아 보였다. 이어진 그녀와의 회의는 순조로웠고, 규에이 출판사는 그녀로부터 연재를 따 냈다.

회의 후 아카무라 미치루를 집까지 바래다주겠다는 시시도리와 헤어져 고사카이와 아오야마는 회사로 향했다. 지하철을 탄 두 사람은 동시에 한숨을 내쉬었다.

"역시 대단해."

고사카이가 말했다.

"그러게 말이에요."

아오야마도 맞장구를 쳤다.

"프러포즈라니. 그런 상황에서 어떻게 그런 생각이 났을까."

"편집장 말에 따르면 아카무라 선생과 얘기를 나누던 도중에 그런 생각이 번뜩 스쳤다고 하던걸요."

"하긴 아카무라 선생은 미혼일 뿐만 아니라 연애한다는 소문조차 전혀 없었거든. 그러니 프러포즈를 받은 적도 없을 테고, 남자를 걷어찬 적은 더더구나 없겠지."

"키스하려는 남자의 따귀를 때린 적도……."

"물론 없겠지."

그러고서 고사카이는 말을 계속했다.

"그런 일들을 한 번쯤은 해 보고 싶었을 아카무라 선생의 잠재적 욕망을 편집장이 눈치챈 거야. 세상에, 그래도 그렇지, 만일 실패했다면 이만저만 큰일이 아니었을 텐데 말이야."

"그렇겠죠."

아오야마는 시시도리가 프러포즈하는 광경을 상상해 보았다. 도대체 무슨 심경으로 프러포즈의 말을 읊었을까.

"저, 혹시 아카무라 선생이 프러포즈를 받아들였다면 편집장은 어쩔 작정이었을까요? 물론 절대 그럴 리 없었겠지만요."

"글쎄."

고사카이가 고개를 갸웃거리며 아오야마를 마주 봤다.

"그것도 괜찮다고 생각하지 않았을까?"

"네에? 결혼할 생각이었다는 말입니까?"

"편집장이 부인과 이혼하고 현재 독신이거든. 원고를 받을 수 있다면 그 정도는 하지 않았을까."

"에이, 설마요."

"그건 모르는 일이야. 전설의 편집자잖아."

아오야마는 생각에 잠겼다. 시시도리가 무릎을 꿇었던 모습을 떠올리며, 절대로 있을 수 없는 일은 아니라고 생각했다.

드라마는 나의 꿈

1

그 전화가 걸려 왔을 때 아타미 게이스케는 모형 총 카탈로그를 뒤적이던 참이었다. 지금 쓰고 있는 소설의 등장인물이 무슨 총을 사용하면 좋을지 알아보려는 것이다. 그는 소설에 단순히 총 이름을 사용하는 데 그치지 않고 총에 관한 해박한 지식까지 녹여 넣을 작정이었다. 그래야 마니아들이 좋아할 테고, 설사 마니아가 아니더라도 아타미 게이스케는 취재를 충실히 하는 작가라고 여길 거라는 계산이었다.

아타미는 팩스 겸용 전화기로 손을 뻗었다. 전업 작가가 되면 필요할 거 같아서 구입했지만 아직까지 팩스 기능을 이용한 적은 없다.

"네, 아타미입니다."

"아, 오랜만에 연락드립니다. 규에이 출판사 서적 출판부의 고사카이입니다."

"아아, 안녕하세요."

아타미의 목소리 톤이 조금 높아졌다.

고사카이는 아타미가 규에이 출판사 신인 작가상을 수상했을 때부터 그를 담당해 온 사람이다. 수상 당시에 그는 『소설 규에이』라는 소설 잡지의 편집부 소속이었다. 지금은 단행본을 출판하는 부서에 가 있다.

"지금 잠시 통화해도 괜찮을까요?"

"네, 무슨 일인가요?"

기대감이 피어올랐다. 아타미는 신인상 수상작 '격철의 포엠'이 수록된 단행본을 규에이 출판사에서 낸 바 있다. 그 책이 드디어 2쇄에 들어간다는 얘기가 아닐까.

"'격철의 포엠' 말인데요."

"네."

가슴이 두근거렸다. 역시 증쇄 얘기인가.

"영상화하고 싶다는 제안이 들어와서요."

"네에?"

"어떻게 할까요. 선생님께서 직접 연락하시겠습니까, 아니면……."

"자, 잠깐, 잠깐만요."

갑자기 목이 메었다. 헛기침을 한 번 했다. 체온이 급격히 상승하는 것이 느껴진다.

"그게 무슨 말씀입니까? 영상화라니요. 그러니까, '격철의 포엠'을 영상으로 만들고 싶다, 그런 얘긴가요?"

"그렇습니다."

"아아……."

아타미는 수화기를 움켜쥔 채 몸을 뒤로 젖혔다. 입가가 벌어지는 것을 참을 도리가 없었다.

"그게 사실입니까? 어디서 연락이 왔나요? 영화입니까, 텔레비전입니까?"

"텔레비전 드라마랍니다."

"드라마요? 연속 드라마요?"

"아니요, 두 시간짜리 단막극이랍니다."

"아아, 스페셜 드라마인 모양이군요."

아타미는 프로그램 개편 때 방영되는 스페셜 프로그램을 떠올렸다.

"주연은 누구랍니까?"

"아, 아직 거기까지는 결정되지 않은 것 같습니다."

"그래요……."

조금 실망스러웠다.

"그게 말입니다, 아타미 씨,"

고사카이가 사뭇 차분한 목소리로 말했다.

"제안을 프로덕션에서 했습니다. 그러니까 '격철의 포엠'을 드라마로 기획해서 방송국에 제안해도 좋을지 작가에게 타진하는 단계죠."

"아아, 그렇군요."

대답은 그렇게 했지만 아타미는 그게 무슨 뜻인지 정확히 몰랐다.

"어떻게 할까요. 제게 기획서가 왔는데, 일단 그걸 아타미 씨께 보내 드릴까요?"

"아, 네. 그럼 그렇게 해 주세요."

알겠습니다, 라며 고사카이가 전화를 끊었다.

수화기를 내려놓은 뒤 아타미는 한동안 꼼짝도 하지 않았다. 이 기쁨을 곱씹어 보려는 것이다.

영상화라. 내가 쓴 작품이, 데뷔작 '격철의 포엠'이 영상으로 만들어지다니. 유명한 배우들이 그 소설의 세계를 눈에 보이는 형태로 바꾸어 준다는 것이다. 그리고 그것이 텔레비전에 나온다. 전국에 방송된다.

텔레비전 화면에 드라마 타이틀이 표시되는 장면이 아타미의 뇌리에 떠올랐다. 배경은 대도시 야경이 좋다.

공중 촬영을 하는 거다. 그 장면을 배경으로 글자가 나타 난다. 스페셜 드라마, '격철의 포엠'. 그리고 그 밑에 '원작, 아타미 게이스케'라는 글자가 떠오른다.

와, 굉장한걸.

기대감으로 가슴이 쿵쿵거렸다. 영상화된 소설은 베 스트셀러에 등극하는 경우가 많다. 『격철의 포엠』은 초 판 4,000부에서 끝났지만 이번 일을 계기로 자신도 베스 트셀러 작가의 반열에 오르게 될지 모른다.

기쁨이 넘친 나머지 더는 가만히 있을 수 없었다.

"여보세요. 아, 엄마? 저예요, 게이스케. ……그럼요, 잘 있죠. …… 괜찮다니까요, 채소도 많이 먹고요. 그보다, 엄 청난 소식이 있어요. 실은 이번에 제 소설이 드라마로 만 들어진대요. ……맞아요, 텔레비전 드라마요. '격철의 포 엠'을 드라마로 만들고 싶다는 제안이 들어왔어요. 거짓 말이 아니에요, 출판사에서 연락이 왔어요. ……그렇죠? 엄청나죠? 사실은 저도 왜 그걸 드라마로 만드는지 의 아하더라고요. 아니, 얘기하다 말고 아버지는 왜 찾아요. ……아, 아버지? 네, 저는 잘 있어요. …… 맞아요, 텔레비 전요. 이제야 저도 주목받게 된 거죠. 아니요, 배우는 아 직 정해지지 않았어요. ……말해 봐야 아버지는 요즘 배우들 이름도 모르시잖아요. ……네, 그건 저도 알아요. 꼼꼼히 체크해야죠. 물론 원작을 해치지 않아야 하고요."

그 후로도 아타미는 친구 다섯에게 전화를 걸어 '격철의 포엠'이 영상화된다는 얘기를 했다.

2

맥주 맛이 끝내 줬다.

연거푸 두 잔을 들이켠 뒤 후, 하고 숨을 길게 토했다.

"그나저나 정말 대단하네."

미쓰모토가 아타미의 얼굴을 물끄러미 바라보며 고개를 갸웃거렸다.

"소설 신인상을 받고 작가로 데뷔하더니 이번에는 드라마까지……. 대체 얼마나 더 대단해질 작정이야?"

에이, 아니야, 하며 아타미가 손사래를 쳤다.

"별로 대단한 것도 아니야. 영화라면 모를까."

"무슨 소리야. 텔레비전도 대단하지."

이세가 말했다.

"드라마로 만들어지는 소설은 죄다 유명 작가의 작품

이던걸. 거기에 끼였으니 대단한 거야."

"그래, 맞아. 정말 대단해."

홍일점 미요코도 힘차게 고개를 끄덕거렸다.

그들은 아타미가 회사를 다니던 시절의 동료로, 오늘은 당시에 자주 다니던 술집에 모였다.

"사실 난 영화로 만들어지길 바랐어. 그 작품은 영화에 안성맞춤이거든."

아타미의 말에 세 사람은 또 고개를 끄덕였다.

"그래, '격철의 포엠'은 스케일이 크잖아."

미쓰모토가 말했다.

"뒤집어 말하면, 스케일이 너무 큰 건지도 몰라."

그 말에 아타미는 "맞아, 바로 그거야."라고 대뜸 맞장구를 쳤다.

"내 생각에도 스케일이 너무 커. 그러니 영화로 만들려면 예산이 엄청 많이 들잖아. 할리우드라면 또 몰라도, 아마 무리일 거야."

"그렇구나. 일본 영화사로서는 무리란 말이지."

미요코가 납득한 표정으로 아타미의 잔에 맥주를 따랐다.

"그럼 텔레비전은 돈이 많이 안 드나?"

"아마 그럴 거야. 그러니까 이번에는 어쩔 수 없어."

그러고서 아타미는 방금 미요코가 따라 준 맥주를 입으로 가져갔다.

"그럼 배우는 결정됐어?"

"아니, 아직. 이제부터 정하겠지."

"아, 그럼 그 사람이 어떨까? 기바야시 다쿠나리 말이야."

미요코의 눈이 반짝거렸다.

"뭐, 기바다쿠?"

이세가 얼굴을 찌푸렸다.

"기바다쿠는 무슨 역할을 맡아도 연기가 늘 똑같아. 나는 반대야."

"왜? 괜찮을 것 같은데."

"기바다쿠는 주인공만 하잖아."

아타미가 말했다.

"주인공 고지마 역할을 맡기에는 너무 젊지 않을까?"

"그건 그래. 고지마 역에는 다카이 리이치 정도가 좋을 것 같아."

미쓰모토의 의견에 미요코가 눈을 동그랗게 떴다.

"말도 안 돼. 너무 평범하잖아."

"그런가."

"그럼 여주인공은 누가 어울릴까?"

이세가 말했다.

"고지마가 헬리콥터로 사람을 구하는 장면이 있잖아. 그 장면에는 스타일이 상당히 좋은 여배우라야 어울릴 것 같은데."

"그건 그래. 아타미, 배우를 결정하는 데 네 입김도 작용하는 거야?"

"응, 그럴 거야. 내가 오케이를 해야 촬영할 수 있거든."

우와! 하고 세 명이 동시에 환호성을 올렸다.

"그럼 마쓰자키 라라코는 어떨까. 내가 그 배우의 열성 팬이거든."

미쓰모토가 두 손을 모으며 말했다.

"글쎄, 이미지가 안 어울리는 것 같은데."

"제발 부탁이야. 내가 이렇게 빌게. 그리고 만약 그녀가 캐스팅되면 촬영장에 나 좀 데려가 줘."

아아, 하고 미요코가 입을 크게 벌렸다.

"맞다! 그거 좋겠는걸. 있잖아, 아타미, 기바다쿠를 캐스팅해 줘. 내 평생의 소원이야."

"뭐야, 그게. 너 좋자고 기바다쿠를 출연시키란 말이야?"

"그게 뭐 어때서? 사람들이 그러더라, 친구가 유명한

작가가 됐는데 무슨 특혜가 없느냐고. 만일 기바다쿠를 만난다면 아마 일생을 두고 자랑할 수 있을 거야."

"그럼 나는 마쓰자키 라라코. 제발 부탁해."

미쓰모토는 무릎이라도 꿇을 기세다.

"나는 누구건 상관없어. 여배우랑 같이 있는 사진만 찍으면 돼."

이세까지 가세했다.

"구제 불능이다, 너희들."

아타미는 짐짓 탄식하는 시늉을 했다.

"정 그렇다면 생각해 볼게."

그러자 셋이서 더욱 크게 환호성을 올렸다.

"그런데 아타미, 너는 안 나와?"

미요코가 물었다.

"어, 나?"

"그래. 그런 경우도 간혹 있잖아. 원작자가 언뜻 모습을 비치는 거 말이야. 그거 한번 해 봐."

"맞아, 그거 괜찮을 거 같은데? 해 봐, 해 봐."

이세도 부추겼다.

"아니, 왜들 이래."

말은 그렇게 했지만 아타미는 싫지 않은 표정이었다.

"만약 출연해 달라는 제안이 들어오면 어떡할 거야?"

미쓰모토가 물었다.

"그렇다면야……."

세 사람이 기쁨에 찬 괴성을 질렀다. 술집 종업원이 달려와 목소리를 조금 낮춰 달라고 부탁했다.

미안해요, 미안해, 하고 이세가 종업원에게 사과했다.

"그런데 말이죠, 여기 이 남자가 우리 친군데, 작가예요. 이번에 이 친구 소설이 드라마로 만들어진다지 뭡니까. 주연이 기바다쿠에다 상대역은 마쓰자키 라라코예요. 어때요, 대단하지 않습니까?"

"네에?"

종업원이 눈을 동그랗게 떴다.

"대단하네요. 저, 나중에 사인 좀 해 주세요."

"아아, 그럽시다."

그러면서 아타미는 맥주잔을 기울였다. 더할 나위 없이 기분 좋은 밤이었다.

　고사카이에게서 전화가 온 지 이틀 후 아타미에게 기획서가 도착했다. 기획서가 오기를 고대하던 그는 그동안 외출도 하지 않은 채 안절부절못했다. 오늘까지 도착하지 않으면 고사카이에게 재촉 전화를 해 볼 참이었다.

　두근거리는 마음으로 그는 커다란 봉투에 든 기획서를 꺼냈다. A4 용지 몇 장이 스테이플러로 묶여 있었다. 표지에는 '장마철 미스터리 드라마 기획서'라고 적혀 있었다.

　표지를 넘기자 맨 위에 드라마 타이틀이 보였다. 그걸 본 아타미는 눈썹을 찌푸렸다. '유한마담 형사 기타시라카와 레이미의 사건 일지, 최후의 총성'이라고 되어 있었다.

　뭐야, 이거. 고사카이 녀석이 착각했구면, 하고 그는 생각했다. 다른 작가에게 가야 할 기획서가 잘못 왔네. 그렇다면 '격철의 포엠' 기획서도 다른 사람에게 갔을 가능성이 있었다.

　서둘러 규에이 출판사에 전화했다. 마침 고사카이가 자리에 있었다. 아타미는 그에게 기획서가 잘못 온 듯하다고 말했다.

"아니요, 그렇지 않을 겁니다. 기획서라고는 그것뿐인 걸요."

"하지만 아닌데요. 이건 전혀 다른······."

거기까지 말하고서 아타미는 입을 다물었다. 타이틀 밑에 기획 의도 같은 것이 적혀 있었는데, 거기에 원작이 '격철의 포엠'이라고 되어 있었던 것이다.

"네? 뭐라고 하셨습니까?"

고사카이가 전화 저편에서 물었다.

"······아니요, 됐습니다. 확인하고 다시 전화하죠."

그대로 그는 전화를 끊었다.

기획서를 다시 한 번 찬찬히 읽어 봤다. 거기에는 다음과 같은 내용이 적혀 있었다.

'장마철에는 우울해지기 쉬운 법이다. 추적추적 내리는 비를 보고 있노라면 누구나 화끈한 걸 찾게 된다. 하지만 현실은 어떤가. 거짓말, 모략, 배신······. 현대인은 그런 것들에 둘러싸인 채 살아간다. 마음속은 일 년 내내 장마인 셈. 그럴수록 복잡한 인간관계나 이해관계에서 벗어나 엔터테인먼트를 마음 편히 즐기고 싶어 하는 사람이 많다. 그래서 우리는 이번 기회에 단순하고 유쾌한 드라마를 제작해 보기로 했다. 원작은 '격철의 포엠'(원작 아타미 게이스케, 규에이 출판사 간행)으로, 본 드라마는 이 소설을 코미디풍으로 엮었다. 주인공 형사는 유한마담으로, 부유한 남편을 두었으며 취미로 수사 활동을 벌인다는 설정이다. 이런 설정을 통해, 원작에서는 다소 억지스럽다고 느껴지는 스토리 전개가 오히려 유머러스한 엔터테인먼트로서 빛을 발할 것이라고 확신한다.'

아타미는 가벼운 현기증을 느꼈다.

이게 무슨 짓인가. '격철의 포엠' 주인공은 고지마 이와오라는 형사다. 그는 항상 외로운 늑대처럼 사건을 찾아 어슬렁거리며, 명령에 따라 움직이기를 싫어하는 남자다. 그런 고지마가 혈혈단신으로 악의 무리에 맞서 싸운다는 것이 소설의 큰 흐름이다. 어느 모로 보나 엄연한 하드보일드로, 남자의 세계를 묘사한 작품이란 말이다. 그런데 '유한마담 형사'라니. 게다가 기획서에는 '아타미 게이스케'의 한자도 잘못 적혀 있었다.

아타미는 다음 페이지를 봤다. 드라마의 스토리가 씌어 있었다. 훑어보고 있자니 머리에 피가 쏠리는 느낌이었다. 갈기갈기 찢어 버리고 싶은 충동을 간신히 억눌렀다.

다시 고사카이에게 전화를 걸었다. 그리고 대체 어떻

게 된 일이냐고 다소 거친 말투로 물었다.

"무슨 말씀이신지요?"

고사카이가 태평스럽게 되물었다.

"원작과 전혀 다르잖아요. 제목이나 주인공도 다르고요. 이건 말도 안 됩니다."

"그렇게 많이 다른가요?"

"아니, 그럼 안 읽어 봤어요, 고사카이 씨?"

"네, 다른 일이 좀 바빠서요. 죄송합니다."

프로덕션에서 보내온 원고를 읽지도 않고 아타미에게 넘긴 모양이었다.

"그럼 지금 팩스로 보낼 테니까 한번 읽어 보세요. 알겠습니까?"

그러죠, 라고 고사카이가 뜨뜻미지근한 말투로 대답했다.

아타미는 기획서 묶음에서 스테이플러 꺾쇠를 빼낸 다음 고사카이의 사무실에 팩스로 보냈다. 오랜만에 팩스를 사용하는 터라 시간이 다소 걸렸다.

그로부터 30분 후 고사카이에게 다시 전화를 걸었다. 그리고 대뜸 "읽어 보셨어요?"라고 물었다.

"아, 이거 죄송합니다. 아직 못 읽었습니다. 급하신가요?"

그다지 미안한 것 같지 않은 말투였다.

아타미는 한층 거친 어조로 "그래요."라고 대답했다.

"그럼 읽어 보고 전화 드리겠습니다."

"네, 그렇게 해 주세요."

전화를 끊은 그는 컴퓨터 앞에 앉았다. 일을 하려고 했지만 화가 치밀어 좀처럼 집중할 수 없었다. 다시 기획서를 손에 들었다.

대강의 스토리가 나와 있고, 그 밑에 '출연진'이라는 항목이 있었다. 거기에는 '예정'이라는 단서가 붙어 있었다. 나열된 이름들을 본 아타미는 적이 실망했다. 하나같이 '스타'라는 말과는 거리가 먼 배우들이었다. 물론 기바야시 다쿠나리라든가 마쓰자키 라라코 같은 이름도 없었다.

고작 이런 배우들이나 캐스팅하다니. 저도 모르게 입에서 불평이 흘러나왔다.

바로 그때 고사카이에게서 전화가 왔다. 다 읽어 봤습니다만, 하고 고사카이가 말했다.

"어때요, 너무 심하죠?"

그러자 전화 저편에서 흠, 하고 뜸을 들이는 소리가 들렸다.

"주 시청자가 주부인 경우 종종 남자 주인공을 여성으로 바꾸기도 합니다. 그러면 당연히 제목도 바뀌어야 하고요."

"하지만 마담 형사는 너무한 거 아닙니까? 유한마담 형사라니……."

하하하, 하는 가벼운 웃음소리가 들려왔다.

"확실히 좀 웃기긴 하네요. 그런데 이거 깊이 생각한 끝에 나온 기획인 것 같습니다."

"어떤 점에서요? 남편이 부자여서 상사를 무시하고 제멋대로 수사한다는 설정이에요. 이게 말이 됩니까?"

"말이 안 되지요. 하지만 주인공이 상사를 무시하고 제멋대로 수사한다는 점에서는 원작과 다르지 않은 것 같은데요."

"네?"

"설정은 달라도 본질은 같다는 말씀입니다."

"아니요, 그렇지 않아요. 고지마는 그저 상부의 마뜩잖은 지시를 따르지 않는 한 마리 외로운 늑대로, 자신의 신념에 따라 행동하는 형사입니다."

고사카이가 또 흠, 하고 뜸을 들였다.

"제가 볼 때는 현재의 기획이 시청자에게 더 잘 먹힐 것 같은데요. 실제로 외로운 늑대라는 이유만으로 상사의 명령을 무시했다가는 그대로 모가지가 달아날 겁니다."

아타미는 말문이 막혔다. 반론할 말이 좀처럼 떠오르지 않았다.

"게다가 말이죠."

고사카이가 얘기를 계속했다.

"끝까지 읽어 봤는데, 원작에 상당히 충실하던데요. 이 정도로 원작을 소중히 여기는 드라마는 흔치 않습니다."

"뭐라고요? 도대체 어디가 원작에 충실하다는 겁니까? 기획서를 제대로 읽기는 했어요?"

"읽었다니까요. 그럼 어디가 원작과 다른지 말씀해 보세요."

"그거야……, 전부 다르지요. 예를 들어 기획서에 나오는 유한마담 형사만 봐도, 남편의 인맥과 돈을 이용하지 않습니까. 마피아를 매수해서 정보를 얻어 내거나, 무기상에게 군용 헬기를 사기도 해요. 그런 일이 가능하다면 불가능한 일이 뭐가 있겠어요. 원작에서는 주인공이 훨씬 고생을 많이 합니다."

이번에는 고사카이도 동의할 거라고 생각했지만 착각이었다. "과연 그럴까요?"라는 대답이 돌아왔던 것이다.

"아니면요?"

"원작을 보면 주인공이 예전에 체포했던 남자가 현재 마피아 단원으로, 그가 주인공의 남자다움에 감복한 나머지 수사에 협조한다는 설정이 있던데요, 그 역시 불가능한 일이라고 봅니다. 군용 헬기도 그렇습니다. 원작에는 미군의 헬기를 훔친다고 되어 있던데, 아무래도 무리가 아닐까요. 이런 말씀 드리기는 뭐하지만, 무슨 일이든 가능하다는 점에서 원작이나 드라마나 거기서 거기라고 생각합니다. 물론 무슨 일이든 가능하다는 점이 아타미 씨 소설의 매력이기는 하지요."

아타미는 또 말문이 막혔다. 고사카이가 지적한 점은 인터넷의 북 리뷰 등에서도 호되게 얻어맞았던 부분이다.

아무리 그러셔도, 하고 다시 말을 꺼냈다.

"이대로는 안 됩니다. 생각을 바꿔 달라고 프로덕션에 말씀해 주세요."

"그래요? 그럼 아타미 씨께서 이번 기획을 거절한다고 전해도 되겠습니까?"

"네? 거절하다니, 그게 무슨……."

"이런 기획은 받아들일 수 없다는 말씀 아닙니까?"

"그렇긴 하지만 반드시 거절하겠다는 뜻은 아닙니다."

"그럼 제가 어떻게 해야 할까요?"

"그러니까 그게……, 제 바람을 전해 주세요. 원작에 좀 더 충실해 달라고 말이죠. 주인공도 남자로 바꾸고요."

"아아……."

고사카이가 잠시 침묵하다가 다시 입을 열었다.

"그 말씀을 저쪽에 전달하는 건 어렵지 않습니다만, 그럴 경우 아마 이 기획은 없던 일로 될 겁니다."

그의 말에 아타미는 움찔했다.

"왜 그렇죠?"

"저쪽에서 굳이 이런 기획서를 만든 이유는, 이렇게 바꾸어야 드라마로 만들어질 수 있다고 판단했기 때문일 겁니다. 그런데 그게 불가능하다면 기획 자체를 없던 일로 할 게 분명해요."

일부러 냉철하게 말한다는 생각이 들 정도로 고사카이의 어조는 담담했다.

할 말을 잃은 아타미에게 고사카이가 다시 물었다.

"어떻게 할까요?"

일단, 하고 아타미가 대답했다.

"생각할 시간을 주세요."

그럼 대답을 기다리겠습니다, 라고 말한 뒤 고사카이는

단박에 전화를 끊었다.

아타미는 컴퓨터 앞에 앉아 생각에 잠겼다. 드라마를 포기하고 싶지는 않다. 하지만 그렇게까지 타협해야만 하는가.

문득 고개를 돌리자 수십 권이나 쌓여 있는 『격철의 포엠』이 눈에 들어왔다. 출판사가 보내온 것이 아니라 아타미 스스로 서점을 돌며 산 책이다. 출판사에서는 책이 출간되면 몇 군데 서점을 대상으로 판매 현황을 조사한다. 그걸 아는 아타미가 『격철의 포엠』이 잘 팔리는 것처럼 하려고 책을 샀던 것이다. 하지만 그런 노력에도 『격철의 포엠』은 1쇄를 넘기지 못했다.

만일 이 작품이 드라마로 만들어진다면 분명 화제가 될 것이다. 그렇게 되면 책이 많이 팔릴 거라고 기대할 수도 있다.

그런 생각을 하는데 전화벨이 울렸다. 발신자 표시에 본가 번호가 떴다. 아타미는 무거운 마음으로 수화기를 들었다. 엄마였다. 전화를 받자마자 엄마는 대뜸 드라마 얘기가 어떻게 되어 가느냐고 물었다.

"진행 중이야. 기획서를 받았어. ……아니, 그건 아직 몰라. ……뭐? 친척들한테 얘기했단 말이야? ……아니,

상관은 없지만……, 응? 하하, 다들 기바다쿠를 좋아하는 모양이지? …… 말을 해 보겠지만 기대하지는 말라고 전해 줘. 그럼 그만 끊을게. 지금 좀 바쁘거든. ……그래, 알았어요."

전화를 끊은 아타미는 고개를 푹 꺾었다. 부모님 얼굴이 떠올랐다. 드라마 제작이 취소되면 부모님은 친척들 얼굴을 볼 면목이 없어질 것이다. 미쓰모토나 이세, 미요코한테는 뭐라고 해야 하나.

그는 마음을 정했다. 그리고 수화기를 들었다.

"여보세요, 고사카이 씨? 저 아타미예요. 드라마 말인데요, 기획대로 진행하시지요. ……그래요, 오케이입니다. 저, 다만 한 가지 희망 사항이 있는데요……, 네, 네. 출연진 말입니다. 말씀드려도 될까요? ……네, 그건 저도 압니다. 꼭 제 희망대로 될 거라고 생각하지는 않습니다. 그래도 일단 말씀은 전해 주세요. ……그게 말이죠, 주인공은 마쓰자키 라라코가 좋을 것 같아요. 그리고 어떤 배역이든 좋으니 기바야시 다쿠나리를 출연시킬 수 없을까요? ……네, 기바다쿠요. ……그렇군요. 그럼 부탁드리겠습니다."

4

'격철의 포엠' 드라마 제작이 결정되었다고 프로덕션에서 연락이 왔을 때 고사카이는 내심 놀랐다. 정말이냐고 몇 번이나 확인했다.

프로덕션 관계자는 정말이라면서 되도록 빨리 정식 계약을 맺자고 했다.

"알겠습니다. 그럼 제게 계약서를 보내 주세요. 아타미 씨의 사인을 받아서 보내 드리겠습니다."

전화를 끊고 나서 고사카이는 자신도 모르게 고개를 갸웃거렸다.

별일도 다 있다고 생각했다. '격철의 포엠'이 드라마로 만들어지다니. 그따위 기획이 성사될 리 없다고 확신했는데. 원래 단막 드라마 기획은 신작 소설이 발표되면 '침 발라 두기'를 하는 데 지나지 않는 경우가 많다. 일단 확보해 두는 정도의 의미라는 뜻이다. 자신의 소설이 드라마로 제작될지 모른다는 얘기에 기뻐 날뛰다가 실현되지 않을 때마다 낙담하는 작가를 수없이 봐 왔다. 아마 이번 아타미 건도 마찬가지일 거라고 예상했다.

그런데 그 예상이 빗나가고 기획안은 통과되었다. 예산

관계로 당초 기획보다 스케일이 줄어들고 출연하는 배우들의 등급도 한 단계 낮아졌다고는 하지만 그건 어쩔 수 없는 일이다. 실현된다는 것만으로도 대단한 일이다.

고사카이는 아타미에게 전화를 걸었다. 작가의 기쁨에 찬 표정이 눈에 선했다.

전화가 연결되자 고사카이는 아타미에게 드라마 기획이 통과되었다는 소식을 전했다. 상대의 기쁨이 하늘을 찌르리라 기대했다.

그러나 아타미의 목소리에서는 기뻐하는 기색이 별로 느껴지지 않았다. 그가 맨 처음 꺼낸 말은 "주연이 누굽니까?"라는 질문이었다.

고사카이가 주연 여배우의 이름을 대자 아타미는 "에이……." 하며 노골적으로 실망한 티를 냈다. "그 여배우는 한물갔잖아요. 마쓰자키 라라코였으면 좋았을걸."

이 친구 제정신이야? 하고 고사카이는 생각했다. 그런 톱스타가 B급 단막 드라마에 왜 나오겠는가. 아타미의 희망 사항을 프로덕션 측에 전하겠다고 말하긴 했지만 그냥 둘러댄 소리였다. 마쓰자키 라라코라는 이름을 입밖에 냈다가는 망신을 당하고 말 터였다.

"마쓰자키 라라코는 스케줄이 맞지 않아서 어렵답니다."

"그래요? 그럼 기바야시 다쿠나리는요? 나온답니까?"

말이 되는 소리를 해야지. 그런 국민적 스타가 왜?

"아니요, 역시 어렵답니다. 그 사람은 주인공만 하잖아요."

아타미의 한숨 소리가 들렸다.

"역시 그렇군요. 그럴 줄 알았어요. 그러니까 주인공을 남자로 놔뒀으면 좋았잖아요."

그게 문제가 아니잖아, 라고 받아치고 싶었지만 간신히 참고 "그러게요. 이젠 어쩔 수 없죠, 뭐."라고 장단을 맞췄다.

"다시 한 번 말해 보면 어떨까요? 마쓰자키 라라코나 기바다쿠는 어렵더라도, 조금 더 잘나가는 배우들을 기용하면 좋겠는데요."

고사카이는 얼굴이 찡그러졌다. 정말 몰라서 이러는 거야?

"있잖습니까, 아타미 씨. 이런 기획은 통과되지 않는 경우가 다반사예요. 유사한 기획이 수십 건씩 올라오면 방송사가 그중에서 하나를 고르거든요. 대부분은 무산된단 말이죠. 그런데 아타미 씨 작품은 통과된 겁니다. 보통 행운이 아니에요. 자, 어때요. 캐스팅이 마음에 들지 않는

다며 거절할까요? 아직 정식 계약을 맺지 않았으니 불가능한 일은 아닙니다."

"아니요, 아닙니다."

아타미가 당황해하며 대답했다.

"거절하자는 건 아니에요. 그러니까 저……, 진행해도 괜찮다는 뜻입니다."

"그럼 프로덕션에서 계약서가 도착하는 대로 아타미 씨께 보내 드리겠습니다. 거기에 서명하신 후 반송해 주세요."

"알겠습니다. 그런데, 광고는 언제부터 하나요?"

"광고라니, 무슨 광고 말입니까?"

"물론 책 광고지요. 드라마 제작이 확정되었으니 여러 가지로 광고를 할 필요가 있을 것 같은데요. 예를 들어 책 띠지에 그 사실을 적어 넣는다든가 말이죠. 드라마 장면을 넣는 경우도 있는 것 같던데요."

"아아……."

마침내 짜증 섞인 목소리를 내고야 말았다.

아타미의 말이 틀린 건 아니었다. 드라마 제작이 결정되면 그 사실을 책 띠지에 인쇄해 넣는 경우가 많다. 주연 배우들의 사진을 싣기도 한다. 하지만 그건 시리즈물이나 특집 드라마일 경우지 단막 드라마 얘기는 아니다. 매번 그랬다가는 한이 없을 것이다.

하지만 딱 자르기도 뭐해서 검토해 보겠다고 대답했다.

"그리고, 기자 회견은 언제 하나요?"

"기자 회견요? 무슨 말씀이신지⋯⋯."

"제작 발표회 말입니다. 날짜가 결정되면 가르쳐 주세요."

고사카이는 한숨이 절로 나왔다. 이런 허접한 드라마 하나 제작한다고 기자 회견까지 하겠는가. 그런데 만일 기자 회견을 한다면 아타미는 그 자리에 나타나기라도 할 기세였다.

"그런 얘기가 나오면 알려 드리겠습니다."

"그럼 부탁합니다. 우선은 책 광고를 어떻게 할지부터 생각해 주세요. 이런 일은 타이밍이 중요하니까요."

"알겠습니다. 검토하겠습니다."

전화를 끊고 고사카이는 고개를 절레절레 저었다.

아타미는 근본적으로 착각하고 있다. 요즘은 드라마로 만들어졌다고 해서 책이 팔리는 시대가 아니다. 시리즈물이나 영화라면 조금은 움직이지만 기대만큼 나가지 않는 게 현실이다. 하물며 단막 드라마로는 독자의 반응을 전혀 이끌어 낼 수 없다고 해도 과언이 아니다. 아타미도 몇 번 경험하고 나면 알 것이다. 물론 시대에 뒤떨어진 그의 하드보일드 소설을 영상화하고 싶다는 프로덕션이 또 나타날지 의문이지만.

그런 생각에 빠져 있는데 전화가 울렸다. 고사카이는 지체 없이 수화기를 집어 들었다.

"네, 규에이 출판사 서적 출판부입니다."

"아, 여보세요. 거기서 아타미 게이스케 선생을 담당하시나요?"

남자 목소리다.

"네, 제가 담당자 고사카이입니다."

"네, 실례하겠습니다. 저는……."

남자가 신분을 밝혔다. 대형 기획사에 근무하는 사람이다.

"실은 '격철의 포엠'이라는 작품에 관해 알고 싶은 게 있어서요."

"네, 뭘 알고 싶으십니까?"

"그 작품의 영상물 저작권이 현재 어떤 상태입니까?"

"'격철의 포엠' 말씀입니까?"

"그렇습니다."

"아, 그건 이미 어느 제작사에서 가져갔습니다."

"아니, 그래요?"

상대가 노골적으로 실망스럽다는 반응을 나타냈다.

"방법이 없을까요. 계약이 이미 끝났습니까?"

"그렇습니다. 그 작품은 영상물 제작에 관한 사항이 이미 모두 결정됐습니다."

실은 아직 계약서를 쓰지 않았지만, 귀찮아질까 봐서 고사카이는 그렇게 대답했다.

"알겠습니다. 포기할 수밖에 없겠군요. 번거롭게 해 드려서 죄송합니다."

"아, 아닙니다."

전화를 끊고서 고사카이는 어깨를 으쓱했다.

별일이다. 그런 작품을 영상물로 제작하겠다는 사람이 또 나타나다니. 하지만 보나마나 제대로 된 기획이 아닐 것이다. 고사카이는 방금 받은 전화에 관해서는 잊기로 했다. 아타미에게 전할 마음도 없었다.

휴대 전화를 손에 쥔 채 남자는 한숨을 내쉬었다.

"뭐래?"

그의 뒤에서 누군가 물었다.

"포기하느니 어쩌느니 하던데 말이지."

남자가 돌아서서 고개를 저었다.

"한발 늦었나 봅니다. '격철의 포엠'이 이미 다른 곳에 팔렸답니다."

소파에서 뒹굴던 남자가 벌떡 일어났다.

"방법이 없대?"

"어려울 듯합니다. 이미 계약이 끝났다는데요."

그러자 소파에 있던 남자가 쿠션을 집어 던졌다.

"그러니까 서두르라고 했잖아! 꾸물거리더니만……."

"죄송합니다. 어느 곳과 계약됐는지 알아보고 주연을 맡을 수 있도록 교섭해 보겠습니다."

"바보 같은 소리 작작 해! 그런 꼴사나운 짓을 하기 싫어서 우리가 계약하려고 했던 거잖아!"

죄송합니다, 하며 남자가 고개를 숙였다.

"나 참, 어이가 없네. 나 말고 주인공을 맡을 사람이 누가 있다고. 나는 그런 작품을 기다려 왔단 말이야."

희대의 스타 기바야시 다쿠나리는 그러면서 혀를 찼다.

신출내기

1

오전 6시로 맞춰 둔 자명종이 울리기 전에 다다노 로쿠로는 알람 스위치를 껐다. 현재 시각 오전 5시 50분. 잠자리에 든 시간이 어젯밤 11시였으니 계산상으로는 일곱 시간 가까이 누워 있었던 셈이다. 하지만 그중에 실제로 잠들었던 시간은 한두 시간에 불과할 듯하다. 전혀 안 잔 듯이 느껴져도 실은 잠든 경우가 있다고 하니 두세 시간 정도는 잤을지도 모르겠다. 어쨌든 잠을 잤다는 느낌은 없었다. 몸을 일으키니 머리가 무거웠다.

식욕은 없지만 뭔가 먹을 필요가 있었다. 오늘 체력을 얼마나 소모하게 될지 모른다. 어젯밤에 사 둔 편의점 주먹밥을 페트병 녹차와 함께 위장에 흘려 넣었다.

그런 다음 욕실로 가서 이를 닦고 세수를 했다. 피로에 지친 남자가 거울 속에서 나를 바라본다. 요즘 계속해서 단편 소설을 쓰긴 하지만, 피로가 그것 때문은 아니다.

옷을 갈아입은 후 현관에 놓아둔 짐을 바라보았다. 준비는 어제 낮에 이미 다 해 두었다.

설마 이런 날이 올 줄이야.

커다란 골프백을 바라보며 로쿠로는 망연히 생각했다. 마침내 그날이 왔지만, 여전히 믿기지 않는다. 자신이 골프를 치게 되었다는 사실이.

"골프를 하세요, 가라카사 씨. 골프가 얼마나 재밌는데요. 작가분은 다들 하십니다. 작가란 모름지기 골프를 해야 해요. 반드시 해야 합니다."

그렇게 말한 사람은 규에이 출판사의 시시도리 편집장이다. 가라카사는 로쿠로의 필명이다. 가라카사 잔게. 반은 장난삼아서 지은 이름인데 그 이름으로 응모한 소설이 신인상을 수상하는 바람에 바꾸기 어려워졌다.

골프를 해야 하는 이유가 뭐냐고 묻는 로쿠로에게 시시도리는 이렇게 말했다.

"그거야 작가분들도 사교 생활을 해야 하니까요. 작가에겐 인간관계가 필요치 않다고 생각하실지 모르겠지만, 실상은 그렇지 않습니다. 예를 들어 비슷한 레벨의 작가가 둘이 있다고 해 보죠. 출판사에서 새로 소설을 연재하게 될 경우 아무래도 친한 작가에게 먼저 얘기를 건네지 않겠습니까? 인간관계란 그런 겁니다."

시시도리의 얘기는 어느 정도 설득력이 있었다. 듣고 보니 그럴 수도 있겠다 싶었다.

로쿠로가 작가로 데뷔한 지도 어느새 3년이 되었다. 신인상 수상작인 '허무승 탐정 조피'는 그런대로 팔렸지만, 그 이후에 나온 책들은 하나같이 초판에 그쳤다. 장편이나 단편 소설에 대해서는 이따금 의뢰가 오지만 연재소설을 의뢰받은 적은 한 번도 없었다. 로쿠로와 비슷한 시기에 데뷔하고 책 판매 면에서도 그와 별 차이가 없어 보이는 작가들이 연재소설을 쓰는 걸 보면 편집자와의 관계가 중요하긴 한가 보다는 생각이 든다.

"물론 그게 전부는 아니지요."

시시도리가 말을 이었다.

"편집자와의 관계도 중요하지만, 선배 작가들과의 교류도 그 이상으로 중요합니다. 그분들의 얘기를 들으면 도움 되는 일이 한두 가지가 아니에요. 소설 쓰는 기법뿐 아니라 이 세계에서 살아남기 위한 테크닉 같은 것도 가르쳐 주죠."

게다가, 하고 시시도리는 목소리를 낮췄다.

"선배 작가들 중에는 문학상 심사 위원을 맡는 분도 많습니다. 후보작 중에 자신이 평소에 아끼는 후배 작가의 작품이 들어 있다면 그쪽으로 기우는 게 인지상정 아니겠습니까."

그 말에 로쿠로는 다소 저항감을 느꼈다.

"그거 반칙 아닙니까?"

"아니, 꼭 그렇지만도 않습니다. 문학상 후보로 올라온 작품은 하나같이 뛰어난 작품이에요. 어느 작품이 수상하더라도 이상하지 않다, 이 말씀입니다. 결국 심사 위원의 취향이나 작가의 성장 가능성 따위를 고려할 수밖에 없습니다. 그럴 경우 전혀 모르는 작가의 작품보다는 잘 아는 작가의 작품을 자신 있게 추천할 수 있지 않겠습니까. 안 그런가요?"

듣고 보니 그런 것도 같았다.

"그렇죠? 그러니까 골프를 해야 한단 말입니다. 베테랑 작가들은 너나없이 골프를 치니까요. 아첨할 필요는 없지만, 친하게 지내서 손해 볼 것도 없어요."

흠, 그런가…….

석연치는 않았지만 그런 연유로 로쿠로는 골프를 시

작하게 되었다. 뭐든 운동을 하는 게 좋겠다는 생각도 있었다. 시시도리는 골프채를 골라 주는 것에 그치지 않고 연습장과 레슨 프로까지 알아봐 줬다.

시작하고 보니 확실히 재미있었다. 연습장에서 공을 치는 것만으로도 즐거웠다. 기분 전환에도 도움이 되었다.

그런데 그 몇 주 후 시시도리에게서 전화가 왔다. 규에이 출판사 주최 골프 대회에 나가지 않겠느냐는 것이었다.

"미쓰시마 선생이나 다마자와 선생 같은 베테랑 작가들도 참가합니다. 안면을 틀 수 있는 기회예요."

당황스러웠다. 로쿠로는 코스에 나간 적이 한 번도 없었다. 괜히 폐만 끼친다고 선배 작가들의 노여움을 사는 것 아닐까.

"괜찮아요, 괜찮습니다. 골프를 못 쳐서 선배들한테 미움을 산 작가는 없습니다. 오히려 다마자와 선생 같은 분은 젊은 시절부터 골프 실력이 프로급이었는데, 너는 소설은 안 쓰고 골프만 치냐고 선배들에게 좋지 않은 말을 듣곤 했죠. 그럼 오케이하신 걸로 알고 참가 신청을 해 두겠습니다."

일방적으로 통보한 뒤 로쿠로가 대답하기도 전에 시시도리는 전화를 끊었다.

그리고 오늘이 바로 그 골프 대회 날이다.

마음이 무겁고, 가고 싶지 않다는 생각도 들었지만 이제 와서 취소할 수는 없는 노릇이었다. 왜 그때 좀 더 단호하게 거절하지 못했는지 후회스럽기만 했다. 하지만 그래 봐야 무슨 소용이 있겠는가.

2

준비를 마치고 멍하니 기다리는데 인터폰이 울렸다. 받아 보니 규에이 출판사 고사카이란다. 그는 로쿠로 담당자이자 시시도리의 부하 직원이다.

아파트를 나서니 검은색 콜택시 한 대가 서 있고 그 옆에 운전기사와 고사카이가 있었다.

"안녕하십니까."

마른 체형의 고사카이가 정중히 고개를 숙였다. 골프 웨어 위에 재킷을 걸쳐 입었다.

네, 안녕하세요, 하고 로쿠로도 인사했다.

운전기사가 얼른 다가와서 콜택시 뒷문을 열었다. 로쿠로는 고개를 꾸벅거리며 뒷자리에 올라탔다. 콜택시를 타는 건 처음이었다. 골프채는 고사카이가 트렁크에 실어 주었다.

"자, 출발하시죠."

조수석에 올라탄 고사카이가 콜택시 기사에게 말했다. 그리고 로쿠로 쪽으로 몸을 비틀었다.

"시시도리 편집장님이 말씀드렸겠지만, 이길로 미쓰시마 선생님 댁에 들러 선생님을 모시고 가야 합니다."

"아, 네……."

동승자에 관해 듣는 순간 그는 마음이 무거워졌다. 하필이면 문단의 원로인 미쓰시마 에쓰오와 함께 타야 하다니. 로쿠로에게 그는 아버지뻘, 아니 그 이상의 연배다. 좁디좁은 차 안에서 대체 무슨 얘기를 나누면 좋단 말인가.

콜택시가 고급 주택가로 접어들더니 이윽고 어느 저택 앞에 멈춰 섰다. 그 집 문 앞을 본 로쿠로는 흠칫했다. 미쓰시마가 골프채와 가방을 바닥에 내려놓은 채 기다리고 있었다. 미쓰시마의 얼굴에 불쾌한 기색이 역력했다.

운전기사와 고사카이가 동시에 차에서 튀어 나갔다. 이번에도 운전기사가 뒷문을 열었고, 고사카이가 짐을 들려고 했다.

그런데 미쓰시마가 파리라도 쫓듯이 손을 내젓는 것
이었다.

"늦었어. 지금이 대체 몇 시야? 이제 떠나 봐야 제시간
에 못 맞출 걸세. 가 봐야 소용없다, 이 말이야."

탁한 목소리가 아침의 골목길에 메아리쳤다.

"아닙니다. 늦지 않을 겁니다. 일단 타시죠. 다른 분들
께 연락해 보겠습니다."

고사카이가 굽신굽신 고개를 조아리며 말했다.

"글쎄, 늦었다니까. 적어도 30분은 늦을 거야. 내가 그
골프장에 자주 가 봐서 잘 알아. 이 시간에 떠나서는 어
림도 없지. 정체에 걸리고 말걸."

"아닙니다. 어떻게든 맞춰 보겠습니다. 그러니 일단 차
에 타시죠. 부탁드립니다. 가라카사 씨도 안에 있습니다."

이름이 불리자 번뜩 정신이 들었다. 뒷자리 우측은 상
석이다. 로쿠로는 허둥지둥 차에서 내렸다.

조그만 체구의 미쓰시마가 그를 힐끗 쏘아보았다. 로
쿠로는 인사를 하고 나서 차를 두 손으로 가리키며 "타
십시오."라고 말했다.

미쓰시마는 흥, 콧방귀를 뀌더니 "가 봐야 소용없어."라

며 차에 올라탔다. 고사카이가 안도하는 표정을 지었다.

콜택시가 다시 출발했다. 그러나 그 누구도 입을 열지 않았다. 당연히 차 안 분위기가 무거웠다.

고사카이가 휴대 전화로 누군가와 통화를 시작했다. '이동 시간'이라든가 '콜택시 수배' 같은 단어들이 간간이 귀에 들어왔다.

고사카이가 전화를 끊자 미쓰시마가 그에게 "뭐래?"라고 물었다.

"역시 안 된다지?"

"간사가 시간을 잘못 계산한 것 같습니다."

고사카이의 대답에 미쓰시마가 혀를 찼다.

"내 그럴 줄 알았어."

"하지만 걱정하지 마십시오. 스타트 순서를 바꾸면 됩니다. 선생님을 맨 마지막 조로 돌리겠습니다."

"정말 괜찮겠어?"

"네, 제게 맡기십시오."

고사카이가 고개를 꾸벅했다.

하지만 그의 뒷모습에서 여유로움이 사라지기까지는 시간이 오래 걸리지 않았다. 길이 막히기 시작한 것이다.

"거봐, 내가 뭐랬어? 막힐 거라고 했잖아. 맡겨 달라더니, 대체 어떡할 거냔 말이야."

난감하네, 하고 로쿠로는 생각했다. 중요한 행사이니 시간 정도는 정확히 체크했어야 하는 거 아니냐고 한마디 하고 싶었다. 하지만 이 판국에 자신마저 불평을 했다가는 분위기가 더욱더 무거워질 터였다.

옆 자리에 앉은 미쓰시마의 얼굴을 힐끔 살폈다. 백발의 원로 작가는 부루퉁한 표정으로 차창 밖을 내다보고 있었다. 이런 상태로 몇 시간을 더 가야 한다고 생각하니 암담하기 짝이 없었다. 뭔가 분위기를 바꿀 방법이 없을까.

로쿠로는 자신이 먼저 미쓰시마에게 말을 걸어 보면 어떨까 생각했다. 하지만 도무지 무슨 말을 꺼내야 좋을지 알 수 없었다. 게다가 미쓰시마가 로쿠로를 어떻게 생각하는지도 알 길이 없다. 이런 애송이랑 한 차에 탄 것을 불쾌하게 여기고 있을지도 모른다.

미쓰시마 에쓰오라는 이름을 처음 접한 건 로쿠로가 아직 중학생일 때였다. 집에 있던 책장에서 그의 이름을 발견했다. 별로 두껍지 않은, 페이퍼백 소설 몇 권이 다른 책들 틈에 끼여 있었다.

책 표지에는 하나같이 일러스트가 그려져 있었다. 학생인 듯한 남녀의 모습이다. 그것도 요즘 학생이 아니고,

고색창연한 옛날 교복을 입은, 아무래도 쇼와 시대의 젊은이들 같았다.

엄마는 그 책들이 자신의 학창 시절 애독서이며 여태 소중하게 간직해 왔다고 했다.

궁금해서 그중 하나를 골라 읽어 보니, 소꿉친구였던 두 남녀가 서로에 대한 마음을 전하지 못한 채 만나기만 하면 다투곤 하다가, 고등학생이 되어 각자의 연애 고민을 하소연하던 중에 자신의 본심을 깨닫게 된다는 그렇고 그런 내용이었다. 다만 구성이 탄탄하고 나름 재미가 있었다. 엄마는 그런 종류의 소설을 '주니어 소설'이라 부르며, 당시에 인기가 대단했다고 했다. 지금으로 말하자면 '라이트 노벨'류라고 할 수 있을 것이다.

하지만 미쓰시마가 그런 소설을 썼던 건 수십 년 전이다. 지금은 묵직한 인간 드라마를 집필하는 것으로 알려져 있다. 도색 잡지 모델 출신 여배우가 자신의 지난날이 화제에 오르는 걸 꺼리는 것처럼 미쓰시마도 당시의 얘기를 화제 삼으면 싫어할지 모른다.

길은 계속 막혔다. 고속도로에 들어섰건만 달리는 건 고속이 아니었다. 시간은 자꾸만 흘러서, 골프 코스에 처음 가는 로쿠로조차 이래서는 제시간에 도저히 못 맞출 거라고 생각될 정도였다.

휴대 전화로 뭐라고 소곤거리던 고사카이가 겸연쩍은 표정으로 뒤를 돌아봤다.

"아아, 그러니까…… 도착하면 먼저 점심 식사를 하시는 게 좋을 것 같습니다."

"점심부터 먹으라고?"

미쓰시마가 미간을 찌푸렸다.

"네, 그리고 하프, 그러니까 9홀만 도시는 걸로……."

"9홀만? 이렇게 힘들게 가서 9홀만 치고 돌아오란 말이야?"

"죄송합니다. 시간이 도저히 안 돼서……."

고사카이가 땅에 이마가 닿을 듯이 고개를 수그렸다.

미쓰시마가 얼굴을 일그러뜨리더니 앞 좌석의 등받이를 팡팡 두드렸다.

"이봐, 차 세워. 내려야겠어."

"네에?"

고사카이가 울 듯한 표정으로 반문했다.

"선생님, 그건 좀……."

"뭐야, 할 말 있어? 이건 시간 낭비야. 나는 돌아가겠네. 내려 주면 혼자서 돌아갈 테야."

미쓰시마는 좀처럼 물러설 기미가 아니었다. 마침내 고사카이도 지친 표정으로 운전기사에게 "다음 출구에서 고속도로를 빠져나가시죠."라고 맥없이 말했다.

로쿠로는 저도 모르게 목을 움츠리고 있었다. 상황이 난감하게 되었다. 하지만 미쓰시마가 차에서 내리면 일단 이 숨 막히는 분위기에서는 해방된다. 안도감이 가슴에 스몄다.

그건 그런데, 이대로 말 한마디 나누지 않고 헤어지는 건 좀 찜찜하다는 생각이 한편으로 스쳤다. 미쓰시마와는 앞으로도 언제 어디서 엮일지 모른다. 저 녀석, 끝까지 나한테 한마디도 하지 않았어, 하고 앙심을 품으면 곤란하다. 어떻게든 좋은 인상을 남기고 싶었다.

마음을 굳힌 로쿠로는 "실은……," 하고 운을 뗐다.

"저희 어머니가 미쓰시마 선생님 팬이라서 선생님 작품을 많이 읽었다고 합니다."

말을 걸어오리라고 예상하지 못했는지 일순 미쓰시마의 눈이 동그래졌다. 하지만 이내 냉랭한 표정으로 돌아가 "아아, 그래?"라고 하더니 입을 다물었다.

그 대신 "아니, 그래요?"라고 놀랍다는 듯이 반응한 건 고사카이였다.

"어떤 작품이죠? 최근에 나온 미쓰시마 선생님 작품은 저희 출판사에서……."

"그만둬!"

미쓰시마가 야멸차게 내뱉었다.

"듣기 좋으라고 하는 소리잖아. 뭘 그렇게 진지하게 대꾸하고 그래."

"아니, 그게 아니고 정말로 어머니가……."

로쿠로가 변명하려고 했지만 미쓰시마는 귀찮다는 듯이 손을 내저었다.

"그럴 필요 없네. 내가 한두 번 겪은 게 아니야. 자신은 안 읽어 봤으니 가족이나 아는 사람이 팬이라면서 비위를 맞추려고 하지. 괜찮아. 자네 같은 젊은 친구가 내 작품을 모르는 건 당연해. 그런 식으로 아첨하는 게 오히려 불쾌하지."

로쿠로는 대꾸할 말을 찾을 수 없었다. 미쓰시마가 그것 보라는 듯이 창 쪽으로 시선을 돌렸다. 고사카이 역시 곤란한 표정을 지은 채 아무 말도 하지 못했다.

로쿠로는 애가 탔다. 무슨 말이든 해야 한다고 생각했다. 그리고 마침내 미쓰시마의 말이 전부 옳은 건 아니라는 사실을 깨달았다. 자신도 미쓰시마의 작품을 읽어 보왔다.

달과 대지의 일기, 그렇게 중얼거린 후 로쿠로는 미쓰시마를 바라봤다. 그러자 미쓰시마의 얼굴에 변화가 나타났다. 그가 어리둥절한 표정으로 로쿠로를 봤다.

"뭐라고?"

"그런 제목의 작품이 있었죠. '달과 대지의 일기' 말입니다. 아마 40~50년쯤 전의 작품이었죠."

"……그래서?"

"그 소설의 아이디어는……,"

로쿠로는 혀로 입술을 축이고 나서 말을 이었다.

"굉장히 흥미로웠습니다. 처음에는 남자아이와 여자아이의 일기만 번갈아 나옵니다. 그러다가 다른 사람과의 교환 일기가 섞여 들죠. 소설 전체가 일기로만 구성되어 있고 등장인물들의 생각은 독자만 알 수 있어서 스릴 만점이었어요."

"자네가 읽었단 말인가?"

"그 작품만 읽었습니다."

로쿠로는 솔직하게 말했다.

"하지만 저희 집 책장에는 선생님 책이 여러 권 있었습니다. 어머니가 학창 시절에 읽으셨다고 하더군요."

"아아……."

미쓰시마가 입술을 살짝 일그러뜨렸다.

"그래서 어머니가 팬이라고 한 거야? 주니어 소설 얘기군. 성인 소설이 아니고 말이야."

네, 하고 로쿠로는 고개를 끄덕였다. 역시 이 원로 작가의 심기를 건드린 것인가. 숨 막히는 침묵이 이어졌다. 고사카이는 앞만 바라보고 있었다.

"내가 말이지,"

미쓰시마가 무겁게 입을 열었다.

"주니어의 제왕이라고 불렸어."

"제왕이라고요?"

"그래. 당시는 주니어 소설의 황금기였어. 날개 돋친 듯이 책이 팔렸지. 작가들이 경쟁하듯이 소설을 썼어. 나쓰이나 하나모토까지 썼을 정도니까."

지금은 대가의 반열에 오른 작가들의 이름을 거침없이 불러 젖혔다.

"내 입으로 얘기하긴 좀 뭐한데 그중에서 내 소설이 단연코 많이 팔렸어. 자네 어머니가 몇 권이나 읽었는지는 모르겠지만, 젊은 여성이라면 대여섯 권 정도는 읽는 게 당연하게 여겨졌었지."

"그렇게 대단했어요?"

"암, 대단했고말고. 요즘 잘나가는 작가들에게 델 게 아니야. 출판계 전체를 나 혼자 먹여 살렸다고 해도 과언이 아닐세."

그렇게 큰소리를 친 뒤 "성인 대상 소설을 쓰고부터는 별로 안 팔리지만 말이야." 하고 미쓰시마는 자조적인 미소를 지었다.

"어머니는,"

로쿠로가 지난날을 회상하며 말했다.

"'밤하늘 캠퍼스'라는 작품이 재미있다고 하셨어요."

찡그렸던 미쓰시마의 표정이 조금 누그러졌다.

"SF에 도전한 작품 말이군. 꼴값을 떨었지. 부끄럽기 이를 데 없는 소설이야."

"그리고 '비밀의 교실'도 좋았다고 했습니다."

"'비밀의 교실'이라······."

미쓰시마가 고개를 갸웃거리더니 슬그머니 쓴웃음을 지었다.

"어떤 얘기였더라. 하도 많이 써서 기억이 안 나는군."

"그럼 어머니한테 물어보겠습니다."

"그래, 그래 주게. 어머니께 안부 전해 드리고."

그때 고사카이가 뒤를 돌아봤다.

"미쓰시마 선생님, 곧 출구인데요……."

미쓰시마가 잠시 생각하는 표정을 짓더니 고개를 살살 끄덕였다.

"됐어, 그냥 가. 가끔은 절반만 치는 것도 좋아."

"넷."

고사카이가 우렁차게 대답했다.

3

골프장에 도착했을 때는 이미 정오가 가까웠다. 라커룸에서 옷을 갈아입은 후 식당에서 점심을 먹고 있자니 오전 라운딩을 마친 그룹이 하나둘 들어왔다.

"어, 미쓰시마! 오느라고 힘들었지?"

빙글거리며 미쓰시마에게 말을 건넨 사람은 하드보일드 소설의 일인자 도야마 다쿠지였다. 뒤로 빗어 넘긴 백발이 멋들어진 작가다.

"아이고, 말도 마."

대꾸하는 미쓰시마의 얼굴은 어느새 밝아져 있었다.

그 후로도 로쿠로로서는 인사하기가 주저될 만큼 거물급인 작가들이 여럿 미쓰시마에게 말을 걸어왔다. 그들의 대표작을 나열하는 것만으로 엔터테인먼트 소설의 역사가 정리될 정도였다.

로쿠로가 앉아 있는 테이블로 고사카이가 다가왔다.

"가라카사 씨, 상의드릴 일이 있는데요."

"뭐죠?"

"실은 조 편성을 조금 변경해야 할 것 같아서요. 가라카사 씨는 미쓰시마 선생님과는 다른 조에서 플레이하시게 됐습니다."

"아, 그래요……."

이제 겨우 미쓰시마와 조금 격의가 없어졌다 싶던 참이어서 로쿠로는 못내 아쉬웠다.

"그럼 저는 누구랑 치나요?"

"네, 후카미 선생님이랑 다마자와 선생님과요. 그리고 저도요."

"네?"

로쿠로는 저도 모르게 몸을 뒤로 휙 젖혔다. 후카미 아키히코 선생은 여행지 미스터리 분야에서 한 시대를 풍미한 대가이고, 다마자와 요시마사는 경찰 소설 분야에서 베스트셀러를 쏟아 내고 있다.

"다른 조로 보내 주시면 안 될까요?"

"죄송합니다. 이미 결정된 일이라서요."

고사카이는 죄송하다며 손을 모은 뒤 총총히 가 버렸다.

식욕이 싹 사라졌다. 안 그래도 처음 하는 골프에 잔뜩 긴장되어 있는데 하필이면 그런 거물들과 함께해야 하다니······.

도망이라도 치고 싶은 심정이었다. 갑자기 컨디션이 나빠져서 돌아가겠다고 말할까 하고 진지하게 생각해 봤지만, 만에 하나 꾀병인 게 들통나면 망신이다 싶어 포기했다.

너무나 긴장한 나머지 소변도 나오지 않는데 화장실을 들락거렸다.

마침내 오후 라운드가 시작되었다. 고사카이를 따라 첫 홀로 가서 기다리자니 거물 작가 두 명이 어슬렁거리며 나타났다.

고사카이가 두 사람에게 로쿠로를 소개했다. 두 작가 모두 느긋하게 고개를 끄덕였을 뿐, 갓 데뷔한 젊은 친구에게는 관심이 없어 보였다.

속이 쓰려 올 정도로 긴장한 가운데 골프가 시작되었

다. 맨 먼저 후카미가, 그리고 이어서 다마자와가 티 샷을 했다. 두 번 다 보기 좋게 페어웨이로 공이 떨어졌다. 특히 다마자와의 공은 로쿠로의 눈이 휘둥그레질 만큼 멀리 날아갔다.

"이봐, 좀 살살 치지 그래."

후카미가 투덜거리자 다마자와는 "살살 친다는 게 그만……" 하며 히죽거렸다.

고사카이에 이어 로쿠로의 순서가 되었다. 처음 하는 골프의 역사적인 첫 티 샷이지만 감격에 젖어 있을 여유 따위는 없었다. 티를 땅에 꽂고 공을 얹으려 했지만 손이 떨려서 마음대로 되지 않았다.

간신히 티 위에 공을 올려놓고 골프채를 들었다. 머릿속이 새하얬다. 그대로 골프채를 번쩍 들어 공을 내리쳤다. 획, 하고 공기를 가르는 소리가 났다. 하지만 손에는 아무 느낌이 없었다. 공이 티 위에 그대로 있었다.

온몸에서 식은땀이 뿜어져 나왔다. 선배 작가들을 돌아볼 용기도 나지 않았다. 고사카이가 뭐라고 하는 것 같았지만 알아들을 수 없었다. 머릿속이 멍할 뿐이었다.

어떻게든 쳐야 해, 쳐서 날려야 해.

로쿠로는 서둘러 자세를 가다듬고 힘껏 공을 쳤다. 이

번에는 채에 공이 맞은 것 같았다. 하지만 공이 어디로 날아갔는지 알 수 없었다.

"OB(Out of Bounds. 골프공이 경기장을 벗어나는 일 – 옮긴이)입니다."

여자 캐디의 냉랭한 목소리가 들려왔다.

피가 머리끝까지 치솟는 것 같았다. 다시 주머니에서 공을 꺼내 티 위에 얹었다. 자세도 잡는 둥 마는 둥 하고 정신없이 채를 휘둘렀다.

틱, 하는 소리가 나더니 2미터 앞에 공이 떨어졌다.

4

결국 첫 홀을 마칠 때까지 로쿠로는 13타를 쳤다. 몸은 이미 녹초가 되어 있었다.

다음 홀로 향하던 그는 앞쪽을 힐끔 봤다. 후카미와 다마자와는 아무 일도 없었다는 듯이 담소하고 있었다. 신출내기 젊은 작가 따위는 안중에도 없는 듯했다. 로쿠로는 가슴을 쓸어내렸지만 한편으로는 조금 비참하기도 했다.

그 뒤로도 로쿠로는 악전고투를 거듭했다. 치고, 달리
고를 거듭했고, 그린에서는 자기 자신이 미워질 정도로
홀 주변을 오락가락했다. 일단 점수를 적으면서 시작했
지만, 어느 순간부터 점수 따위는 될 대로 되라는 심정이
되었다.

두 선배 작가의 골프는 안정되어 있었다. 후카미는 비
거리가 길지는 않았지만 실수가 없어서 점수가 무너지
지 않았다. 다마자와는 일단 비거리가 어마어마하고 어
프로치와 퍼팅도 잘했다. 프로 뺨친다는 소문이 거짓은
아닌 듯했다.

홀을 거듭하면서 로쿠로의 기분도 조금은 차분해졌
다. 그러자 선배 작가들의 대화가 귀에 들어왔다. 그들은
소설에 관한 얘기는 거의 하지 않았다. 그렇다고 골프 얘
기만 하는 것도 아니었다. 주식, 마작, 시가, 낚시 등 실로
다양한 화제가 오르내렸다. 쉬지 않고 계속되는 그들의
대화는 적당히 지적이고 적당히 격조가 있고 적당히 저
질이었다.

그 모습을 바라보며 로쿠로가 품은 감상은 '멋지네!'
였다. 골프채를 휘두르면서 동료 작가와 대화를 즐긴
다……, 일류의 증표라는 생각이 들었다.

그리고 그 순간 로쿠로는 문득 깨달았다. 자신은 이런 곳에 있을 만한 사람이 못 된다는 사실을. 이렇다 할 대표작도 없는 자신이 작가랍시고 대선배들과 한 골프장에서 골프를 하다니 가당치도 않다. 그런데 시시도리는 왜 나를 이런 곳으로 불러냈을까.

오늘 대회가 끝나면 당분간 골프는 하지 말자. 로쿠로는 마음속으로 결심했다.

그러고 나서는 담담히 공을 치는 데만 정신을 집중했다. 쓸데없는 생각은 일절 하지 않았다. 그러자 신기하게도 점수가 좋아지기 시작했다. 물론 초보자 수준에서 그렇다는 말이지만.

마침내 대회가 끝났다. 피로에 지쳐 클럽하우스로 가는데 누군가 옆에 와서 나란히 걸었다. 돌아보니 다마자와다. 그가 로쿠로에게 "수고했네."라고 말을 걸었다.

"아…… 수고 많으셨습니다."

다마자와하고는 각 홀이 끝난 후 점수를 보고할 때 외에는 거의 말을 섞지 않았다.

"많이 지쳐 보이는군."

"힘들었습니다. 골프는 어려워요."

하하하. 다마자와가 즐겁다는 듯이 웃었다.

"처음엔 누구나 그렇다네. 나 역시 그 시절엔 육상 선수처럼 뛰어다녔지."

"네? 정말입니까?"

"자네 오늘 미쓰시마 선생이랑 한 차로 왔지? 그럼 돌아갈 때 한번 확인해 봐도 좋아. 초보 시절에 미쓰시마 선생이랑 골프를 친 적이 있는데, 나더러 이봐, 애송이, 공은 똑바로 날리지 못하는 주제에 여자를 꼬실 때는 직진이란 말이야, 하고 놀림을 받았지 뭔가."

"아……."

"하지만 말이야,"

다마자와가 로쿠로의 팔뚝을 팔꿈치로 쿡 찔렀다.

"힘든 이유가 골프 때문만은 아니지? 성가신 영감들한테 둘러싸여 있으려니 마음이 무거웠을 거야."

"아닙니다, 그런 게……."

"괜찮네, 솔직하게 말해도. 그렇게 느끼는 게 당연해. 어찌나 으스대는지 속이 거북했지?"

"그렇지 않습니다. 두 분을 보면서 부러운 마음이 들었습니다. 인기 작가가 여유롭게 골프를 즐기는 모습이 어찌나 멋지던지요. 하루빨리 저도 그렇게 되고 싶다고 생각했습니다."

그러자 다마자와가 쓴웃음을 지으며 콧등을 찡그렸다.

"비행기 태우지 말게. 젊으니까 좀 더 뻗대도 좋아. 나이든 선배 작가가 위세를 떨면 치받기도 하고 말이야. 시시도리 편집장도 그러라고 자넬 불렀을 거야. 조노구치 대표로 말이야."

"조노구치 대표요?"

다마자와가 쿡쿡 웃으며 고개를 끄덕였다.

"스모에서 서열 최하위 선수를 일컫는 조노구치는 시합이 열려도 관객을 끌어모으지 못하니 당연히 보수도 많지 않지. 그래도 조노구치가 스모를 계속할 수 있는 건 손님을 불러 모으는 인기 스모꾼들이 있기 때문이야. 그런 인기 스모꾼의 대표가 요코즈나와 오제키 계급이지. 그들이 있기 때문에 다른 하위 선수들도 먹고사는 거야. 조노구치도 마찬가지고. 그렇지만 영원히 군림하는 스모꾼은 없어. 요코즈나나 오제키가 은퇴하면 그 아래 서열의 누군가가 그 자리를 메꿔야 하네. 그런 식으로 스모는 면면히 전통을 이어 온 거야. 그리고 그런 구도는 우리 세계도 마찬가지일세."

"우리 세계란……."

"작가의 세계지."

다마자와가 말했다.

"자네는 초판을 몇 부나 찍나?"

느닷없는 질문에 로쿠로는 당황했다. 어물쩍 넘어갈 여유가 없었다. 8,000부 정도라고 솔직히 대답했다.

"그렇군. 그럼 하나 물어보겠는데, 8,000부짜리 책을 펴냈을 때 출판사는 얼마를 번다고 생각하나?"

"그게……."

말문이 막혔다.

"별로 많이 벌지는 못할 겁니다."

"그럴 거야. 오히려 적자를 볼 확률이 높지. 그런데도 자네 책을 출판하는 이유는 자네의 장래성에 기대를 걸기 때문이야. 하지만 책을 펴내려면 돈이 들지. 그 돈을 누가 벌어다 줄까?"

로쿠로는 입을 다문 채 고개를 저었다. 한 번도 생각해 본 적이 없었다.

"최고 계급인 요코즈나야."

다마자와가 말했다.

"그다음 계급인 오제키도 그렇고. 그와 마찬가지로 출판사는 베스트셀러 작가들의 책을 팔아서 이익을 남기고, 그중 일부를 다음 세대를 짊어질 젊은 신출내기의 책을 만드는 데 쓴다네. 스모계와 다를 바가 없지."

로쿠로는 마른침을 삼켰다. 눈앞의 안개가 일시에 걷히는 느낌이었다. 그런 거였구나, 하는 깨달음이 뇌리를 스쳤다.

"아아……, 그래서 저를 조노구치의 대표라고……."

"기분 나빠 하지 말게. 나도 그렇게 시작했으니까. 중요한 건 위로 올라가겠다는 마음가짐이야. 좋은 글을 쓴다고 저절로 올라가는 건 아닐세. 이쪽 세계가 그렇게 녹녹하지는 않아. 프로니까 좋은 글을 쓰는 건 당연하지. 거기에 요코즈나와 오제키를 반드시 끌어내리고 말겠다는 기개가 있어야 하네. 우리 같은 사람들을 동경하지 말게. 동경하면 똑같은 수준의 작가밖에 될 수 없거든."

문득 정신을 차리고 보니 두 사람은 걸음을 멈추고 서 있었다. 로쿠로는 부동자세를 취한 모습이었다.

"마음에 새기겠습니다."

깊이 고개를 숙였다.

"그러지 말라니까."

다마자와가 얼굴을 찡그려 보이고서 다시 걸음을 내디뎠다.

클럽하우스로 돌아와 옷을 갈아입은 후 로쿠로는 레

스토랑으로 갔다. 구석 자리에 오도카니 앉아 있는데 맞은편에 누군가 와서 앉는 기척이 났다. 고개를 든 그는 화들짝 놀라고 말았다. 본격 미스터리 분야의 거물인 오카와바타 다몽이었다. 다마자와의 표현을 빌리자면 거물 요코즈나다. 그는 흰 양복 차림이었다.

가벼운 먹을거리가 나오자 로쿠로는 고개를 숙인 채 말없이 먹기 시작했다. 오카와바타와는 되도록이면 눈을 마주치지 않으려고 했다.

그때 "조피는……," 하는 쉰 듯한 목소리가 들렸다. 로쿠로는 숨이 멎을 듯이 놀랐다. 하지만 설마 싶어서 못 들은 척했다.

그러자 오카와바타가 다시 한 번 "조피 말인데," 하고 말했다. 이번에는 모른 척할 수 없었다.

고개를 들었다. 흰 수염을 기른 오카와바타와 눈이 마주쳤다. 로쿠로는 "아, 네……." 하고 대답했다. 목소리가 갈라져 나왔다.

"조피가 사실은 허무승이 아니었다는 트릭을 읽는 도중에 알아챘지."

"네……."

온몸에서 식은땀이 뿜어져 나왔다. 로쿠로의 데뷔작

'허무승 탐정 조피'에 관해 얘기하는 것이다. 이 거물 작가가.

"그러나,"

오카와바타가 말을 이었다.

"조피는 허무승은 아니지만 허무승은 조피다, 라는 결말에는 간이 떨어질 정도로 놀랐다네. 완전히 속아 넘어갔지 뭔가. 대단한 트릭이야. 아아, 엄청난 신인이 등장했구나 싶었지."

로쿠로는 말이 나오지 않았다. 감사 인사를 하고 싶었지만 너무 감격스러운 나머지 몸이 굳어 버렸던 것이다.

"그런데 말이야,"

오카와바타는 개구쟁이 어린아이가 장난스런 음모라도 꾸미는 듯한 표정을 지었다.

"다음에 나올 내 소설은 더 엄청나다네. 조만간 보낼 테니 한번 읽어 보게."

로쿠로는 이번에도 말이 나오지 않아서 입을 다문 채 고개를 몇 번이고 끄덕였다. 그러면서 머리 한구석으로 생각했다. 다마자와 선생이 말한 대로다. 이 사람들은 누군가가 끌어내리지 않는 한 언제까지고 요코즈나의 자리에 머무를 심산이다.

•

'그래, 한번 해 보겠어.'

그 여자, 그 남자

1

5월의 어느 날, 작가 아타미 게이스케는 도쿄의 한 찻집에 있었다. 규에이 출판사의 담당 편집자인 고사카이와 의논할 일이 있어서다. 옆에는 커다란 봉투가 놓여 있었다. 내용물은 이번에 출간될 책의 교정용 원고. 아타미 본인의 교정이 끝나고 이제 출판사의 확인 작업만 남겨두었다.

약속 시간이 3분 정도 지났을 때 입구에서 고사카이가 나타났다. 야윈 모습은 여전했다.

"죄송합니다. 오래 기다리셨어요?"

별로 미안하지 않은지, 고사카이의 말투가 가벼웠다.

"아닙니다. 제가 너무 일찍 오는 바람에……."

아타미가 말꼬리를 흐린 이유는 고사카이 옆에 여자가 하나 서 있었기 때문이다.

나이는 20대 전반쯤 되었을까. 짧게 자른 갈색 머리에, 얼굴이 작고 눈이 커다랗다. 화장기 없는 피부가 도자기마냥 매끄러워 보인다.

"아, 소개해 드리죠. 이번에 우리 부서에 새로 온 가와하라 씨입니다."

가와하라입니다, 라며 그녀가 명함을 꺼냈다. 아타미는 허겁지겁 일어나서 명함을 받아 들었다. '규에이 출판사 서적 출판부 가와하라 미나'라고 적혀 있었다.

"아, 안녕하세요. 아타미입니다."

그러고서 아타미는 넋을 잃고 그녀를 바라보았다. 편집자 중에도 이렇게 예쁜 여자가 있단 말인가.

"일단 앉으시죠."

고사카이가 의자를 가리키며 말했다.

"아, 그렇군요. 앉죠."

아타미가 자리에 앉자 고사카이와 가와하라 미나도 그의 맞은편에 앉았다.

종업원이 다가와 세 사람은 커피를 주문했다.

"가와하라 씨가 우리 부서로 온 건 제가 담당하는 작가가 너무 많아져서입니다. 게다가 다들 어찌나 빠른 속도로 책을 내는지 저 혼자 감당하기가 벅차더군요. 그래서 그중 몇 분은 앞으로 가와하라 씨가 담당하기로 했습니다."

"아아, 네……."

아타미가 입을 반쯤 벌린 채 가와하라 미나에게로 시선을 옮겼다. 그녀가 말없이 눈을 내리깔았다. 그러자 긴 속눈썹이 고스란히 드러났다.

다음 순간 그 속눈썹이 꿈틀하는가 싶더니 그녀가 갑자기 아타미를 올려다보았다. 눈을 마주친 아타미는 순간적으로 온몸이 뜨거워지는 것을 느꼈다. 당황한 나머지 그는 머리를 긁적거렸다.

"그러니까, 제게 소개해 주신다는 분이……."

아타미가 고사카이에게로 눈길을 되돌렸다.

"네, 아타미 씨도 앞으로는 가와하라 씨가 담당하면 어떨까 해서요. 아니, 물론 단번에 모든 일을 맡기는 건 아니고, 우선 제 일을 보조하게 하면서 조금씩 조금씩 넘길 생각입니다."

"그렇군요."

아타미는 커피를 마시려고 잔을 집어 들었다. 그런데 심장이 격렬히 고동치는 바람에 손이 살짝 떨렸다. 다른 손을 마저 잔에 대고 겨우 커피를 마셨다.

나중에 주문한 두 사람의 커피도 나왔지만 그들은 선

뜻 커피잔에 손을 대지 않았다. 아마도 아타미의 대답을 기다리는 듯했다. 가와하라 미나가 등을 곧추세우고 앉은 채 자신을 바라보고 있다는 것을 아타미는 곁눈질로 알아챘다.

"그래도 괜찮겠습니까?"

고사카이가 물었다.

"혹시 문제가 있다면 다시 검토하겠습니다."

"네? 아, 아니, 아니요."

아타미는 격렬히 손을 내저었다.

"문제라니요. 그럴 리가……."

목소리가 갈라져 나왔다.

"저는 그러니까, 누가 담당하시든……."

"알겠습니다."

고사카이가 마음이 놓인다는 듯이 웃었다.

"그럼 잘 부탁드립니다."

"잘 부탁드리겠습니다."

가와하라 미나도 옆에서 고개를 숙였다.

아타미가 네, 저도요, 하고 말하는데 고개를 든 그녀와 다시 눈이 마주쳤다. 조금 전까지 심각한 표정이던 그녀의 얼굴에 부드러운 미소가 감돌았다.

세 사람은 교정 원고를 가운데 놓고 논의를 시작했다. 아타미가 교정한 내용을 고사카이에게 설명하면 가와하라 미나가 옆에서 듣고 메모하는 형식이었다.

논의를 끝내고 찻집을 나온 아타미는 가벼운 발걸음으로 역을 향해 걸었다. 머릿속에서는 헤어질 때 가와하라 미나가 한 말이 몇 번이고 반복해서 재생되었다.

"아타미 선생님을 담당하게 되어 영광입니다. 부족한 점이 많을 테니 모쪼록 잘 부탁드립니다."

얌전한 표정으로 말한 뒤 고개를 숙였던 그녀가 다시 아타미를 올려다봤다.

그녀와…….

앞으로 적잖이 만나게 될 것이다. 당분간은 고사카이가 동행할지 모르지만, 머지않아 둘만 만나게 되리라. 상의하는 일도, 원고를 주고받는 일도 그녀와 둘이 할 것이다.

아타미는 어느새 깡충깡충 뛰어가고 있었다.

2

꿈에 그리던 시간이 기대보다도 빨리 찾아왔다.

가와하라 미나와 처음 대면한 지 이틀 만에 전화가 왔다.

"아타미 선생님 댁인가요?"

콧소리가 약간 섞인 여자 목소리가 들려왔다.

혹시나 싶었지만 "그런데요."라고 대답했다.

"바쁘신데 죄송합니다. 지난번에 인사드렸던 규에이 출판사 서적 출판부의 가와하라입니다."

심장이 졸아드는 것만 같았다. 순식간에 얼굴이 붉게 달아올랐다.

"아……, 네."

죽을힘을 다해 담담한 목소리로 대답했다.

"기억납니다."

"그때는 바쁘신 중에 시간을 내 주셔서 감사했습니다. 잠시 통화해도 괜찮을까요?"

"네, 물론입니다."

대답하고 나서 아타미는 '물론'이라는 말을 괜히 덧붙였다고 후회했다.

"실은 윗분과 의논한 끝에 이번에 나올 선생님 책의 표지를 제가 맡게 됐습니다. 그래서 선생님과 만나 의논을 했으면 해서요. 귀중한 시간을 빼앗은 지 얼마 안 되었는데 또 이렇게 부탁을 드려 죄송합니다."

"아, 그렇군요."

담백한 대답과는 반대로 아타미의 가슴은 심하게 두근거렸다. 이렇게 멋진 일이 일어나도 괜찮은 것일까.

아니야, 하고 마음의 소리가 그에게 침착하라고 일렀다. 나대기는 이르다.

"그러니까,"

최대한 차분한 음성으로 말했다.

"고사카이 씨도 같이 오시는 거죠?"

"그게……."

미나의 목소리가 약간 가라앉았다.

"고사카이 씨는 지금 일이 많아서 틈을 내기 힘들다고 합니다. 일단 저 혼자 찾아뵈려고 하는데, 그건 곤란하신가요?"

야호!

본격적으로 가슴이 방망이질하기 시작했다. 아타미는 수화기를 든 채 방 안을 서성거렸다.

"아, 그래요? 고사카이 씨가 고생이 많군요."

아타미는 평온함을 가장했다.

"고사카이 씨가 반드시 참석해야 한다면 일정을 조정해 보겠습니다."

"아니요."

자신도 모르게 목소리가 커졌다.

"그런 상황이라면 고사카이 씨는 오지 않으셔도 괜찮습니다. 무리하실 필요 없어요."

"감사합니다. 그럼 언제쯤이 좋을까요?"

"저는 언제라도 좋습니다."

오늘도 괜찮다고 말하고 싶었다.

미나는 잠시 생각하는 듯하더니 이틀 후가 어떠냐고 제안했다.

그렇게 오래 기다려야 하다니. 아타미는 낙담했지만, 그런 아타미의 마음과는 달리 그녀는 "조금 더 늦춰 잡을까요?"라고 물었다.

"아니요, 괜찮습니다."

만날 장소와 시간을 정하고 전화를 끊었다. 아타미는 손가락으로 승리의 V자를 그렸다.

그로부터 이틀 동안 아타미는 도무지 마음을 진정할 수 없었다. 일이 손에 잡히지 않아서 무작정 거리로 나서기도 했다. 새 옷을 사고, 태어나서 처음으로 미용실에 갔다. 지금까지는 머리를 자르러 단골 이발소에 다녔다.

약속 당일이 되자 예정보다 훨씬 일찍 집을 나섰다. 약속 장소 근처에 도착하니 만나기로 한 시각보다 30분이나 일렀다. 서점에서 시간을 보내려 했지만 책을 펼쳐도 도무지 집중이 되지 않았다. 뻔질나게 시계를 들여다봤다. 평소보다 시간의 흐름이 훨씬 더디게 느껴졌다.

이윽고 약속 시각 10분 전이 되었다. 서점을 나와 찻집으로 향했다. 하지만 찻집 바로 앞까지 와서 걸음을 멈췄다. 다시 시계를 들여다봤다. 아직 약속 시각 2분 전이다.

어쩔까 생각했다. 어쩌면 가와하라 미나는 아직 오지 않았을지도 모른다. 내가 먼저 가면 너무 애달아 보이지 않을까.

애단 게 사실이긴 하지만 그런 모습을 그녀에게 들키고 싶지는 않았다.

조금 더 시간을 끌자.

찻집 근처를 한 바퀴 돌기로 했다. 그런데 발길을 돌리는 순간 맞은편에서 걸어오는 가와하라 미나를 발견했다. 그녀가 손목시계를 들여다보며 총총히 다가오고 있었다.

미나가 그를 힐끔 봤다. 그리고 시선을 다른 곳으로 돌렸다가 이내 다시 그를 바라봤다. 그녀가 놀란 듯한 표정을 짓더니 "선생님!" 하고 달려왔다.

"못 알아봐서 죄송해요. 이미지가 너무 많이 달라져서요."

미나는 먼저 아타미의 머리를 본 다음 옷차림을 한 번 죽 훑고 나서 그의 얼굴을 살폈다.

아타미가 자신의 머리에 손을 대며 말했다.

"기분 전환이나 해 볼까 싶어서요. 이상한가요?"

"아니요."

그녀가 고개를 힘차게 저었다.

"엄청 멋져요. 굉장히 잘 어울리고요."

"그래요? 그렇다면 다행이군요."

"그런데 선생님, 어디 가시려는 참이었어요? 찻집은 바로 요긴데요."

"네? 아아, 나도 알아요. 가와하라 씨의 모습이 보이기에 기다리고 있었어요."

"그랬군요. 고맙습니다."

짙은 감색 투피스 차림의 미나가 고개를 깊숙이 숙였다.

괜찮은 여자네. 아타미 게이스케는 가슴이 뜨거워지는 걸 느꼈다.

그 열기는 찻집에 들어간 후에도 식지 않았다. 아니, 오히려 갈수록 뜨거워졌다.

"고사카이 씨는 선생님 이번 작품에 일러스트보다 사진을 쓰는 편이 낫지 않을까 하시던데 선생님은 어떻게 생각하세요? 하지만 저는 일러스트를 한 점만 사용하는 단순한 디자인도 좋을 것 같아요."

미나가 미간에 주름을 살짝 잡으며 말했다. 고민하는 그 표정마저 귀여웠다.

아타미는 주위에 앉은 사람들의 표정을 살폈다. 특히 남자들 반응이 궁금했다. 미나의 미모는 독보적이었다. 그러니 그녀와 함께 있는 남자, 즉 아타미를 질투하고 있을 것이다.

사람들에게는 우리가 어떻게 보일까. 아타미는 오늘 캐주얼한 차림새였다. 업무상의 만남으로 보이지는 않을 것이다. 그렇다면 연인이 데이트하는 것으로?

"네? 어떠세요?"

아타미의 망상을 깨뜨리듯 미나가 물었다.

"역시 사진을 쓰는 게 무난할까요?"

"아니, 저, 글쎄요……."

아타미가 혀로 입술을 축였다.

"무난한 것만 고집해서는 안 된다고 생각해요. 일러스트를 사용하고 싶으면 그렇게 해요. 가와하라 씨께 맡기죠."

그 순간 미나의 얼굴이 눈에 띄게 밝아졌다.

"제가 결정해도 되나요?"

"물론이죠. 어쨌거나 제 담당자는 가와하라 씨잖아요."

"고맙습니다."

그렇게 말하는 미나의 얼굴을 보고 아타미는 화들짝 놀랐다. 그녀 눈에 눈물이 그렁그렁했던 것이다.

"저, 선생님을 담당하고 싶었어요. 고사카이 씨가 작가 몇 분을 제 담당으로 돌린다고 했을 때 그중에 아타미 선생님도 계셨으면 하고 바랐어요. 그렇지 않으면 부탁이라도 하려고 했어요. 저, 이번 일에 최선을 다할게요. 꼭 좋은 책을 만들겠습니다."

그녀의 말에 아타미의 가슴이 심하게 요동쳤다. 당장이라도 그녀를 껴안고 싶은 충동을 있는 힘을 다해 억눌렀다.

집에 돌아온 후에도 두근거림이 멈추지 않았다. 아타미의 뇌리에 선명하게 새겨진 미나의 진지한 표정은 시간이 가도 전혀 희미해지지 않았다. 그리고 그런 그의 마음을 메일 한 통이 더욱 격렬하게 흔들었다. 컴퓨터로 이메일을 체크하는데 미나에게서 이런 글이 와 있었던 것이다.

'아타미 게이스케 선생님.

오늘 멋진 시간을 보내게 해 주셔서 감사합니다.

정말이지 꿈만 같은 시간이었어요.

동경하던 분과 함께 일할 수 있다는 기쁨을 지금 다시금 되새기고 있습니다.

아직 부족하지만, 최선을 다해 반드시 좋은 책을 만들겠습니다.

모쪼록 잘 부탁드립니다.

가와하라 미나.'

아타미는 잠들기 전까지 그 메일을 서른 번도 넘게 읽었다.

3

하루하루가 즐거웠다. 이토록 삶의 환희를 느낀 적은 지금껏 한 번도 없었다. '격철의 포엠'으로 신인상을 받았을 때도 이렇게 하늘을 나는 듯한 기분은 아니었다.

아타미 게이스케는 그야말로 행복의 절정에 있었다.

"그래서 제목 말인데요, 여러 가지로 시도해 봤지만 역시 고딕체가 좋을 것 같아요."

가와하라 미나가 테이블 위에 A4 용지를 몇 장 늘어놓았다. 이번에 출간될 책의 표지 디자인 시안들이다. 접이식 칼 일러스트를 배경으로 제목인 '늑대의 외로운 여행'이 새겨져 있는 점은 다 똑같지만 서체와 각 요소들의 배치가 미묘하게 달랐다.

늘 만나던 찻집에서였다. 오늘 미나는 회색 투피스 차림이다. 금색 귀걸이가 잘 어울렸다.

"어떤가요?"

미나가 고개를 들었다.

"네? 아, 그러니까……."

멍하니 그녀의 고개 숙인 모습을 바라보던 아타미는 당황한 나머지 하마터면 커피를 엎지를 뻔했다.

"그래요, 고딕체가 좋을 것 같군요."

"그럼 이 세 점인데, 그중 어떤 걸로 할까요?"

미나가 복사 용지 석 장을 골라 들었다. 그 석 장은 각각 A, B, C라고 표시되어 있었다. 솔직히 뭘로 해도 상관없었지만 "B가 좋겠어요."라고 적당히 대답했다.

그러자 미나가 가슴 앞에서 양손을 깍지 꼈다.

"그렇죠? 사실은 저도 B가 마음에 들었어요."

"아, 그랬어요?"

"네. 선생님하고 취향이 같다니, 정말 멋진 일이에요!"

미나가 깍지 꼈던 손을 풀고 이번에는 박수를 쳤다.

아타미는 있는 힘을 다해 평정을 가장하고 있었지만, 실은 춤이라도 추고 싶은 심정이었다. 영혼이 몸에서 빠져나와, 둥실둥실 떠오를 것만 같았다.

"그런데, 있잖아요, 가와하라 씨."

그가 주뼛주뼛 말을 꺼냈다.

"그, 선생님이란 호칭이 좀 그렇군요."

"아……."

미나는 다시 진지한 표정을 지으며 손을 입에 갖다 댔다.

"그렇게 부르면 안 되나요?"

"아니, 안 된다는 게 아니라 좀 쑥스러워서요. 선생님이라고 불릴 만한 사람도 아닌 데다, 다른 편집자들도 그렇게 부르지 않거든요."

"그럼 뭐라고 불러야 좋을까요?"

"뭐든 괜찮아요, 선생님만 아니라면."

"그럼……."

미나가 미간을 찌푸리며 잠시 생각에 잠겼다.

"아타미 게이스케 씨, 는 너무 길죠? 아타미 씨? 게이스케 씨? 아이, 이건 너무 격의가 없네요."

아타미는 가슴이 쿵, 내려앉았다. 설마 성을 떼고 이름만 부를 줄은 몰랐던 것이다.

"역시 아타미 씨가 좋겠죠? 그렇게 불러도 괜찮을까요?"

"아, 네. 좋아요."

내심 '게이스케 씨'라고 불렀으면 했지만 차마 그 말을 입 밖에 낼 수는 없었다.

"그러면 아타미 씨, B 안으로 하겠습니다."

그러고 나서 미나는 양손으로 입을 막았다.

"와! 호칭을 바꾸니까 왠지 선생님과…… 아니, 아타미 씨와 엄청 가까워진 느낌이에요."

"아, 그래요? 그거 다행이군요."

"아타미 씨에 관해 앞으로도 많이 알고 싶어요. 잘 부탁드립니다."

미나가 정중하게 고개를 숙였다.

"아니, 나야말로요. 그런데 저, 가와하라 씨."

"네."

그녀가 그 커다란 눈동자로 아타미를 똑바로 쳐다봤다. 아타미는 또 혀로 입술을 축였다.

"있잖아요, 이 일 이후에 다른 일정이 있어요? 만약 없

으면 식사라도 하면 어떨까 해서요. 아니, 그게, 다음 작
품에 관해 의논도 해야 할 것 같고……."

"네?"

그녀가 눈을 크게 떴다.

"다음 작품에 관해 말씀해 주신다고요?"

"네. 뭐……, 아직 구체적으로 정해진 건 없지만, 이런
느낌이면 어떨까 하는 어렴풋한 이미지는 있거든요."

사실은 아무런 아이디어도 없었지만 일단 그렇게 말
했다.

"어머나, 멋져요!"

미나가 두 손을 모으며 외쳤다.

"아……, 하지만 어쩌죠? 지금 다른 선생님께 가야 해
서요."

"아, 그래요? 그럼 어쩔 수 없군요. 괜찮아요. 급한 일
도 아니니."

깊은 실망감을 감추며 애써 가벼운 말투로 대답했다.

"정말 아쉬워요. 그 얘기는 다음번에 꼭 들려주세요."

"네, 그러죠."

웃음 짓는 아타미의 얼굴이 살짝 경련을 일으켰다.

아타미가 미나에게 식사를 제안한 날로부터 딱 2주가 지났다. 그사이에 두 사람이 만난 적은 없고 전화나 이메일만 몇 번 주고받았다. 용건은 대개 신간 '늑대의 외로운 여행'에 관한 것이었다. 띠지에 인쇄할 캐치프레이즈를 미나가 제안하면 거기에 대해 아타미가 자신의 의견을 제시하는 식이었다. 아쉽게도 굳이 만나서 이야기할 만한 거리가 없었다. 미나는 되도록이면 아타미를 번거롭게 하지 않으려고 애쓰는 눈치였다. 이메일이나 전화로도 그런 기색이 전해졌다.

아타미는 괴로움에 몸부림치는 나날을 보냈다. 무슨일을 해도 가와하라 미나가 머리에서 떠나지 않았다. 글을 쓰려고 컴퓨터 앞에 앉아도 일단은 이메일부터 체크했다. 그녀의 메일이 없다는 것을 확인하고 낙담한 뒤에는 그녀에게 이메일을 보낼 만한 용건이 없을까 궁리했다. '다음 작품에 관한 아이디어가 떠올랐는데 오늘 저녁에 식사라도 하면 어떨까요?' 하고 이메일을 보낼 수 있다면 더할 나위 없이 좋겠지만, 유감스럽게도 그놈의 아이디어가 전혀 떠오르지 않았다. 그녀를 불러내려면 그럴 만한 용건이 있어야 한다. 그녀가 기뻐할 만한 걸작이 필요한 것이다. 오직 그녀와 만나고 싶다는 마음 하나로 끙끙거리며 머리를 쥐어짜 봤지만 나오는 건 아무것도 없었다. 초조해할수록 아이디어는 더 떠오르지 않았다.

그건 그렇고.

가와하라 미나가 자신을 어떻게 생각할지 아타미는 궁금했다. 그녀가 자신을 바라보는 눈길에는 담당 작가를 향한 그것 이상의 무언가가 있다고 그는 느꼈다. 심지어 그녀는 아타미를 담당하고 싶었다고 말했다. 그와 보낸 시간을 '꿈만 같았다'고 이메일에 적어 보내기도 했고 그를 '동경하는 분'이라고 표현했다.

생각하고 또 생각해 봐도 미나가 자신에게 호의를 품은 게 분명하다고 아타미는 결론지었다. 식사를 제안했을 때도 그녀는 선약이 있다고 하면서 몹시 아쉬워했다. 그 모습은 결코 작가의 호의를 사기 위한 연극이라고 보기 힘들었다. 무엇보다 그녀가 그런 연극을 할 이유가 없지 않은가. 데뷔 후 몇 년이 지나면서 아타미는 자신이 처한 상황을 이해하게 되었다. 연극을 하면서까지 원고를 받아 낼 정도로 그의 책이 잘 팔리는 것도 아니었다.

다음에 만나면 그녀의 마음을 대놓고 물어볼까. 아니지,

여자가 먼저 고백하기는 부끄러울 것이다. 내가 고백하는 편이 나을지 모른다. 하지만 뭐라고 말을 꺼내야 할까.

마음은 갖가지 상념으로 혼란스럽고, 일은 조금도 진척되지 않았다.

그러던 어느 날 마침내 미나를 만날 기회가 찾아왔다. 규에이 출판사가 주최하는 문학상의 파티에 초대된 것이다. 편집자인 미나도 당연히 파티에 참석할 터였다.

파티 당일, 아타미는 한 벌뿐인 양복을 차려입고 파티 장소인 히비야의 고급 호텔 연회장으로 향했다.

연회장 입구에는 접수 카운터가 설치되어 있었다. 문학상 파티에 참석한 경험이 많은 아타미는 접수 방법을 잘 알았다. 초대장을 제시한 뒤 명부에 이름을 기입하는 것이다. 외부인이 들어오는 것을 막기 위한 절차였다.

접수 담당자 중 하나가 미나였다. 아타미는 당연히 그쪽으로 갔다. 그리고 안녕하세요, 라고 먼저 말을 건넸다.

그녀의 표정이 확 밝아졌다.

"아타미 씨! 이렇게 와 주셔서 고맙습니다."

"네, 얼굴이나 비치려고요. 가와하라 씨는 내내 여기 있을 거예요?"

"아니요, 조금 이따가 저도 연회장에 들어갈 거예요."

"그래요, 저는 오른쪽 구석에 있을 거예요."

"알겠습니다. 나중에 뵐게요."

"네, 기다리죠."

아타미는 돌아서서 연회장 입구를 향해 걸었다. 그때였다.

"미나 씨!"

친근하게 부르는 소리가 뒤에서 들렸다. 남자 목소리다.

아타미는 뒤를 돌아봤다. 빼빼 마른 젊은 남자가 미나를 향해 미소를 지어 보이고 있었다.

"미나 씨가 치마를 다 입다니, 어쩐 일이죠?"

"어머, 그럼 안 되나요?"

"그럴 리가요. 웬일인가 싶었을 뿐이에요. 그런데 정말 잘 어울리는군요."

"고맙습니다."

"그럼 이따 봐요."

남자가 방명록에 이름을 쓰고 연회장으로 들어갔다. 아타미를 알아보지는 못한 듯했다.

저 남자는…….

익히 아는 인물이다. 아타미가 받은 신인상의 다음 해 수상자로 필명은 가라카사 잔게. 무슨 이름이 그렇게 허접한지. 수상작 역시 도무지 진지하게 썼다고 볼 수 없는 작품으로 제목이 '허무승 탐정 조피'다. 그런데 이 엉터리 같은 작품이 굉장히 많이 팔렸다. 평론가들이 한목소리로 극찬하는 것을 보고 아타미는 혼란에 빠졌다. 대체 그 작품의 어느 구석이 좋은지 전혀 이해할 수 없었기 때문이다.

그가 고민 끝에 내린 결론은 업계가 한통속이 되어 짜고 친 결과라는 것이었다. 출판계의 불황을 타개하기 위해 업계 전체가 새로운 스타를 만들어 내기로 작당한 것이다. 왜 가라카사가 선택되었는지는 모르겠지만, 어쨌든 그의 작품을 한없이 띄움으로써 대단한 천재가 나타났다는 인상을 세간에 심어 주었다.

어처구니없는 일이라고 생각하면서도 왜 그런 행운이 자신에게 돌아오지 않았는지 질투가 이는 것도 사실이었다.

저 남자도 가와하라 미나가 담당자인가. 그러잖아도 가라카사가 마음에 들지 않았는데 싫은 마음이 더욱더 커졌다. 거기다 '미나 씨'라니. 용서할 수 없다는 생각이 들었다.

연회장은 사람들로 가득했다. 아타미는 미나에게 말

한 대로 오른쪽 구석 자리에 있는 테이블 옆에 가서 섰다. 마침내 수상식이 시작되고 관계자의 기나긴 인사말이 계속되었다. 그리고 건배사를 한 뒤 환담이 이어졌다.

아타미는 혼자서 홀짝홀짝 맥주를 마셨다. 스탠딩 파티로 앞쪽 테이블에 음식이 즐비했지만 자칫 그 자리를 벗어났다가 미나와 엇갈릴까 봐 움직이지 않았다.

그런데 무심코 시선을 돌렸을 때 조금 떨어진 곳에서 하필이면 가라카사와 정답게 얘기를 나누는 미나의 모습이 눈에 들어왔다.

아타미는 맥주잔을 테이블에 내려놓고 사람들 사이를 헤치며 앞으로 나아갔다. 가라카사 주위에는 미나 말고도 편집자가 여러 명 있었지만 아타미에게는 가라카사가 미나만 바라보는 것처럼 느껴졌다. 그리고 그 눈에는 호색의 빛이 가득했다. 가라카사가 그녀를 노리는 것이 분명하다.

간신히 그들이 있는 테이블에 도착했을 때 미나는 여전히 가라카사와 얘기를 나누고 있었다. 아타미는 뒤쪽에서 그녀에게 다가갔다.

가라카사의 눈이 아타미를 향했다. 가라카사가 아, 하고 입을 반쯤 벌렸다.

"안녕하세요. 잘 지내셨죠?"

가라카사가 먼저 인사했다. 수상식에서 만나 기억하는 모양이다.

"오랜만이군."

가슴을 살짝 펴고 점잖을 빼며 대답했다. 불과 1년 먼저 데뷔했지만 선배는 선배인 것이다.

그러자 미나가 뒤를 돌아보더니 "어머, 아타미 씨!" 하고 두 손을 가슴 앞에 모아 인사했다.

"두 분이 서로 아는 사이신가요?"

"네, 조금요."

아타미가 대답했다.

"미나 씨가 아타미 씨 담당이에요?"

가라카사가 물었다.

"네, 맞아요."

"미나 씨가 내 소설의 팬이라는군."

아타미는 미나를 바라본 뒤 시선을 후배 작가의 얼굴로 옮겼다.

"아, 네에."

가라카사는 무표정하게 대답했지만, 아타미는 그의 눈에 질투가 배어 있다고 해석했다.

●

136

"예를 들어 어떤 작품이 좋던가요?"

가라카사가 미나에게 물었다.

"그야 물론 '격철의 포엠'이죠."

미나는 양손을 맞잡았다.

"스토리 전개가 드라마틱하면서도 메시지가 심오해요. 유머러스한 데다 감동적인 장면도 많고……, 멋진 작품이라고 생각합니다."

"흠, 그렇군요."

가라카사가 시큰둥한 표정을 지었다. 자신이 흠모하는 여성이 다른 남자의 소설을 칭찬하는데 기분이 좋을 리 없을 것이다.

"조만간 나올 신작도 걸작이에요. '늑대의 외로운 여행'이라고요."

미나가 덧붙여 말했다.

"아, 네."

이번에도 가라카사는 별로 유쾌하지 않은 표정으로 고개를 끄덕였다.

"그 작품에 관해서는 고사카이 씨에게 얼핏 들었어요. 새로 쓰셨다고요."

"맞아요. 정통파 하드보일드 소설이죠. 가라카사 씨께

도 한 권 보내 드릴 테니 꼭 읽고 감상을 들려주세요."

가라카사는 복잡한 표정으로 고개를 끄덕이고 나서 아타미를 향해 "꼭 읽어 보겠습니다."라고 말했다.

"괜찮아, 억지로 읽지 않아도."

그러고서 아타미는 여유 있게 쓴웃음을 지었다.

"그런데 가와하라 씨, 신작에 관해 의논하고 싶은 일이 있어요. 좀 더 조용한 곳에서 얘기를 나눌 수 있을까요?"

"아, 알겠습니다. 그럼 가라카사 씨, 다시 연락드릴게요."

가라카사가 김이 샌 표정을 지으며 네, 하고 대답했다. 꼴좋다고 아타미는 생각했다. 오늘 가와하라 미나가 보인 태도로 가라카사가 자신에게는 승산이 없다는 걸 깨달았으리라.

아타미는 파티가 끝난 후 그녀를 어딘가로 데려갈 작정이었다. 둘만 있는 곳에서 자신의 마음을 밝히겠다고 결심한 터였다. 경우에 따라서는 프러포즈까지……

5

연회장에서 나가려는 참에 뒤에서 "고사카이 씨." 하

고 부르는 소리가 들려왔다. 고사카이 하지메는 걸음을 멈추고 뒤를 돌아봤다. 신예 작가 가라카사 잔게가 종종 걸음으로 다가오고 있었다.

"왜 그러십니까?"

"잠깐 시간 좀 내 주실 수 있을까요? 중요한 얘기가 있는데요."

"아, 네에."

가라카사의 표정이 심각해 보여서 고사카이는 살짝 긴장했다.

연회장을 나온 두 사람은 조용한 곳으로 이동해 소파에 마주 앉았다.

"실은 부탁이 있습니다."

가라카사가 심각한 표정으로 말했다.

"무슨 부탁인데요?"

"가와하라 씨에 관한 일입니다."

"아, 네……."

고사카이가 등을 곧추세웠다. 무슨 말을 할지 짐작이 갔다.

"죄송하지만 담당자를 다른 분으로 바꿔 주시면 안 되겠습니까?"

"흠……."

고사카이는 한숨을 내쉬었다. 예상대로였다.

"그녀가 뭔가 불쾌한 행동이라도 했습니까?"

가라카사가 고개를 저었다.

"아니요, 그렇지 않습니다. 만나면 늘 저를 칭찬합니다. 저와 제 작품을요."

"그게 무슨 문제라도 되나요?"

가라카사가 네, 하고 고개를 끄덕였다.

"그녀에게 제 작품에 관한 감상을 물어도 전혀 참고가 되지 않아요. 감동했어요, 훌륭합니다, 걸작이에요……, 이런 말뿐이니까요. 어느 부분이 특히 좋았냐고 물으면 전부 좋았다고 하고, 지금까지 제가 쓴 작품 중에서 어느 것이 제일 좋으냐고 물으면 우열을 가리기 힘들다고 하고요."

"그건 아마도 진심으로 그렇게 생각하기 때문일 겁니다. 가라카사 씨 작품은 저 역시 모두 읽었지만 정말이지 하나같이 걸작이라고 생각합니다. 가와하라 씨는 서적 출판부로 온 지 얼마 되지 않아서 의견을 전달하는 능력이 부족한 것뿐이에요."

"아니요."

가라카사가 고개를 저었다.

"저는 그렇게 생각하지 않습니다."

"왜요?"

"그게 말이죠,"

가라카사는 주위를 둘러보고 나서 목소리를 낮추어 말을 계속했다.

"아까 아타미 씨 작품을 칭찬하더군요. 그것도 '격철의 포엠'을요."

"어떤 식으로…… 말입니까?"

고사카이 역시 자신도 모르게 목소리를 낮췄다. 가라카사의 대답을 듣기가 두려웠다.

"스토리 전개가 드라마틱하면서도 메시지가 심오하고, 유머러스한 데다 감동적인 장면도 많아서 멋진 작품이라고 생각한다고요."

"가와하라 씨가 말입니까?"

"그렇습니다."

"'격철의 포엠'을요?"

"그렇다니까요."

"농담이 아니었을까요?"

"아타미 씨 본인 앞에서 말했습니다."

고사카이는 팔짱을 꼈다. 두통이 몰려왔다.

"스토리 전개가 드라마틱하면서도 메시지가 심오하고, 유머러스한 데다 감동적인 장면도 많아서 멋진 작품이다."

가라카사는 다시 한 번 같은 말을 반복했다.

"제 작품을 읽은 뒤에도 똑같이 말했습니다."

그랬을지도 모르겠다고 고사카이는 생각했다. 그녀가 다른 작가에게 똑같은 말을 하는 것을 몇 번인가 들은 적이 있었다.

"작품의 완성도를 떠나, 제 작품은 본격 미스터리이고 '격철의 포엠'은 하드보일드입니다. 그런데 감상이 일치한다는 건 문제가 있지 않습니까?"

"당연하죠."

"아타미 씨의 신작에 대해서도 걸작이라고 단언하더군요. 정통파 하드보일드라면서 말이죠. 고사카이 씨가 코미디 소설로서라면 그나마 출간될 가능성이 있다던 그 작품 말이에요."

고사카이가 주먹으로 자신의 이마를 쾅 쳤다.

"맙소사."

"그녀는 도대체 어떤 사람입니까? 진지하게 일할 마음

이 있기는 한가요?"

"물론 마음은 있다고 봅니다. 다만 열심히 일한다는 것이 그만 다른 형태로 표출되어서……."

"그게 무슨 뜻이죠?"

"가와하라 씨가 실은 연예 잡지 쪽에 있다가 왔거든요. 연예인을 상대하다 보니 일단 칭찬부터 하고 보는 습성이 생긴 듯합니다."

"아니, 그래요?"

가라카사는 얼빠진 표정을 지었다.

"게다가 아이돌을 담당한 적이 많아서 리액션이 전염되어 버렸나 봅니다."

"듣고 보니 그럴 만도 하군요."

가라카사가 납득이 간다는 듯이 고개를 크게 끄덕였다.

"어쨌든 그런 사람이 제 담당이면 좋은 작품을 쓰고자 하는 마음이 생기지 않을 것 같아요. 특히 저는 이제 갓 데뷔했으니 편집자가 작품에 관해 기탄없이 의견을 말해 줬으면 합니다."

가라카사의 말에는 반론의 여지가 없었다.

"알겠습니다. 그럼 윗분께 말씀드려 담당자를 바꾸도록 하지요. 제가 다시 가라카사 씨를 담당해도 괜찮겠습니까?"

"그렇게 해 주세요. 너무 제 입장만 생각하는 것 같아 죄송합니다만."

"아닙니다. 솔직히 말씀해 주셔서 고마운걸요. 실은 똑같은 고충을 털어놓은 작가가 몇 분 더 있습니다. 그녀와 얘기를 나누다 보면 왠지 글을 쓰고 싶은 의욕이 나지 않는다고요."

"역시……."

가라카사가 공감하는 듯한 표정을 지었다.

"이렇게 말씀드리기는 좀 뭐하지만, 그녀의 말을 진지하게 받아들이는 작가는 아마 없을 겁니다. 아, 물론 나쁜 사람이라고는 생각하지 않아요. 누구에게나 친절하고 말이죠. 연예 잡지 쪽이 더 맞을지도 모르겠습니다."

"맞습니다. 하지만 사정이 있어서 이쪽으로 발령이 났습니다."

"사내 결혼을 했다지요?"

"알고 계셨군요. 그렇습니다. 부부가 한 부서에 근무할 수 없도록 되어 있어서요. 하여간 가라카사 씨 건은 제가 책임지고 해결하겠습니다. 걱정하지 마세요."

그럼 부탁드립니다, 하고 가라카사는 자리를 떴다. 그

의 모습이 사라지기를 기다렸다가 고사카이는 휴대 전화를 꺼냈다. 담당을 교체한다고 가와하라 미나에게 알리려는 것이다.

그런데 그녀는 지금 어디서 뭘 하고 있을까. 망연히 그런 생각을 하며 그는 버튼을 눌렀다.

최종 후보에
오르다

1

영업부장이 할 얘기가 있다고 했을 때 이시바시 겐이치는 다소, 아니 상당히 안 좋은 예감이 들었다. 굳이 소회의실로 오라는 것도 마음에 걸렸다.

소회의실에 가 보니 영업부장만이 아니라 인사과장도 함께 있었다. 인사과장은 둥그런 얼굴에 미소가 가식적인 사람이다.

그가 용건을 꺼냈다. 이번에 새로운 부서가 생기는데 그곳의 책임자를 맡아 달라는 것이다. 어떤 부서인지 설명을 들은 이시바시는 암담한 심정이 되었다. 부서 명칭은 '총무부 데이터베이스 백업과'로 제법 그럴듯하지만, 하는 일이라고는 오래된 자료를 관리하는 것이 전부인 부서였다.

"당분간은 혼자 근무하셔야겠지만, 조만간 직원 몇 명

을 배치할 예정입니다."

인사과장은 그렇게 말했지만 실제로 그럴 마음은 눈곱만치도 없을 터였다.

"자네가 그쪽으로 가 버리면 나도 곤란하지만, 총무부에서 하도 졸라 대니 승낙하지 않을 도리가 있어야지."

평소에는 도깨비 같은 표정이던 영업부장이 가면처럼 무표정한 얼굴로 말했다.

"뭐, 이것도 자네에게는 좋은 경험이 될 거야."

입 닥치시지, 하고 이시바시는 속으로 욕설을 퍼부었다. 이 불합리한 인사이동에 영업부장도 관여했을 것이다. 낙하산으로 들어온 이 신임 부장은 자신이 몹시 싫어했던 전임 부장의 오른팔들을 회사에서 몰아내고 싶어 안달이다. 그리고 회사 역시 이시바시가 사표를 내기를 바랄 터였다. 이번 인사는 회사 구조 조정의 일환이기도 한 것이다.

"수락하시는 거죠?"

인사과장이 옅게 미소를 지으며 물었다.

알겠습니다, 라고 이시바시는 대답했다. 46세에 처자식이 있는 그는 아파트 구입 때 대출받은 돈을 앞으로 20년 가까이 더 갚아야 하는 처지다. 그러니 회사를 그만둘 수는 없었다.

그로부터 한 달 뒤 이시바시는 새로운 부서로 자리를 옮겼다. 총무부가 있는 층의 제일 구석진 자리다. 자리 바로 뒤는 흡연실이었다. 아크릴 판으로 막혀 있기는 하지만 문을 여닫을 때마다 담배 연기가 흘러나왔다. 하지만 그보다 더 괴로운 일은 흡연실에서 자신의 자리가 빤히 들여다보인다는 점이었다. 일이 바쁘기라도 하면 신경 쓸 새가 없겠지만, 하루하루가 오늘은 대체 뭘 하며 지내나 하고 고민하는 나날이었다. 낡은 자료들을 들여다보기는 하지만 실은 일하는 척하는 데 지나지 않았다. 지켜보는 눈이 있으니 업무와 무관한 책을 읽는다든가 인터넷을 하기도 뭐했다.

일주일이 지날 무렵 이시바시는 전직을 고려하게 되었다. 회사의 의도대로 움직이자니 자존심이 상했지만, 지금의 상황을 몇 년이고 견뎌 낼 자신이 없었다.

그러나 전직이 간단한 일은 아니었다. 희소가치가 높은 자격증이나 기술이 있다면 모르겠지만 그런 건 전혀 없었다. 퇴근길에 서점에 들러 관련 서적을 뒤져 봐도 참고가 될 만한 내용은 보이지 않았다. 전직 정보지는 아무 짝에도 쓸모가 없었다. 46세라는 시점에서 모든 것이 아웃이다.

그런 생각을 하다 보니 어느새 소설 코너에 와 있었다. 그러고 보니 최근에는 소설을 읽지 않았다는 생각이 들었다. 전에는 미스터리 소설을 굉장히 좋아했다. 심지어 젊었을 때는 미스터리 소설을 쓴 적도 있다.

한쪽에 수북이 쌓아 놓은 책이 있기에 다가가서 봤더니 미스터리의 대표적 등용문인 규에이 출판사 신인상 수상작이었다. 수상자인 가라카사 잔게는 이시바시도 아는 작가다. 현재 미스터리 쪽에서 가장 촉망받는 신인으로 꼽힌다.

문득 정신을 차려 보니 그가 쓴 책을 사고 있었다. 이시바시는 그 책을 집에 가는 지하철에서 읽기 시작했다. 아마추어가 썼는데도 문장력이 꽤 괜찮았다. 열중해서 읽었다.

집에 돌아와 저녁을 먹은 뒤 다시 그 책을 읽었다.

"어쩐 일이에요, 책을 다 읽고?"

아내가 물었지만 "그냥 읽어 보는 거야."라고만 대답했다. 부서가 바뀐 사실을 아내한테는 아직 얘기하지 않았다.

잠들기 전에 책을 다 읽은 이시바시는 거실 소파에 앉

아 허공을 응시했다. 책에 감동받아서가 아니다. 오히려 수상작이 겨우 이 정도인가 하는 느낌이었다.

그의 마음을 빼앗은 건 책의 맨 마지막 페이지에 인쇄된 내용이다.

그건 '신인상 모집 요강'이었다.

2

역시 주인공의 직업을 뭘로 하느냐가 포인트야.

이시바시는 그렇게 생각했다.

인터넷으로 조사해 보니 특수한 직업을 다룬 작품이 심사에서 높은 평가를 받는 듯했다. 그 직업에 관한 지식을 적절히 나열하면서 사회 문제와 얽힌 살인 사건을 묘사하면 수상에 근접할 수 있을 것 같았다.

사회 문제 하니 노인 돌보기가 머릿속에 떠올랐고, 더 나아가 간호사라는 직업이 연상되었다. 그럼 간호사를 주인공으로 할까? 아니지, 조금 더 생각해 보자.

이시바시는 자리에 앉아 이리저리 머리를 굴렸다. 미스터리 신인상에 응모하기로 결심한 날부터 그가 회사에서 주로 하는 일은 소설 아이디어를 짜내는 것이었다. 업무와는 아무런 관련이 없지만, 그가 무슨 생각을 하는지 다른 사람들은 알 턱이 없었다. 좋은 아이디어가 떠오르면 슬쩍 메모도 했다.

"대단하네요, 이시바시 씨. 오래된 특허 정보 색인을 그토록 열중해서 들여다보다니 말이에요."

흡연실에서 나온 남자가 기분 나쁘게 웃으며 비꼬듯이 말했다. 아마 흡연실에서 다른 사람들과 함께 이시바시 흉을 보았을 것이다. 그런 인사 조치를 당하고도 회사에 붙어 있다니 자존심도 없나, 하고 말이다.

하지만 이시바시는 전혀 불쾌한 티를 내지 않은 채 "새로운 업무에 적응하느라고 죽을 지경이야."라고 싱글거리며 대답했다. 그러자 상대 남자가 질렸다는 듯 어깨를 으쓱하더니 아무 말 없이 가 버렸다. 어디 두고 보라지, 하고 이시바시는 그 등에 대고 중얼거렸다.

집에 돌아와서는 침실에 틀어박혔다. 그곳에 부부 공용 책상이 있기 때문이다. 이 아파트로 이사 올 때 실은 서재가 있었으면 했지만 그럴 공간이 없으므로 타협안으로 마련한 것이다. 책상 위에는 거울이 놓여 있고 서랍에는 화장품이 가득했지만, 그나마 책상이 없는 것보다는 훨씬 나았다.

메모를 참고해 가며 회사에서 생각해 둔 내용을 컴퓨터에 입력한 후 그걸 토대로 다시 스토리를 구성한다. 글은 골격이 모두 완성된 뒤에 쓰기로 했다. 프로 작가 중에는 처음부터 붓 가는 대로 쓰는 사람도 있는 모양이지만, 아마추어가 그런 식으로 써서 좋은 소설이 나올 리없다.

지금까지 이시바시가 회사에서 일하는 방식도 그랬다. 잘될 거라는 확신이 서기 전에는 섣불리 움직이는 법이없었다. 해 오던 방식을 존중하는 것이 그의 기본 자세였다. 혁신에 도전했다가 실패하는 사람을 수도 없이 봐 왔던 것이다. 이 사회의 대부분은 '감점주의'를 기반으로한다. 소설도 아마 마찬가지겠지. 마지막에 가서는 흠집찾기로 수상작이 결정될 것이다.

"요즘 왜 그래? 날이면 날마다 일거리를 집에 들고 오네. 회사에서 마치고 오면 좋잖아."

저녁을 먹는데 아내가 투덜댔다.

"경비 절감 차원에서 관리직의 야근이 금지됐어. 어쩔수 없잖아."

"흠, 불경기에 혼자 바쁘시군요."

"모르는 소리 마. 불경기라서 바쁜 거야."

이치에 닿지도 않는 논리를 내세워 그 자리를 모면했다.

그런 식으로 두 달을 보내고 마침내 소설의 골격을 완성했다. 전체적인 구성에서 세부 전개에 이르기까지 모든 부분을 철저히 다듬었다. 등장인물들의 경우 캐릭터가 겹치지 않도록 배려하고 행동 하나하나가 부자연스럽지 않도록 신경 썼다. 또한 무리한 전개를 철저히 배제하고 리얼리티를 추구했다. 세어 보니 대강의 줄거리만으로 원고지 100매 정도의 분량이 나왔다.

남은 일은 소설을 쓰는 것이었다. 이시바시는 응모 마감일까지의 날수를 계산해 무리하지 않는 범위 내에서 하루 집필 분량을 결정했다.

하루하루가 즐거웠다. 회사에서 소설을 구상하는 일은 끝났지만, 그 대신 상상의 나래를 펴게 되었다. 자신이 수상했을 때의 일을 꿈꾸며 앞으로의 인생을 새로 설계했다. 회사에는 당연히 사표를 낼 것이다. 그 가증스러운 상사에게 사표를 집어던지는 순간을 상상하자 가슴이 설렜다. 다들 선망의 눈길로 나를 바라보겠지.

줄거리가 이미 정해져 있으므로 쓰는 일은 어렵지 않았다. 토요일에도 일요일에도 늘 컴퓨터 앞에 앉아 있는 남편을 아내는 조금 마땅찮아하는 눈길로 바라보았다.

그리고 응모 마감이 내주로 다가온 목요일에 마침내 소설이 완성되었다. 그 주 토요일, 가족이 모두 외출한 사이에 원고를 프린트했고, 월요일이 되자 회사 근처 우체국에서 출판사로 프린트한 원고를 보냈다.

기도하는 마음이었다.

3

3월의 어느 날, 그 전화가 걸려 왔다.

이시바시는 너덜너덜한 자료를 셀로판테이프로 이어 붙이는 중이었다. 최근에 찾아낸 일로, 몰두하다 보면 시간 때우기에 그만이었다.

휴대 전화에 표시된 번호는 전혀 모르는 것이었다. 내키지 않았지만 한가한 김에 받아 보기로 했다.

"네."

"아, 여보세요. 이시바시 겐이치 씨인가요?"

처음 듣는 남자 목소리로 말투가 무척 가벼웠다.

"그런데요."

"느닷없이 전화 드려서 죄송합니다만, 저는 규에이 출판사 소설 출판부의 고사카이라고 합니다."

"네?"

상대의 말이 너무 빨라서 절반도 채 알아듣지 못한 이시바시가 되물었다.

"죄송하지만 다시 한 번 말씀해 주시겠습니까?"

"아, 네, 규에이라는 출판사입니다. 혹시 아십니까?"

"아……!"

그제야 '규에이'라는 이름이 머리에 들어왔다. 동시에 가슴이 쿵, 내려앉았다. 그러니까 규에이 신인상을 주최하는 그 출판사란 말이지.

"아, 네. 알죠, 압니다. 이거 실례했습니다."

전신에서 식은땀이 흘렀다.

"이번에 저희 출판사 신인상에 응모해 주셔서 감사합니다."

"아, 네……."

대꾸할 말이 생각나지 않았다.

"잠시 통화해도 괜찮을까요?"

"네, 괜찮습니다."

"실은 이시바시 씨가 응모한 작품에 관해 의논하고 싶

은 일이 있습니다. 그래서 한번 만나 뵙고 싶은데요. 도쿄에 사시죠? 장소를 지정하시면 제가 찾아가겠습니다."

"의논……이라니, 무슨 일인데요?"

응모 원고에 뭔가 문제라도 있는 걸까. 이시바시의 가슴속에 불안감이 번졌다.

"그건 만나 뵙고 말씀드렸으면 합니다. 괜찮으시겠어요? 바쁘시겠지만요."

바쁠 일은 전혀 없었다. 게다가 이런 말을 듣고 신경이 안 쓰이는 사람이 있겠는가.

오늘이라도 만날 수 있다고 하자 상대는 "그거 잘됐군요."라고 밝은 목소리로 반겼다. 오후 6시에 이시바시의 집에서 가장 가까운 전철역에 있는 찻집에서 만나기로 했다.

약속 장소에 가 보니 키가 작고 깡마른 남자가 기다리고 있었다. 기가 약하고 존재감이 희미해 보이는 사람이다. 정력적인 인물을 상상했는데 의외였다. 남자는 고사카이라고 다시 한 번 자기를 소개했다.

"응모하신 작품은 잘 읽었습니다."

인사를 나눈 뒤 커피를 주문하고 나서 고사카이가 정중하게 고개를 숙이며 말했다.

"정통의 살인 사건을 묘사하면서도 노인 보호 문제와 피싱 사기를 다루는 등, 상당히 빈틈없는 작품이라는 점에 감탄했습니다. 예선 심사 위원들도 칭찬을 아끼지 않더군요. 말씀드리기는 조심스럽습니다만……."

고사카이가 주위를 쓱 둘러본 뒤 말을 이었다.

"아마 최종 후보로 남을 것 같습니다."

"네?"

이시바시는 자신도 모르게 자세를 고쳐 앉았다.

"그게 정말입니까?"

고사카이가 고개를 살그머니 끄덕였다.

"정식으로 결정되기까지 한 달 정도 남았지만, 틀림없다고 봅니다."

이시바시는 어찌나 기쁜지 말이 다 나오지 않았다. 꿈이 아닐까. 테이블 밑으로 허벅지를 살짝 꼬집어 봤다. 아야.

"그래서 말인데요……,"

고사카이가 몸을 앞으로 기울였다.

"제목, 말입니다."

"아……, 제목에 문제가 있나요?"

"아니, 저, 문제라고까지 하긴 뭐합니다만……."

고사카이가 혀로 입술을 핥았다.

"제목이 '간호 문제 살인 사건' 아닙니까. 아무래도 이건 아니라는 얘기가 나와서요."

"좀 그런가요?"

이시바시의 물음에 고사카이가 고개를 끄덕였다.

"너무 직설적이라고 할까 뭐라고 할까, 제목에 살인 사건이라는 말을 붙이는 건 20년 전이라면 몰라도 요즘은 먹히지 않아요. 수상할 경우에 대비해 미리 바꾸는 게 좋을 것 같습니다. 신문에 수상작으로 발표되었을 때와 책으로 나왔을 때의 제목이 다르면 독자들이 혼란스러울 테니까요."

얘기를 듣는 동안 이시바시의 몸이 뜨겁게 달아올랐다.

고사카이 말로 미루어 보면 이시바시의 작품이 수상할 확률이 높은 듯하다. 그렇지 않다면 굳이 이렇게 자신을 만나러 올 이유가 없지 않은가.

"어떠세요, 당장 급한 일은 아니니까 다른 제목을 한번 생각해 보시겠습니까?"

고사카이가 질문하고 나서 이시바시의 표정을 살폈다.

"알겠습니다. 당장 생각해 보겠습니다, 좋은 제목을요."

연신 고개를 끄덕이며 이시바시가 대답했다.

4

고사카이와 만난 지 약 한 달 후, 그의 말이 거짓이 아니었음이 증명되었다. 규에이 출판사가 보낸 빠른우편이 이시바시의 집에 도착한 것이다. 신인상 후보에 올랐다는 사실을 알리는 서류가 봉투 안에 들어 있었다. 다행히 이시바시 혼자서 집을 지키던 토요일 낮 시간이라서 아내나 아이들에게는 들키지 않았다.

이시바시는 서류를 읽고 또 읽었다. 이시바시 겐이치 씨가 응모하신 '수수께끼의 간호사'가 제5회 규에이 신인상 최종 후보에 올랐음을 알려 드립니다······.

하늘을 나는 기분이었다. 고사카이의 언질이 있었지만, 과연 일이 그렇게 순탄하게 풀릴까 싶어 내내 불안했다.

"뭐야? 아까부터 혼자 싱글거리고, 기분 나쁘게 말이야."

저녁을 먹는데 아내가 눈살을 찌푸리며 말했다.

"좋은 일이라도 있어?"

"좋은 일은 무슨. 그냥. 낮에 봤던 텔레비전 장면이 생각나서 그래."

"나 참, 그렇게 할 일이 없어?"

무시하는 말투였지만 화가 나지 않았다. 곧 알게 되겠

지, 내가 얼마나 대단한 사람인지 말이야. 그렇게 생각하자 모든 것이 용서되었다.

회사에서도 마찬가지였다. 최근 들어 다른 부서의, 그것도 자신보다 어린 녀석들까지 잡일을 시키곤 했지만 너그럽게 받아들일 수 있었다.

두고 봐라, 이놈들아. 창고를 정리하면서도 이시바시는 마음속으로 큰소리를 쳤다. 수상하기만 하면 내 이따위 회사 당장 때려치운다. 베스트셀러 작가가 되면 돈을 잔뜩 벌어서 보란 듯이 잘살아 줄 테다.

하지만 들뜬 기분은 사흘을 넘기지 못했다. 냉정을 되찾자, 과연 수상할 수 있을까 하는 불안이 하루 종일 그의 머릿속을 떠나지 않았다. 다른 생각을 할 여유가 없었다.

이시바시는 과거의 수상작들을 새삼 다시 읽어 보고 심사평도 들여다봤다. 어떤 작품이 수상하고 어떤 작품이 떨어지는 걸까. 과거의 수상작과 비교해서 내 작품은 어떤가. 그것들보다 수준이 떨어지는가, 아니면 필적할 만한가.

생각하고 또 생각해 봐도 답이 나오지 않았다. 그러니 그만 생각하자고 마음먹지만, 어느새 또 그 생각으로 머릿속이 가득했다.

그런 그가 발상을 전환하도록 해 준 것이 어느 유명 작가의 프로필이었다. 거기에는 모 신인상에서 최종 후보에 오른 일을 계기로 작가로 데뷔했다고 적혀 있었다.

눈앞이 확 트인다는 표현은 바로 이런 경우를 두고 하는 말일 것이다. 그렇다. 수상이 데뷔의 필수 조건은 아니다. 생각해 보면 신인상을 받지 못한 채 작가가 된 사람도 허다하다.

문제는 이번 이시바시의 작품이 그럴 만한 수준인가 하는 점이었다. 그리고 그런 식으로 데뷔했을 경우 어떤 단점이 있는지도 궁금했다.

이시바시는 전문가의 의견을 듣고 싶었다. 인터넷 게시판 같은 곳에서 그런 내용을 찾을 수는 있지만 하나같이 근거가 희박했다.

고민 끝에 그는 고사카이에게 연락해 보기로 했다. 전에 만났을 때 받아 둔 명함이 있었다.

이내 연락이 닿았다. 상담을 청하자 고사카이는 뜻밖이라는 듯한 반응을 보이면서도 "알겠습니다. 그럼 일정을 조정해 보죠."라고 대답했다.

결국 그날 밤 고사카이를 만나게 되었다. 장소는 지난번 만났던 찻집이었다.

그와 얼굴을 마주하자마자 이시바시는 대뜸 "어떤가요?"라고 물었다.

고사카이가 의아해하는 표정을 지었다.

"뭐가 말씀입니까?"

"그러니까……."

이시바시는 말끝을 흐리고 말았다.

그러자 고사카이가 그의 생각을 알아차렸다는 듯이 쓴웃음을 지었다.

"심사 결과를 물으시는 거라면 드릴 말씀이 없습니다. 아직 심사 위원들이 원고를 읽는 중이고, 설사 다 읽은 분이 있다고 해도 결정 당일까지 의견을 물을 수 없습니다."

예상했던 대답이었다.

"역시 그렇군요."

"한시라도 빨리 결과를 알고 싶으신 마음은 이해합니다만, 조금만 더 기다려 주세요."

"그럴 겁니다. 그런데 그와 별개로 상담을 청하고 싶은 일이 있어서요."

"뭡니까?"

사실은, 하고 이시바시가 말을 꺼냈다. 수상한다면 물론 좋겠지만, 설사 수상하지 못한다 해도 작가로 데뷔하고 싶다. 과연 이번에 응모한 작품으로 데뷔하는 게 가능한가. 요약하자면 그런 내용이었다.

고사카이는 고개를 끄덕이면서도 떨떠름한 표정을 지었다.

"그런 생각을 하기는 아직 이르지 않을까요. 심사 결과를 발표한 후에 생각해도 늦지 않을 것 같은데요."

"네……, 그야 그렇지만, 설사 떨어지더라도 작가가 되는 길이 있다면 희망을 가질 수 있지 않을까 싶어서……. 이거 죄송합니다."

이시바시가 목을 움츠리며 고개를 숙였다.

고사카이는 난감하다는 듯이 잠시 입을 다물었다가 이내 표정을 누그러뜨렸다.

"방금도 말씀드렸지만 아직 거기까지 생각할 단계는 아닌 것 같습니다. 다만, 수상에 이르지 못한 작품도 출판된 사례가 있다는 것만은 말씀드릴 수 있습니다. 이시바시 씨 작품 역시 그럴 가능성이 전혀 없는 것은 아닙니다."

"아, 그래요?"

갑자기 길이 열리는 듯한 느낌이었다.

물론, 하고 고사카이가 차분한 목소리로 말을 덧붙였다.

"책을 냈다고 해서 자신이 작가로 데뷔했다고 생각하

는 건 상당히 위험합니다. 예전에는 처음 출판한 작품이 베스트셀러가 되는 일도 있었지만, 요즘은 그런 일을 기대하기 힘듭니다. 최근에는 수상 작가들의 책도 초판을 많이 찍지 못해요. 낙선 작가라면 그 10분의 1이 고작이죠. 게다가 광고도 하기 힘듭니다. 그러면 사람들 눈에 뜨이지도 않겠죠. 화제가 될 도리가 없습니다. 그러니 만약 낙선하신다면 다음에 다시 도전하겠다고 마음먹는 편이 낫습니다."

고사카이의 말에는 진정성이 담겨 있었다.

"현실이 그렇게 냉혹한가요. 수상하지 못하면 어렵다는 말씀이군요."

"유감스럽지만 그게 현실입니다."

"그래요……."

탈락해도 데뷔할 수 있을지 모른다고 생각했던 자신이 어리석었다는 걸 이시바시는 깨달았다. 작가의 길이 얼마나 험난한지 이제야 알 것 같았다.

"또 궁금한 점이 있으신가요?"

이시바시가 약간 주저하는 기색을 비치다가 입을 열었다.

"실은 확인하고 싶은 일이 하나 더 있습니다. 아니, 이

또한 수상하고 나서 생각하라고 말씀하실지 모르겠지
만……"

"뭔데요?"

"전부터 궁금했는데, 신인상을 받고 작가로 데뷔하면
생활이 얼마간 보장되나요?"

"보장이라니요?"

고사카이의 얼굴에 당혹감이 비쳤다.

"그 말씀은……"

"예를 들어 규에이 신인상을 수상하면 일이 얼마나 들
어옵니까? 1년에 최소 장편 한 편이라든가 아니면 단편
두 편이라든가……. 그리고 책을 출간했을 경우 최저 부
수나 인세도 알고 싶습니다. 그 외에 의료 보험이나 연금
이 얼마나 되는지도요."

5

"왜 그래? 안색이 안 좋아 보이네."

집에 돌아오자 아내가 물었다.

아무 일도 없다고 대답하고 침실로 향했다. 웃옷을 벗

고 그대로 침대에 누웠다.

한 시간쯤 전에 고사카이와 나눈 대화를 떠올렸다. 보장에 관한 이시바시의 질문에 고사카이는 명쾌하게 대답했다.

그런 건 전혀 없다는 것이다.

"저희가 약속할 수 있는 일은 수상작을 책으로 출판한다는 것뿐입니다. 그 작품이 주목받으면 다른 출판사에서도 원고를 의뢰하겠죠. 저희가 집필을 의뢰하는 경우도 있을 테고요. 하지만 그 외에는 아무것도 보장할 수 없습니다."

그럼 데뷔하고 나서 일이 전혀 들어오지 않는 경우도 있는가. 그 물음에 대한 고사카이의 대답은 예스였다.

"그런 경우가 드물지 않습니다. 수상작 한 편만 책으로 내고 사라지는 작가도 있고요. 사람들 기억에 남아 있지 않으니 눈에 띄지도 않죠. 오히려 데뷔하자마자 집필 의뢰가 쇄도하는 작가가 드물다고 할 수 있습니다. 저희 출판사의 경우 가라카사 잔게 씨 정도랄까요."

하지만 수상을 계기로 그때까지 하던 일을 그만두고 전업 작가가 된 사람도 많지 않은가. 그렇게 묻자 고사카이는 그건 도박이라고 했다.

"이러니저러니 해도 양다리 걸치기가 쉬운 일은 아니니까요. 승부를 한번 걸어 보겠다는 심정은 이해합니다. 하지만 역시 모험이에요. 회사를 다니면서 몇 년에 한 번씩 취미 삼아 책을 내는 편이 무난하지 않을까 싶습니다."

고사카이가 마치 달래는 듯한 말투로 말했다. 이시바시가 수상하면 회사를 그만둘 작정이란 걸 눈치챘기 때문일 것이다.

하지만 그의 말마따나 그 정도로 보장이 없는 세계라면 무작정 뛰어드는 건 무모한 일일 것이다. 상금과 데뷔작 인세로 당분간은 먹고살겠지만 일이 끊어지면 저축한 돈은 금세 바닥나고 만다.

회사를 다니면서 글을 쓰는 편이 낫겠다고 고사카이는 말했지만 그건 사실상 불가능하다. 이시바시가 근무하는 회사에서는 아르바이트가 금지되어 있다. 경기가 좋았던 시절에는 그런 규정이 엄격히 적용되지 않았고 사외에서 음악 활동 같은 것을 해도 암묵적으로 용인되었지만 불경기인 지금은 다르다. 다른 일을 했다가는 구조 조정 1순위가 되고 말 것이다. 그래서 이번 응모에서도 그는 필명을 사용했다. 응모했다는 사실이 알려지는 것조차 곤란하기 때문이다. 하지만 만일 본격적으로 데뷔하면 오래지 않아 회사에 알려질 것이다. 그리고 해고될 것이 불 보듯 뻔하다.

어떻게 해야 좋을까. 설사 수상한다 해도 작가가 되는 일을 포기해야 하나.

아내가 부르는 소리가 들렸다. 식사하라는 말일 것이다. 이시바시는 꾸물거리며 일어났다.

식탁에 앉았지만 식욕이 전혀 없었다.

"왜 그렇게 멍하니 있어? 밥 안 먹어?"

아내가 의아한 듯이 물었다.

"아니, 먹어야지."

이시바시는 젓가락을 들었다. 음식을 입에 넣었지만 맛이 느껴지지 않았다.

아내에게 얘기해 볼까. 작가가 되고 싶다고 말이다. 신인상 최종 후보에 올랐다고 하면 내 꿈이 단지 몽상에 지나지 않는다고 치부하지는 않을 것이다. 혹시 하고 싶은 일이 있으면 해 보라고 밀어 주지는 않을까.

"실은……," 하고 운을 뗐다. 하지만 텔레비전 소리가 커서 아내의 귀에 닿지 않은 듯했다. 아내도 딸도 식사를 하면서 눈은 텔레비전을 향해 있었다.

화면에 라면을 끓이는 남자의 모습이 비쳤다. 다 끓인

후 맛을 보고 고개를 갸웃거린다.

"아유, 안됐네."

아내가 얼굴을 찌푸렸다.

"왜, 저 남자한테 무슨 일이 있어?"

"저 사람, 원래는 은행원이었대. 그런데 곧 죽어도 라면 장사를 하고 싶어서 은행을 관뒀다는 거야. 하지만 막상 라면집을 여니까 손님이 하나도 없어서 사람들의 조언을 참고로 이것저것 도전하는 모양이지만 여전히 어려운가 봐."

아내는 눈썹을 찡그리고, 심술궂은 미소를 짓고 있다.

"멍청하지 뭐야. 은행에 계속 다녔으면 좀 좋아."

딸도 거들었다.

"쌔고 쌘 게 라면집인데 잘되기가 그리 쉬울까."

"그런 것도 모르고 무턱대고 저지르는 사람들이 있다니까. 주위에 그런 사람이 있으면 이만저만 골치 아픈 게 아니야. 특히 부인이 불쌍하지. 정말 안됐어."

남의 일이라고 생각해서인지 아내의 말투가 무척 가벼웠다.

안 되겠네. 이시바시는 고개를 떨궜다. 라면 가게를 한다는데도 저런 식으로 말하는데, 하물며 전업 작가가 되겠다고 하면 어떤 반응을 보일까. 상상하기조차 두려웠다.

6

총무부장의 말에 이시바시는 자신의 귀를 의심했다. 어이가 없어 말도 나오지 않는다.

"왜, 불만이라도 있나?"

총무부장이 싸늘한 표정으로 올려다봤다.

"자네도 알겠지만, 회사 사정이 지금 몹시 안 좋아. 줄일 만큼 줄여야 한다는 말이지."

"그건 저도 압니다만……."

목소리가 갈라져 나왔다.

얼토당토않게도 이시바시에게 주어진 새 업무는 오피스 클리닝, 다시 말해 사무실 청소였다. 지금까지는 청소 업자에게 맡겼지만, 경비 절감 차원에서 직원들 스스로 하는 게 어떻겠느냐는 얘기가 임원들 사이에서 나왔고, 일단 총무부부터 시험 삼아 실시하기로 했다는 것이다.

그러니까 이시바시 혼자서 총무부 전체를 청소하라는 얘기였다. 그것도 업무가 시작되기 전에 청소를 모두 마치란다.

"싫으면 거절해도 괜찮아."

총무부장이 말했다.

"하지만 그러면 명령 위반에 해당하겠지."

모가지를 자르겠다고 말하고 싶었을 것이다. 이시바시는 아뇨, 라고 기어 들어가는 목소리로 대답했다.

자리로 돌아왔지만 머릿속이 새하얘서 아무 생각도 안 났다. 물론 그런다고 업무에 지장을 줄 만큼 딱히 할 일이 있는 것도 아니었지만.

냉정함을 되찾고 나자 새삼 머릿속에 떠오르는 생각이 있었다.

이따위 회사 관둬 버리자. 관두고 작가가 되는 거다. 신인상을 받으면 당장 사표를 던져야지. 그게 낫겠어. 그 길밖에 없잖아. 고사카이는 반대했지만, 전업 작가로 들어선 사람들이 모두 실패한 건 아니지 않은가. 성공한 사람도 많았다. 나는 그들 성공한 그룹에 들어가고 말리라.

오늘 밤에 아내에게 말하자. 작가가 되고 싶다는 뜻을 밝히자. 굳게 결심하고 이시바시는 회사를 나섰다.

하지만 집에서 기다리고 있는 건 아내의 하소연이었다.

"오늘 여기저기 알아봤는데, 역시 영어 회화 학원에 보내야 할 것 같아. 하지만 고등학교에 올라가면 수업료도 비싸지는데 어째야 좋을지……. 당신, 월급이 오른다는 얘기는 없어?"

그녀가 가계부를 들여다보며 물었다.

이시바시는 눈앞이 깜깜해졌다. 월급이 오르기는커녕 앞으로는 그나마 못 받게 될 거야, 라고 말하면 아내는 틀림없이 광분할 것이다.

"응? 여보, 어떻게 생각해?"

아내가 집요하게 물었다.

실은, 하고 이시바시가 입을 열었다.

"내일부터 한 시간 일찍 출근해야 해. 그러니까 시간 외 수당이 나올 거야."

"정말? 그럼 도움이 많이 되겠네."

아내가 눈을 반짝이는 모습을 보며 이시바시는 가슴에 묵직한 통증을 느꼈다.

사무실 청소를 시작하면서 회사에서 그의 위상은 한층 낮아졌다. 다들 이시바시를 청소 팀의 일원으로만 봤다. 개중에는 "화장실 휴지가 떨어졌잖아요."라는 둥, 그를 함부로 대하는 직원마저 있었다.

분노를 씹어 삼킬 때마다 가슴속에서는 '아아, 이따위

회사 집어치우고 싶다.'라는 생각이 부풀어 올랐다. 전업 작가가 되어 이놈들 모두에게 복수를 하리라.

하지만 집에 돌아와 아내와 딸의 얼굴을 보면 도저히 말을 꺼낼 수 없었다. 그녀들은 지금의 이 생활이 영원히 계속되리라 믿고 있다. 매달 월급을 받고, 여름과 겨울에는 보너스가 들어오는 삶이 앞으로도 변함없으리라고 생각한다.

뭐라고 말하면 좋을까. 충격을 주지 않으면서 알릴 방법이 없을까.

자신감을 보여 주면 어떨까 하는 생각이 들었다. 작가로서 잘해 나갈 자신이 있다고 장담하면 조금은 불안이 옅어지지 않을까. 하지만 그 근거를 대라면 뭐라고 해야하나. 신인상을 수상하는 것 정도로는 부족할 것이다.

"아빠, 표정이 왜 그렇게 심각해?"

식사 중에 딸이 이시바시를 보며 물었다.

"응? 아, 아무것도 아니야."

이시바시는 딸의 눈길을 외면했다.

"당신 요즘 들어 좀 이상해. 회사에서 무슨 일이 있었어?"

아내도 수상하게 여기는 듯한 표정을 지었다.

"별일 아니라니까. 잠깐 멍하니 있었던 걸 가지고……,"

뭘 그러냐고 말하려는데 배에 격심한 통증이 느껴졌다. 이시바시는 얼굴을 찡그리며 의자에서 내려와 바닥에 웅크리고 앉았다.

병원을 찾은 이시바시에게 의사는 신경성 위염이라는 진단을 내렸다.

"혹시 무슨 고민이 있으십니까? 그렇다면 그걸 해결하는 게 우선입니다."

이시바시는 묵묵히 고개를 끄덕였다. 그게 가능하다면야 왜 이 고생을 하겠는가.

회사에서 가혹한 대우를 받을 때마다 이따위 회사 당장 때려치우고 작가가 되리라 다짐했다. 하지만 그런 다짐을 가족에게는 말할 수 없었다. 그렇게 피 말리는 나날이 계속됐다. 이러다가는 신경 쇠약에 걸리고 말 것 같았다.

그리고 마침내 운명의 날이 찾아왔다. 규에이 신인상 발표 날이 된 것이다.

이시바시는 아침부터 안절부절못했다. 수상하게 되면 더는 아내와 딸에게 감출 수 없을 것이다. 오늘 밤에야말로 두 사람에게 이야기하리라 마음먹었다.

별일 없이 일과가 끝나는가 싶었다. 그런데 퇴근 직전에 총무부장이 그를 불렀다. 무슨 일일까, 이런 시간에.

이번에는 또 무슨 말을 하려나.

"청소 일은 좀 익숙해졌나?"

이시바시의 얼굴을 보자마자 총무부장이 대뜸 물었다.

"네, 뭐……."

뜨뜻미지근하게 대답했다. 익숙해진 건 사실이다.

"그래?"

부장이 고개를 끄덕였다.

"자네의 업무 처리에 대만족이야. 비용이 대폭 줄어들었어. 그래서 말인데, 이번에는 사내의 청소를 모조리 담당할 부서를 만들기로 했네."

"네에?"

"부서 이름이 총무부 오피스 클리닝과일세. 물론 과장은 자네야. 맡아 줄 거지?"

이시바시는 총무부장 얼굴을 노려보며 오른손을 꽉 쥐었다.

7

"어머, 그거 왜 그래?"

아내가 이시바시의 오른손을 보며 물었다. 붕대가 감겨 있었다.

"어어……, 계단에서 구르는 바람에 다쳐서 약국에서 응급조치를 했어."

"뭐야, 둔해 빠져서는. 대체 어디서 그랬는데?"

"지하철역에서."

"흐음."

아내는 더는 관심이 없는 듯했다.

거실을 들여다보니 딸이 소파에 앉아 휴대 전화를 만지작거린다.

그는 심호흡을 했다. 아내는 부엌에서 가스 불을 들여다보고 있었다.

"두 사람 말이야,"

큰 소리로 말했다.

"잠깐 이리로 와 봐."

아내와 딸이 동작을 멈추고 동시에 그를 돌아봤다.

"할 말이 있어. 아주 중요한 얘기야."

아내의 얼굴에 불안과 당혹감이 스쳤다. 딸의 얼굴에는 거기에 더해 호기심이 어렸다.

회사를 그만두기로 했어, 라고 말하면 두 사람의 표정

이 어떻게 변할까. 무반응? 그럴 리 없다. 기뻐한다? 절
대 불가능하다. 화를 낸다? 가능성이 높다. 그러고는 울
고불고하겠지.

"뭔데?"

딸이 수상쩍다는 듯이 묻는다.

"아, 할 얘기 있으면 빨리 해."

이시바시는 숨을 크게 들이쉬었다.

"내가 회사를⋯⋯."

그때였다. 양복 안주머니에서 진동이 울렸다. 휴대 전
화를 꺼내 통화 버튼을 눌렀다.

"여보세요. 이시바시 씨? 저, 규에이 출판사 고사카이
입니다."

"아, 네, 네."

심장이 요동쳤다. 그래, 오늘 밤이었지. 중요한 일을 잊
고 있었다.

"방금 심사 위원회가 끝났습니다."

그리고 고사카이는 잠시 틈을 두었다가 말을 이었다.

"유감스럽게도 이번에는 수상하지 못하셨습니다."

"아⋯⋯."

"애석합니다. 결점이 별로 없다는 점은 심사 위원들이

모두 인정했습니다. 문체가 탄탄한 데다 안정감이 발군이라는 평가도 있었습니다."

"……그런데 왜 안 된 겁니까?"

떨리는 목소리로 물었다.

고사카이가 한숨을 내쉬는 것이 느껴졌다.

"모범 답안을 읽는 느낌이라는 것이 심사 위원들의 일치된 의견이었습니다. 문장이 교과서 같고 구성이 기본에서 어긋나지 않는 등, 모든 것이 틀에서 한 치도 벗어나지 않아 신선함도 실험 정신도 느껴지지 않는다고요. 이 작가는 모험심이라고는 1도 없는 성격이 아닐까 싶다는 평가도 나왔습니다. 그런 사람은 작가라는 직업에 어울리지 않는다고요."

대꾸할 말을 잃은 이시바시는 입을 다물었다.

고사카이가 다시 연락하겠다고 말하고 전화를 끊었다.

이시바시는 그대로 의자에 털썩 주저앉았다. 온몸에서 힘이 빠져나가는 듯한 느낌이었다.

"뭐야, 무슨 일인데 그래? 방금 그 전화, 누구한테서 온 거야?"

아내가 퍼붓듯이 물었다.

이시바시는 고개를 저었다.

"아무 일도 아니야."

마치 세탁기 속의 빨래가 돌아가듯이 이시바시의 머릿속에서 갖가지 생각이 소용돌이쳤다. 그중에는 작가가 된 자신에 관한 몽상도 있었다. 그 몽상은 순식간에 색이 바랬다.

이윽고 그는 자리에서 일어났다. 그리고 아내와 딸을 번갈아 보며 말했다.

"실은 이번에 인사이동이 있었는데, 오피스 클리닝과라는 곳으로 발령이 났어."

"오피스 클리닝? 그거 혹시……."

아내의 얼굴이 창백해졌다.

"무슨 일을 하느냐는 중요치 않아."

그는 딱 잘라 말했다.

"어느 곳에 가든 업무는 엄연한 업무야. 나는 그저 주어진 일에 최선을 다할 뿐이라고."

이시바시의 선언을 아내와 딸은 당혹스러운 표정으로 듣고 있었다. 둘 다 대꾸를 하지 않았지만, 잠시 후 슬그머니 안도감이 어린 미소를 지었다.

이시바시는 다시 의자에 걸터앉아 붕대가 감긴 오른손을 문질렀다. 회사에서 돌아오는 길에 화가 치민 나머지 벽을 치는 바람에 손을 다쳤다. 하지만 벽을 친 것은 잘한 일이었다.

　그리고…….

　휴대 전화를 바라보며 생각했다.

　수상하지 못해서 다행이야. 더는 고민할 일이 없잖아.

문예지에 관한
오해

1

"직장 견학이오?"

아오야마가 상사의 얼굴을 보며 재차 물었다.

"그게 뭐죠?"

"별로 대단한 건 아니야."

간다는 겸연쩍은 듯이 머리를 긁적였다.

"우리 둘째가 중학생인데, 학교에서 귀찮은 일을 떠맡았나 봐."

"아버지의 직장을 견학시켜 주겠다고 약속한 건가요?"

"응, 그런 모양이야. 반을 몇 개 그룹으로 나누어서 각각 누군가의 부모 직장을 방문하기로 했다는 거야. 아들놈이 아빠가 출판사에 근무한다고 했더니 다들 관심을 보였다나 봐."

"그래서, 오케이하셨어요?"

"응."

간다가 고개를 끄덕였다.

"거절하고 싶었지만 적당한 변명이 떠오르지 않아서 말이지. 아들놈이 친구들에게 이미 약속했다면서 난리를 치는 바람에……."

"아, 네……."

아오야마가 애매한 표정으로 천천히 고개를 끄덕였다.

"그래서, 제가 뭘 해야 하죠?"

"그게 말이야……."

간다는 아오야마의 어깨에 손을 얹었다.

"안내할 사람이 필요해. 아이들이 편집부를 제멋대로 돌아다니면 곤란하잖아. 그러니 자네에게 부탁 좀 함세. 괜찮지?"

네에, 하며 아오야마는 저도 모르게 얼굴을 찡그렸다.

"언제죠?"

"그게, 오늘이야."

"네?"

얼굴이 더 일그러졌다.

"오늘은 아카무라 선생님 취재 건을 처리해야 하는데요."

"그건 급하지 않잖아. 꼭 해야 하는 거면 다른 사람한테 맡기든지. 부탁 좀 할게."

간다가 간절한 표정으로 두 손을 모았다.

아오야마는 한숨을 내쉬며 머리를 마구 긁어 댔다. 간다가 평소에 편의를 많이 봐줬던 터라 거절하기가 어려웠다.

"알겠습니다. 어떻게든 해 보죠."

"아, 다행이다!"

간다가 마음이 놓인다는 듯이 말했다.

아오야마는 자리로 돌아와 컴퓨터를 켜고 메일을 체크하는 등 업무를 시작했지만 도무지 일이 손에 잡히지 않았다. 중학생들에게 출판사 일을 어떤 식으로 설명하면 좋단 말인가.

아오야마가 근무하는 곳은 『소설 규에이』 편집부다. 『소설 규에이』는 규에이 출판사에서 발행하는 문예지 이름으로, 단행본 부서에서 근무하던 아오야마는 얼마 전 인사이동 때 이 부서로 발령을 받았다.

단행본을 만드는 것과 문예지를 만드는 것은 일의 내용이 크게 달랐다. 단행본은 작가 한 사람의 원고만 받아 오면 그만이지만 문예지는 여러 작가에게 원고를 부탁하고 받아 내야 했다. 더구나 문예지는 원고가 소설에 국한

되지 않고 수필, 대담, 인터뷰 기사 등 다양한 분야에 걸쳐 있다. 심지어 화보와 만화까지 있다. 그리고 소설에는 삽화도 넣어야 한다. 한마디로 할 일이 산더미인 것이다. 도저히 혼자서는 할 수 없고 팀워크가 필요하다. 신참인 아오야마는 아직 일을 배우기에도 벅차다. 그런 자신이 과연 중학생들을 안내할 수 있을지 불안했지만, 생각해 보니 다른 선배 사원들은 하나같이 아오야마보다 훨씬 많은 일을 맡고 있었다. 현실적으로 볼 때 그가 할 수밖에 없는 것이다.

오전 11시가 조금 지났을 때 누가 어깨를 툭 건드렸다. 간다였다.

"아이들이 왔나 봐. 가자고."

네, 하며 아오야마는 자리에서 일어섰다.

안내 데스크가 있는 정면 현관으로 내려가 보니 교복을 입은 학생들이 있었다. 남학생 3명과 여학생 2명이었다. 간다와 아오야마를 본 학생들이 인사를 했다.

'그런 대로 예의는 바르군.'

간다가 어느 남학생에게 다가가서 뭐라고 귀엣말을 했다. 자세히 보니 간다와 닮은 것이 아들인 모양이었다.

그 학생과 얘기를 마친 간다가 다른 학생들에게 살가

운 미소를 지어 보였다.

"여러분, 멀리까지 오느라고 수고했습니다. 저는 『소설 규에이』의 편집장 간다라고 합니다. 오늘은 마음껏 저희 출판사를 견학하기 바랍니다. 이분은 여러분을 안내할 아오야마 씨입니다. 궁금한 점이 있으면 서슴지 말고 아 오야마 씨에게 물어보세요."

단숨에 거기까지 내뱉고 난 간다는 "그럼 아오야마 씨, 잘 부탁해. 나는 윗분께 가 봐야 해서."라고 말했다.

"네, 알겠습니다."

아오야마의 대답을 듣고 난 간다가 부리나케 엘리베 이터를 향해 걸어갔다. 그의 모습이 사라진 후 아오야마 는 학생들을 돌아봤다. 하나같이 애티가 가시지 않은 얼 굴에 긴장하는 빛이 역력했다.

"자, 그럼 갈까요."

아오야마가 앞장서고 학생들이 그의 뒤를 졸졸 따라 왔다. 다 함께 엘리베이터를 타고 편집부가 있는 층으로 향했다. 학생들의 손에는 모두 손가방이 들려 있었다. 그 중 한 학생의 가방에 『소설 규에이』가 들어 있는 것이 얼 핏 보였다. 예비 조사를 하고 온 모양이었다. 아오야마는 그 정성에 감탄했다.

엘리베이터를 내린 일행은 문예국으로 향했다. 단행본을 만드는 부서와 문고본을 만드는 부서가 모두 그곳에 있다. 책상과 캐비닛이 즐비하게 있는데, 책상 위까지 책이 수북이 쌓여 있는 등 더할 수 없이 너저분했다. 그 혼란스러움에 학생들도 놀란 듯 눈을 동그랗게 떴다.

"하도 바빠서 정리할 시간이 없답니다."

아오야마가 변명하듯 말한 뒤 학생들을 『소설 규에이』 편집부 쪽으로 안내했다. 그곳에 간다의 모습은 보이지 않았고 편집부원 3명이 책상에 앉아 있었다. 학생들이 견학하러 왔다는 사실을 알 텐데도 그들은 아무 관심이 없다는 듯 아오야마 일행에게 눈길도 주지 않았다.

회의용 테이블이 비어 있어 학생들을 그곳에 앉으라고 했다. 남학생 3명이 아오야마와 마주 보고 앉고, 양옆으로 여학생 2명이 앉았다.

"자, 그럼 무슨 얘기부터 해 줄까. 여러분, 뭘 알고 싶어요?"

그러자 안경을 낀 남학생이 "저……." 하고 손을 들었다.

"네, 뭐죠?"

안경 소년이 가방에서 『소설 규에이』를 꺼냈다. 그게 신호라도 되는 듯, 다들 『소설 규에이』를 꺼내 테이블 위에 올려놓았다.

"아니, 다들 한 권씩 샀네? 기쁘군요."

아오야마의 말에 학생들이 어쩐지 겸연쩍은 표정을 지었다. 그때 "아니, 그게……," 하고 나선 학생은 간다의 아들이었다.

"견학이 결정된 뒤 제가 아빠께 부탁해서 다섯 권을 받았습니다. 남는 것이 있다고 들어서요."

"아, 그랬군요. 맞아요, 늘 몇 권씩 남지요."

"솔직히, 중학생에게 900엔은 큰돈이거든요."

안경 소년이 말했다.

"그런 비싼 잡지를 공짜로 얻어서 굉장히 기뻤어요. 그래서 헛되이 하지 않도록 열심히 읽으려고 했습니다."

아오야마는 웃으며 고개를 끄덕였다. 좋은 아이들이구나 싶었다.

"생소한 작가의 단편 소설이나 에세이가 실려 있어 조금 낯설기는 했지만 상당히 재미있게 읽었어요. 세상에는 참으로 다양한 작가가 있다는 것을 알게 되었습니다."

"그 말을 들으니 책을 만드는 사람으로서 보람이 있군요."

아오야마는 진심으로 그렇게 말했다.

"하지만……,"

안경 소년이 아오야마를 바라보았다. 소년의 렌즈가 번쩍, 빛난 것처럼 느껴졌다.

"단편 소설이나 에세이 말고는 읽을 것이 별로 없었어요. 장편 소설 연재물이 여러 편 실려 있었는데, 중간부터 읽으니 뭐가 뭔지 알 수 없어서 결국 읽다 말았습니다."

아, 하고 아오야마는 입을 쩍 벌렸다.

"그럴 수도 있겠군요."

"그런데 저는 좀 어리둥절했어요. 저희는 공짜로 얻었지만, 비싼 값을 치르고 이 잡지를 산 사람들 입장에서 이렇게 읽을거리가 적어도 괜찮은가 하고요."

"아니, 그건……."

어쩔 수 없다고 말하려던 아오야마는 그 말을 속으로 삼켰다. 금기를 누설할 수는 없었다.

"저희들이 오늘 가장 알고 싶은 건……,"

안경 소년은 『소설 규에이』를 손으로 집어 들고 표지를 아오야마 쪽으로 향하게 했다.

"이 책이 팔리느냐 하는 점입니다. 정말로 출판사가 이 책을 팔아서 돈을 버나요?"

우연하게도 사무실 전체가 조용할 때 나온 질문이었다.

아니, 우연이 아니었는지도 모른다. 사무실 사람들이 아까부터 귀를 쫑긋 세우고 듣고 있었던 것 아닐까. 특히 『소설 규에이』편집부 사람들은 그랬을지도 모른다.

어찌 됐건 안경 소년의 질문은 정적에 휩싸인 공간에 울려 퍼졌다. 잠시 메아리가 느껴졌을 정도였다.

아오야마는『소설 규에이』편집부의 선배들을 둘러봤다. 방금 안경 소년이 말한 내용을 들었을 텐데도 그들은 꼼짝 않고 책상에 앉은 채 컴퓨터 모니터나 교정지를 들여다보고 있었다. 그들의 등짝이 아오야마에게 '네가 해결해라'라고 무언의 압박을 가하는 듯했다.

"아니, 저, 그러니까⋯⋯,"

아오야마가 손수건을 꺼내 이마에 흐르는 땀을 닦았다.

"읽을 게 없는 건 아니죠. 연재소설을 즐겨 읽는 사람도 많아요."

"정말요?"

의심쩍다는 투로 안경 소년이 되물었다.

"당연하죠. 아니면 잡지에 싣겠어요?"

"하지만,"

아오야마의 오른쪽에 앉은 여학생이 입을 열었다.

"그 사람들은 언제부터 잡지를 샀을까요? 이걸 보면 연재 3회 차, 10회 차, 23회 차 등 모두 제각각이잖아요. 그렇다면 잡지를 언제 사든 대개의 작품이 이미 연재 도중이었을 텐데요."

"그, 그렇긴 하지만……."

입술이 바짝바짝 말랐다.

"중간부터 읽으면 절대 안 된다는 법도 없지요. 거, 왜, 여러분도 만화 잡지를 읽지 않나요? 예를 들어 우리 출판사에서 나오는 『소년 펑크』 같은 것 말이에요. 거기 실린 만화도 대부분 연재물인데 누구나 중간부터 재미있게 읽잖아요."

"만화 잡지의 연재물과는 다르다고 생각합니다."

단호하게 주장하고 나선 학생은 개중에서도 체구가 가장 작은 남학생이었다.

"여기 오기 전에 제 나름으로 분석해 봤어요."

"부, 분석을요?"

"만화 잡지의 연재는 대부분 한 회마다 이야기가 완결되는 구조로 되어 있습니다. 그렇지 않은 경우도 중간에 읽기 시작한 사람들이 계속 읽고 싶게 하는, 더 나아가 지금까지의 스토리를 알고 싶어지도록 하는 장치가 있어요. 하지만 『소설 규에이』에 연재된 소설에서는 그런 흔적을 전혀 찾을 수 없었습니다. 물론 '지난 줄거리'가 나와 있긴 하지만 진심으로 내용을 전하려고 애쓴 것 같지는 않았어요."

"아아…… 죄송합니다."

날카로운 지적에 아오야마는 자신도 모르게 목을 움츠렸다. 그때 간다의 아들이 자못 심각한 목소리로 물었다.

"『소설 규에이』의 판매 부수와 수익은 얼마나 되나요? 흑자가 나기는 하나요?"

노골적인 질문에 아오야마는 말문이 막히고 말았다. 간다가 왜 안내역을 자신에게 떠넘겼는지 알 것 같았다. 아들과 얘기를 나누는 동안 학생들이 문예지에 관해 뭘 알고 싶어 하는지 어렴풋이 깨달았을 것이다.

도망가고 싶었지만, 불가능한 일이었다. 학생들이 또랑또랑한 눈으로 그의 대답을 기다리고 있었다.

아오야마는 마음을 정했다. 학생들을 속일 수는 없다. 숨을 한 번 깊게 들이마신 뒤 입을 열었다.

"연재소설을 읽는 사람은 많지 않다고 생각합니다. 솔

직히 말해『소설 규에이』만으로는 적자예요."

역시, 하는 분위기가 감돌았다. 간다의 아들은 어깨를 축 늘어뜨렸다. 아빠가 일하는 곳이 그런 부서라는 걸 알고 충격을 받았을 것이다.

"하지만 이익이 전혀 나지 않는 건 아니에요. 연재가 끝나면 그 소설은 단행본으로 출판되거든요. 그리고 그 책은 흑자를 낼 것이 확실합니다. 그럴 만한 작가라서 연재를 의뢰하는 거니까요.『소설 규에이』만으로는 적자지만 크게 보면 수익이 난다고 할 수 있어요."

숨김없이 솔직히 얘기했으니 학생들도 납득하리라고 생각했다. 하지만 석연치 않아 하는 그들의 표정은 변함이 없었다. 이윽고 학생들이 서로 얼굴을 마주 보며 고개를 끄덕였다. 그리고 안경 소년이 다시 일동을 대표하듯이 말을 꺼냈다.

"저희도 그런 게 아닐까 생각했어요. 그렇지 않다면 회사로서는 채산이 맞지 않으니까요. 하지만 여전히 이해가 안 가는 점이 있어요."

"그게 뭐죠?"

그러니까, 하고 안경 소년이 잠시 틈을 두었다가 다시 입을 열었다.

"연재소설을 싣는 이유요. 읽는 사람이 별로 없다는 걸 알면서도 싣는 이유가 뭔가요?"

아오야마가 자신도 모르게 미간을 찌푸렸다.

"방금 말했잖아요. 장편 소설을 연재한 다음……."

"그게 끝나면 단행본으로 낸다는 말씀이죠? 그건 알겠는데, 반드시 연재할 필요가 있나요? 왜 곧바로 단행본으로 내지 않나요?"

그 질문에 아오야마는 가까스로 여유를 되찾았다. 초보적인 질문이었다.

"곧바로 내는 경우도 많아요. 아니, 그런 경우가 더 많죠. 신인 작가나 인기가 별로 없는 작가의 경우 원고를 곧바로 단행본으로 출판합니다. 이른바 전작(全作) 소설이라는 것이죠."

"저도 전작 소설이라는 말은 들어 본 적이 있어요. 그런데 왜 전부 그렇게 하지 않는 거죠?"

"출판사로서도 그렇게 하고 싶은 마음이 간절하죠. 하지만 인기 작가들이 그걸 원하지 않아요."

"왜요?"

"왜냐하면 문예지 같은 곳에 소설이 연재되면 즉시 원고료가 들어오니까요. 하지만 전작 소설은 그렇지 않잖아요. 작가로서는 일단 돈이 많이 들어오면 좋으니까 연재를 선호해요."

"그렇지만……,"

아오야마의 오른쪽에 앉은 여학생이 입을 열었다.

"연재소설을 읽는 사람이 아무도 없는데도요?"

"아무도 안 읽지는……."

"하지만 상품으로서는 가치가 없잖아요."

체구가 작은 남학생이 말했다.

"적어도 그 시점에는 이윤이 나지 않으니까요. 그런데도 원고료를 지불하나요?"

"그럼요. 그 작가가 쓴 글을 우리가 게재하니까요."

"질문요."

이번에는 아오야마 왼쪽에 앉은 여학생이 손을 들고 나섰다. 키가 크고 분위기가 약간 어른스럽다.

"작가들은 어떻게 생각하나요?"

"뭘 말이지요?"

"연재소설이 안 읽힌다는 걸 알면서 쓴다는 말이잖아요. 쓰고 싶은 의욕이 생기지 않을 것 같아요."

"아니, 그건……."

아오야마는 고개를 갸우뚱했다. 그는 다시 여유를 잃

고 말았다.

"글쎄요, 연재 중에는 읽히지 않는다 해도 단행본으로 나오면 독자들이 읽을 테니 의욕이 없지는 않을 것 같은데요."

"연재소설을 단행본으로 낼 때는 글을 고쳐 쓰지 않나요?"

"대개 고쳐 쓰죠. 그대로 내는 작가가 오히려 드뭅니다."

"원고료는 원고 매수로 결정하는 거죠?"

"맞습니다. 1매당 금액은 작가에 따라 다르지만요. 4백자 원고지로 환산해서 계산합니다."

그럼, 하고 어른스러운 여학생이 말했다.

"연재할 때는 쓸데없는 내용까지 장황하게 적어 넣고, 단행본으로 낼 때 고쳐 쓰는 방법도 있겠네요. 저라면 그럴 것 같아요."

그러자 안경 소년이 여학생의 말을 이었다.

"다시 말해서 원고료 도둑이네요."

3

편집부의 공기가 삽시간에 얼어붙었다. 아무도 학생들 쪽을 바라보지 않았지만 보나마나 귀를 쫑긋 세우고 있을 것이다.

어떻게 좀 해 봐, 그 녀석들이 입을 닥치도록 말이야. 모두가 아오야마에게 무언의 압력을 가하고 있었다.

"아니, 아니, 아니지."

아오야마가 손을 휘휘 내저었다.

"그럴 수도 있겠지만, 그런 작가는 없어요. 아무도 그런 짓은 하지 않아요."

"그래요?"

여학생은 납득하지 못하는 눈치였다.

"그랬다가는 작가 자신이 나중에 고생하게 될 테니까. 고쳐 쓰느라고 말이죠."

"나중에 고생하지 않을 만큼만 대충 쓸 수도 있지 않을까요? 프로라면 그 정도는 어렵지 않을 것 같은데요."

아오야마는 말문이 막혔다. 반론의 여지가 없었다.

"그런 식으로 원고료를 도둑맞아도 분하지 않나요?"

여학생이 다그치듯 묻는다. 아오야마는 해맑은 여학

생의 얼굴을 한 대 후려치고 싶었다.

일단 헛기침을 한 번 했다. 어떻게든 이 난국을 극복해야 한다.

"그렇지는 않죠. 설령 그게 사실이라 하더라도 최종적으로 단행본이 나오면 우리도 수익을 낼 수 있으니까 그 정도는 감수해야 한다고 봅니다."

한마디로, 하며 안경 소년이 다시 안경 속에서 눈을 빛냈다.

"작가가 문예지에 초고를 싣는 거네요. 그 초고로 원고료를 번다, 그렇게 생각하면 되겠군요."

"초고라……, 아니, 그 표현은 좀……."

"하지만 딱히 틀린 말도 아니지 않나요? 고쳐 쓰는 게 전제니까요."

"그런 전제는 없어요. 작가들 대부분은 되도록이면 고쳐 쓰지 않도록 최선을 다해 글을 씁니다. 하지만 그들도 사람인지라 애초에 생각했던 대로 글이 써지지 않는 경우가 있어요. 그럴 경우 단행본으로 낼 때 손을 보는 거예요."

아오야마가 열심히 설명했음에도 안경 소년은 불만스러운 듯이 미간을 찌푸렸다.

"그런 걸 초고라고 하지 않나요? 연재 중인 소설은 완성된 원고가 아니라는 뜻이잖아요."

"그야 그렇지만……."

그때 아오야마의 오른쪽에 앉은 여학생이 『소설 규에이』를 집어 들었다.

"그러니까 독자들은 완성되지 않은 제품을 사는 거네요. 그런데 900엔이나 하다니……."

"아니, 잠깐만요. 단행본으로 낼 때 수정하는 건 사실이지만, 그렇다고 연재 중인 소설이 완성품이 아니라고 할 수는 없지요. 그건 그것 나름으로 완성된 작품이에요. 그걸 더 개량한다고 할까 업그레이드한다고 할까……, 그래요, 업그레이드라고 해 두죠. 독자들도 되도록이면 완성도가 높은 작품을 읽고 싶어 할 테니까요."

아오야마가 열변을 토했다. 겨드랑이 밑에서는 땀이 흘러내렸다. 자신이 왜 이런 일을 당해야 하는지, 간다가 원망스러웠다.

학생들이 다시 서로 얼굴을 마주 봤다. 눈으로 뭔가 신호를 주고받는 듯했다. 아오야마는 예감이 좋지 않았다.

체구가 작은 남학생이 가방에서 A4 용지를 꺼냈다.

"여기 오기 전에 인터넷으로 조사를 해 봤어요."

아까는 분석이라더니 이번엔 조사? 뭐야, 이 녀석.

"최근 10년간 『소설 규에이』는 장편 소설을 150편 이상 연재했더군요."

"아, 그래요?"

그럴 수도 있겠다고 아오야마는 생각했다. 세어 본 적은 없지만.

"아까 말씀하신 대로 그중 상당수가 단행본으로 만들어졌고요. 하지만 16개 작품은 아직 출판되지 않았어요. 그건 왜일까요?"

"왜냐……, 그야 나름으로 사정이 있겠죠. 글을 다듬는 데 시간이 걸린다거나, 출판할 시기를 가늠하고 있다거나……."

그러자 남학생은 손에 들고 있던 A4 용지를 테이블 위에 내려놓았다.

"16개 작품 중 10개는 연재가 끝난 지 3년이 넘었어요. 그리고 그중 5개 작품은 8년이 넘었고요. 그 작품들은 왜 단행본으로 나오지 않았나요?"

"그건……."

자신도 문제라고 생각한다고 대답하고 싶었다. 하지만 그렇게 말할 수는 없었다. 아니, 해서는 안 된다.

"나도 잘 모르겠어요. 단행본은 다른 부서에서 출판하거든요. 그 부서와 작가가 합의해서 그런 거 아닐까 싶은데요."

그러면, 하고 남학생이 말했다.

"그 부서에 계신 분을 소개해 주시겠어요? 단행본으로 나오지 않은 이유를 여쭤보고 싶어요."

그 직후였다. 주위에 앉아 있던 일부 직원들이 술렁거리더니 행선지 표지판에 뭔가를 적은 뒤 종종걸음으로 사무실을 빠져나갔다. 말할 것도 없이 그들 모두가 단행본 담당자였다.

아오야마는 한숨을 내쉬며 남학생을 바라봤다.

"유감스럽게도 방금 모두 자리를 비운 것 같습니다."

"그렇군요."

남학생은 아무런 동요 없이 A4 용지를 몇 장 더 꺼냈다.

"단행본으로 나오지 않은 작품에 관해 인터넷으로 조사해 봤습니다. 그랬더니 그중 절반 이상이 도중에 연재가 중단되었더군요. 그런 경우 작가가 스토리를 꾸려 나가는 데 실패해서 연재를 포기했다고 해석하는 게 맞을까요? 만약 그렇지 않다면 왜 그렇게 되었는지 합리적인 설명을 듣고 싶어요."

아오야마의 입에서 조그맣게 신음 소리가 흘러나왔다. 합리적인 설명? 그건 불가능하다. 왜냐하면 이 학생의 말이 사실이니까.

"왜 그렇게 된 거예요?"

남학생이 끈덕지게 물었다.

"음, 뭐……, 그럴 수도 있겠지요. 아, 하지만 흔히 있는 일은 아닙니다. 작가도 인간이니 실수할 때가 있어요. 여러분도 그렇잖아요, 아무리 열심히 공부해도 여간해서는 백 점을 받기 어렵지 않습니까? 그와 마찬가지예요."

아오야마의 말을 듣고 난 남학생의 눈빛이 한층 날카로워졌다.

"마찬가지라고요?"

"그래요, 인간이 하는 일이니 때로는 실수할 수도 있습니다."

그러자 안경 소년이 말했다.

"시험과 상품은 다르다고 생각합니다."

"사, 상품이라고요?"

안경 소년이 테이블 위에 있던 『소설 규에이』를 집어 들었다.

"이 잡지는 이 회사의 상품이 아닌가요? 그런데 단행본으로 내기 어려울 정도의 실패작이 게재됐다면 그건 잡지가 불량품이라는 얘기죠. 그럴 경우 리콜하고 회수해서 무상으로 완성품과 교환해 줘야 하는 거 아닐까요?"

4

"이곳에 견학 오기로 결정된 날부터 저희는 연구를 시작했어요."

안경 소년이 담담한 어조로 말했다.

"그런데 도저히 이해할 수 없는 점이 있었어요. 왜 그렇게 원고료를 많이 주면서까지 연재소설을 게재할까. 단행본이 목적이라는 사실을 알게 되었죠. 하지만 실제로는 그 목적을 달성하지 못하는 경우가 종종 있더군요. 그럴 경우 작가가 원고료를 돌려줄까? 아마도 그렇지 않겠죠. 그렇다면 대체 왜 연재를 했을까. 작가에게 공돈을 준 셈인데, 제 생각이 틀렸나요? 그리고 연재소설들은 아오야마 선생님이 뭐라고 하시든 역시 초고 수준이라고 생각되는데, 작가들은 초고를 출판사에 팔면서 수치스러워하지 않나요? 또한 출판사는 초고인 줄 알면서 문예지에 게재한 데 대해 죄책감을 느끼지 않나요? 그렇지 않으면 어차피 연재소설 따위를 읽는 독자는 없다면서 작가도 출판사도 독자를 우습게 여기는 건가요?"

"아니, 그런 건 아닙니다."

아오야마가 몸을 움츠리며 기어 들어가는 목소리로 대답했다.

"아오야마 선생님,"

이번에는 체구가 작은 남학생이 입을 열었다.

"지금까지 해 주신 말씀으로 깨달은 게 있어요. 요컨대 연재소설은 잘나가는 작가에게 원고료라는 명목으로 돈을 건네는 시스템이군요. 그래서 초고건 뭐건 개의치 않는 거고요. 그렇지 않은가요?"

맞는 말이에요, 라고 할 수는 없는 노릇이어서 아오야마는 입을 다문 채 잠자코 있었다.

"만일 제 말이 사실이라면 원고료만 지불하고 게재하지 않는 게 낫지 않을까요? 그리고 연재소설처럼 조금씩 나누어 원고를 받는 것이 아니라 완성된 원고를 통째로 받는 거예요. 그러면 원고를 고쳐 쓰는 귀찮은 절차를 생략할 수 있고, 원고료를 지불하고도 단행본을 내지 못하는 불상사를 막을 수 있겠죠. 『소설 규에이』에는 완성된 작품만 게재할 수 있고요. 그렇게 되면『소설 규에이』는 멋진 상품이 될 거라고 생각합니다.”

틀린 말은 아니지. 하지만 꼬마야, 세상사가 그렇게 간단하지 않단다.

“그건 어려워요.”

아오야마가 입을 열었다.

“왜요?”

“그래서는 답이 안 나오거든요.”

“답……이오?”

“그래요, 답.”

아오야마는 몸을 의자 등받이에 기댔다. 이제 조금은 본심을 말하자, 그런 심정이 되었다.

“연재라는 형식을 취하면 초고든 뭐든 그 작가의 원고를 매달 확실히 받을 수 있어요. 출판사로서는 그게 굉장히 중요한 일입니다. 연재가 시작되기만 하면 언젠가는 작품이 완성되죠. 단행본으로 나오지 못하는 경우도 물론 있지만 그런 경우는 드물고 대개는 순조롭게 흘러갑니다.”

그러나 학생들은 여전히 석연치 않은 듯한 표정이었다. 아니나 다를까, “그래도 잘 모르겠는걸요.”라고 안경 소년이 말했다.

"소설이 완성되기를 마냥 기다릴 수 없으니까 원고료를 지불하면서 매달 조금씩 원고를 사는 시스템을 택했다는 건 이해하겠어요. 하지만 왜 그걸 게재해야 하나요? 원고료를 지불했으니 그걸 게재하느냐 마느냐는 출판사의 자유가 아닌가요?"

아오야마는 고개를 저었다. 역시 아이들이야. 아무것도 모르잖아.

"게재하지 않을 수 없어요. 게재하지 않는 건 작가에게 실례거든요."

"실례라고요? 그런가요?"

"실례죠. 게재하고 싶다면서 원고를 의뢰하거든요. 작가도 그런 줄 알고 글을 써 주는 거고요. 그래 놓고 게재하지 않으면 화가 나지 않겠어요? 게다가 게재하지 않으면서 마감 시간을 정할 수는 없지요."

"왜 화가 나죠? 어차피 초고잖아요. 그런 상태로는 사람들 눈에 뜨이지 않는 편이 작가로서도 나을 것 같은데요. 원고료는 들어오니까 불만도 없을 테고요. 그리고 마감 시간을 정하지 않는다는 것도 이상해요. 정 그러면 납기라는 표현을 쓰면 어떨까요? 작가라는 직업도 제조업이잖아요. 그러니 납기를 지키는 건 당연하다고 봐요."

"그게 말처럼 쉽지 않아요."

"왜요? 게재하지 않으면 작가에게 실례라고 하셨는데, 그런 원고를 게재하는 것이야말로 독자에게 실례가 아닌가요?"

안경 소년의 말이 칼날처럼 아오야마의 가슴에 쿡, 박혔다. "그건⋯⋯." 하고 입을 열었지만 더는 말이 나오지 않았다. 독자에게 실례라⋯⋯, 맞는 말이었다.

아오야마 선생님, 하고 심각한 목소리로 말을 꺼낸 건 간다의 아들이었다.

"얼마 전에 우연히 아빠의 메일을 보게 되었는데 거기에 『소설 규에이』가 팔리지 않아서 어려움에 처해 있다는 글이 쓰여 있었어요. 그래서 연일 이어지는 회의에 이만저만 힘든 게 아니라고요. 하지만 저는 이해가 안 가요. 지금까지 하신 얘기로 『소설 규에이』가 독자가 아닌 작가를 위해 출판된다는 사실을 알았기 때문이죠. 그런 잡지가 팔리지 않는 건 당연하잖아요. 고민한다는 것 자체가 난센스인 것 같아요. 아빠가 그런 일을 하신다는 게 한심합니다."

"한심하다고요?"

"네. 부끄럽다고 생각하지 않으세요?"

어른스러운 여학생이 말했다.

부끄럽다고?

"돈을 받고 독자한테 파는 거라면 자신 있게 내놓을 만한 작품이어야 한다고 생각해요. 단행본으로 낼 때 고쳐 쓴다면 연재 중에 읽은 사람은 단행본을 다시 사라는 말인가요? 그건 사기가 아닐까요?"

사기라고?

아오야마의 머릿속에서 뭔가가 툭, 툭, 끊어지는 느낌이 들었다. 그런데도 학생들은 공세를 늦추지 않았다. 이를테면 그런 미완성품을 내놓고서 잡지가 안 팔리네 출판업이 불황이네 그러는 건 이해가 안 된다, 아무도 읽지 않는 잡지에 돈과 노력을 쏟아붓는 건 어리석은 일이다, 자원의 낭비일 뿐이다, 그럴 바에는 차라리 연재소설 페이지를 비워 두는 게 어떻겠느냐, 그러면 메모지로라도 쓸 수 있을 것이다…….

"닥쳐!"

아오야마가 책상을 양손으로 쾅, 내리치며 자리에서 벌떡 일어났다.

"너희들이 뭘 안다고 함부로 나불대!"

안경 소년의 눈이 렌즈 안쪽에서 휘둥그레졌다. 나머지 학생들은 입을 쩍 벌렸다. 그들의 모습을 바라보며 아오야마가 계속했다.

"안단 말이야, 우리도. 이상한 짓을 하는 줄 우리도 안다고. 하지만 어쩔 수가 없잖아. 이렇게라도 하지 않으면 작가 놈들이 글을 써야 말이지. 활자화할 매체를 마련해서 그곳에 게재하는 형식을 취하지 않으면 절대 글을 쓰지 않는다고. 선생님, 마감 때까지 제발 글을 써 주십시오, 하고 몇 번이나 무릎 꿇고 부탁해야 가까스로 원고가 나온다니까. 납기? 그런 말이 그들에게 통할 것 같아? 정상적인 일을 못하니까 작가가 되었다고밖에 여겨지지 않는 인간들이야, 그들은. 애들이나 마찬가지라고. 여름 방학 숙제를 8월 31일이 되기 전에는 손도 안 대는 초등학생이랑 똑같아. 아니, 그보다 못한 놈들도 있지. 아무렇지도 않게 마감 시간을 무시하질 않나, 온갖 위세를 떨면서 원고를 던지듯이 주질 않나. 연재소설을 읽는 사람이 어디 있냐고? 그래, 맞아. 그런데 그건 작가들도 알아. 문예지가 크게 적자를 본다는 것도, 상품으로서 가치가 없다는 것도. 그런데도 모르는 척하며 당당하게 원고료를 탈취해 간다고. 그렇게 해서 간신히 넘겨받은 원고는 너희가 말한 대로 초고 수준이지. 오자나 탈자투성이인 건 물론이고 모순과 의문투성이인 것도 드물지 않아. 전전 회에서 이미 죽은 등장인물이 다시 나오는 건 어떻고. 그런 점을 지적하면 작가는 '아, 그래? 단행본을 낼 때 고치면 되지, 뭐.'라고 얼버무릴 뿐이야. 그럴 수는 없다면서 바로잡아 달라고 하면 외려 화를 내면서 그딴 식으로 귀찮게 굴면 앞으로 너희 출판사와는 일하지 않겠다고 큰소리를 쳐. 그러니 어쩌겠어, 우리가 알아서 해결하는 수밖에. 초고 수준의 허접한 원고를 어떻게든 읽을 만한 수준으로 고치는 수밖에. 우리라고 결함투성이인 상품을 팔고 싶겠어? 그래서 필사적으로 작가의 뒤치다꺼리를 하는 거야. 그게 어떻게 난센스야? 어떻게 사기냐고! 불만이 있으면 너희들이 한번 해 봐. 문예지 편집자를 해 보라고. 멍청한 작가들을 상대할 수 있으면 한번 해 보란 말이야!"

천장을 향해 절규한 직후 아오야마는 퍼뜩 정신을 차렸다. 그리고 방금 자신이 내뱉은 말을 한마디 한마디 되짚어 보고는 공포에 사로잡혔다. 내가 도대체 무슨 말을 한 거지.

머뭇거리며 학생들을 바라봤다. 다들 망연자실한 모

습이었다.

이어서 그는 주위를 둘러봤다. 사무실에 남아 있던 직원들이 모두 그를 바라보고 있었다. 조금 전에 밖으로 나갔던 단행본 담당자들도 어느새 돌아와 있다.

누군가 천천히 아오야마에게 다가왔다. 간다였다. 그의 눈이 벌게져 있었다. 아오야마는 속이 탔다. 방금 한 말을 정정해야 한다. 하지만 말이 나오지 않았다. 일단 사과라도 해야 할까.

간다가 아오야마 앞에 섰다. 그리고 지그시 그를 노려보았다. 아오야마가 죄송하다고 말하려는 순간 간다가 양손을 뻗어 아오야마의 손을 잡았다.

"아니……?"

아오야마는 간다의 얼굴을 올려다봤다. 상사의 눈에서 눈물이 흘러내리고 있었다.

그때였다.

"아빠!"

간다의 아들이 자리에서 일어섰다.

"몰랐어요, 아빠가 하시는 일이 그렇게 가혹한 것인 줄을요. 죄송해요."

간다가 아들을 돌아봤다. 부자는 한동안 바라보다가

서로 부둥켜안았다.

나머지 학생들도 자리에서 일어섰다.

"아오야마 선생님,"

안경 소년이 말했다.

"멋진 답변이었어요. 감동했습니다. 문예지에 관해 제가 오해하고 있었어요. 그동안 싸워 오셨군요. 제가 경솔했습니다. 부디 힘내세요."

아오야마는 할 말이 생각나지 않았다. 망연자실했다는 표현이 옳을 것이다.

그때 어디선가 짝, 짝, 박수 소리가 났다. 그걸 시작으로 모두가 일어서서 아오야마에게 박수를 보냈다.

천적

1

고사카이는 뛰다시피 걸으며 시계를 봤다. 약속 시각
인 오후 2시까지는 2분밖에 안 남았다. 이거 야단났는걸,
하며 입술을 깨물었다. 회사 일이 생각보다 오래 걸려 늦
어진 것이다.

신예 작가 가라카사 잔게와 만나기로 한 곳은 가라카
사의 집 근처에 있는 패밀리 레스토랑이었다. 가라카사
는 그 레스토랑의 음료수 무한 리필 코너에서 몇 잔이고
커피를 마시며 소설을 구상하는 것이 습관이다.

전에는 조금 늦는 것쯤 크게 개의치 않았다. 가라카사
가 그 정도 일로 기분 나빠 할 사람이 아니기 때문이다.

하지만 지금은 다르다. 가라카사가 불평하지 않는다
해도 지각은 용납되지 않는다.

그자가 오늘도 함께하려나. 오늘은 다른 볼일이 생겨

서 안 왔으면 좋겠다. 그런 생각들이 고사카이의 머리를 스쳤다. 가능성이 희박하다는 걸 모르는 바는 아니다.

마침내 약속 장소에 도착하자 문을 열고 뛰어들듯이 들어가 레스토랑 안을 둘러봤다. 구석 자리에 가라카사가 앉아 있었다.

그리고.

그자가 가라카사 옆에서 손목시계를 내려다보고 있었다. 고사카이를 발견한 가라카사가 인사를 했지만 그자는 고사카이에게 눈길도 주지 않았다.

"아이고, 안녕하세요."

고사카이가 살갑게 웃으며 그들에게 다가갔다. 그리고 그들 맞은편 자리에 앉으며 시계를 봤다.

"와, 정각 2시군요. 하마터면 늦을 뻔했네요."

"그 시계, 고장 난 거 아니에요? 2시 1분인데요."

그자, 즉 스와 모토코가 차갑게 내뱉었다.

"어, 그래요? 이상하네. 그럴 리가 없는데……."

"제 것은 전파시계예요. 1초도 안 틀린단 말이에요. 고사카이 씨가 레스토랑에 들어올 때 이미 2시가 지나 있었어요. 전에도 말씀드렸죠? 지각은 곤란하다고요."

스와 모토코가 새된 소리로 쏘아붙이고는 고양이 같

은 눈으로 고사카이를 노려봤다. 나이는 스물일곱이라는데 동안이어서 그보다 좀 더 어려 보인다.

"그만하지. 고작 1분 가지고 뭘 그래."

가라카사가 감싸 주려 했지만 "그렇게 얼렁뚱땅 넘어가면 안 되지."라며 스와 모토코는 기세를 늦추지 않았다.

"1분이 2분이 되고, 2분이 3분, 4분, 5분, 결국은 10분이 되는 거예요. 선생님의 귀중한 시간이 그런 식으로 낭비되는 꼴, 나는 절대 못 봐요."

"네, 맞는 말씀입니다."

고사카이가 양손을 테이블 위에 얹고 말했다.

"정말 죄송합니다. 실은 급히 처리할 일이 있어서……."

"그게 우리랑 무슨 상관이죠?"

"물론 상관은 없죠, 예. 다시 한 번 깊이 사과드립니다."

그리고 고사카이는 두 사람을 향해, 라기보다 스와 모토코를 향해 꾸벅꾸벅 고개를 숙였다.

호기심 어린 눈으로 그들을 바라보던 종업원이 주문을 받으러 왔다. 두 사람 앞에는 이미 마실 것이 놓여 있었다. 고사카이는 '음료 무제한' 메뉴를 선택했다.

자신이 마실 커피를 가지러 갔다 온 고사카이가 허리를 죽 펴며 가라카사를 보았다.

"그런데, 소설은 잘돼 갑니까? 지난번에 얘기할 때는 중반에 접어드는 참이라고 하셨는데요."

고사카이의 그 말에 가라카사의 얼굴이 순식간에 어두워졌다.

고사카이는 젊은 작가들의 그런 표정을 한두 번 본 게 아니었다.

"아니, 그게……."

"잘 안 풀리는 모양이군요. 어디서 문제가 생겼습니까?"

"어디라기보다……, 설정 자체에 문제가 있지 않나 싶어요."

"설정에 문제가 있다니, 그게 무슨 말씀이죠?"

"그러니까, 무대 설정이라든지 인물 설정 같은 것들 말이에요. 메이지 시대로 시간 여행을 떠난 주인공이 긴자 거리에서 탐정 사무소를 연다는 얘기인데, 도무지 풀어나갈 수가 없네요."

"왜 그렇죠? 저는 설정이 흥미롭다고 생각했는데요."

"흠……."

가라카사의 입에서 신음 같은 소리가 흘러나왔다.

"부조리 이론을 전개하기 힘들어서요."

"아하, 부조리 이론 말씀이군요!"

그렇게 맞받았지만 고사카이는 그게 무엇인지 전혀 알 수 없었다.

"저는 제 작품의 특징이 바로 그 점이라고 보거든요. 이러니저러니 해도 결국 제 책 중에서 팔린 건 『허무승 탐정 조피』뿐이잖아요. 그 책이 팔린 이유도, 업계에서 호평을 받은 이유도 결국 논리 전개의 부조리함이 돋보였기 때문이라고 생각해요. 제 팬들은 그런 작품을 기대하고 있습니다. 그래서 저는 늘 그 작품과 비슷하거나 그 이상의 작품을 쓰려고 노력합니다."

"그야 저도 잘 알지요. 그래서 이번 작품 같은 설정이 나온 거잖아요. 구상을 들었을 때는 소름이 돋았습니다. '허무승 탐정 조피'의 세계가 되살아나는 느낌이었어요."

고사카이는 있는 힘을 다해 작품을 추어올리려 했지만 가라카사는 시큰둥한 표정을 지었다.

"하지만, 약해요."

"뭐가 말씀입니까?"

"임팩트가 없단 말이에요."

옆에 있던 스와 모토코가 끼어들었다.

"임팩트라니요?"

"소설의 트릭에 강렬한 임팩트가 없다고요. '허무승 탐정 조피'를 쓴 가라카사 잔게가 그따위 평이한 트릭을 구사해서는 안 되죠. 그 정도는 다른 작가들도 쓸 수 있잖아요. 팬들은 절대로 만족하지 않을 거예요. 최대의 팬인 제가 가라카사 선생님께 그렇게 말씀드렸답니다. 그렇죠?"

뭐가 '그렇죠?'야! 고사카이는 화를 억누르며 그녀를 봤다. 가라카사가 고민하는 이유는 아무래도 이 여자 때문인 듯하다. 왜 쓸데없는 소리를 해서……

가라카사는 묵묵히 고개를 숙이고 있었다.

"그래서, 어쩌실 생각인데요?"

고사카이가 조심스레 물었다.

"아, 그래서 말인데요,"

가라카사가 고개를 들었다.

"지엽적인 부분에 손을 대 봤자 근본적인 해결책은 안 될 것 같아요. 아예 처음부터 새로 쓰는 게 낫지 않을까 싶습니다만."

"네에?"

고사카이가 몸을 벌렁 뒤로 젖혔다.

"처음부터 새로 쓰신다고요? 어떤 식으로…… 말입니까?"

"그러니까 메이지 시대의 긴자 거리라는 설정을 버리고, 차라리 외국을 무대로 하는 게 어떨까요? 런던에서 셜록 홈스와 대결한다든가……."

"바로 그거야!"

스와 모토코가 손뼉을 쳤다.

"선생님 팬들은 그런 걸 읽고 싶어 한다니까요."

'넌 닥쳐!'라는 말이 나오려는 걸 고사카이는 가까스로 안으로 삼켰다.

"아니, 하지만 이제 와서 처음부터 다시 쓰면 예정대로 작품을 완성하기 어렵지 않을까요?"

"아마 그럴 겁니다."

가라카사가 고개를 꺾었다.

"그러면 좀 어때요?"

스와 모토코가 또 끼어들었다.

"예정이란 곧 미정이라는 뜻이잖아요. 쓰다 보면 고칠 수도 있는 거죠. 어설프게 썼다가 가라카사 잔게의 명성에 흠집이 나면 어떡하려고 그래요. 책임지실 건가요? 말씀 좀 해 보세요."

'내가 왜 책임을 져?'

아니, 그런, 하고 고사카이가 우물거리자 "그러면 그렇지." 하고 스와 모토코가 의기양양한 표정을 지었다.

"작품의 완성도야 어떻든 그저 가라카사 잔게의 신작을 내면 그만이라는 식이잖아요. 선생님, 속으시면 안 돼요."

"아닙니다, 속이다니요."

고사카이가 손을 내저었다.

"저 역시 가라카사 씨가 스스로 납득할 만한 작품을 쓰기를 바라는 마음입니다."

"그러면 당분간 기다려 주세요. 다시 한 번 생각해 보고 싶습니다."

가라카사가 심각한 표정으로 말했다.

작가가 그렇게까지 말하는데 마감일을 지키라고 강요할 편집자는 없다.

"알겠습니다."

고사카이는 일단 한발 물러서기로 했다.

레스토랑을 나온 그는 쯧, 하고 혀를 찼다. 무슨 저런 여자가 다 있어!

스와 모토코를 소개받은 건 지난번 만났을 때였다. 가라카사가 쑥스러워하며 '매니저 비슷한 사람'이라고 소개했을 때 고사카이는 감이 딱 왔다. 아하, 사귀는구나, 하고. 당연히 결혼을 전제로 한 만남이겠지.

드문 일은 아니었다. 잘나가는 작가가 사무실을 차리고 아내를 대표로 앉히는 경우가 곧잘 있었다. 대표니까 작가의 활동에 개입하기도 한다. 매니저 비슷한 사람이라는 말은 그런 뜻일 거라고 해석했다.

하지만 스와 모토코는 거기서 그치지 않았다. 일단 가라카사의 일에 사사건건 끼어들었다. 그저 조언하는 정도라면 괜찮을 것이다. 격려라도 해 준다면 고마울 것이다. 하지만 그게 아니었다. 그녀는 편집자를 '자신의 소중한 애인을 잡아먹으려는 하이에나'라도 되는 양 철저히 적대시했다. 어떤 기획이나 일도 그녀의 동의를 얻지 못하면 성사되지 않았다.

한마디로 말해 그녀는 고사카이의 천적이다.

2

"아, 그런 케이스로군. 흠……."

고사카이의 얘기를 들은 편집장 시시도리가 남의 일처럼 무심하게 말했다.

"그렇군. 잔게 씨가 그런 여자랑 사귀고 있단 말이지."

"정말 죽겠어요. 왜 저한테 꽥꽥거리냐 이 말이에요."

"투덜거릴 거 없어. 드문 일도 아니잖아."

그러면서 시시도리는 담배에 불을 붙였다.

"그런 일이 자주 있나요?"

그렇게 물은 사람은 젊은 편집자 아오야마였다. 그는 문예지 편집자인데 가라카사 잔게의 담당자인 터라 이렇게 함께 얘기를 나누는 일이 잦다.

세 사람은 흡연실에 있었다.

"자주 있지. 작가의 마누라라는 사람들은 대체로 세 가지 타입으로 나뉘거든."

시시도리가 그 굵은 손가락 3개를 폈다.

"무관심한 타입, 관심을 받고 싶어 하는 타입, 나서는 타입."

"무관심한 타입은 뭔지 알겠어요. 남편 일에 관심이 없다는 거겠죠."

"좀 더 정확히 말하자면 작품의 내용에 관심이 없는 거지. 출간된 책이 얼마나 팔리고 돈이 얼마나 들어오느냐에도 관심이 없는 건 아니야. 내가 아는 한 그런 아내는 없네."

그렇겠죠, 라며 동의하는 표정을 지었다.

"관심을 받고 싶어 하는 타입은요?"

"말 그대로야. 남편이 유명해지니까 거기에 편승해 자신도 뭔가를 시작하는 경우가 의외로 많아. 남편에게 자극받아 자신도 글을 쓰겠다고 나서는 경우도 있고, 연극을 시작하는 경우도 있지. 그림을 그려서 개인전을 열기도 하고."

"나쓰이 선생의 부인은 상송 콘서트를 열었죠."

고사카이가 덧붙였다.

"그랬지. 그땐 정말이지 괴로웠어. 그토록 음치일 줄이야."

"그럴 경우 담당 편집자는……."

"말해 뭐 하겠어. 당연히 가야지."

시시도리가 딱 잘라 말했다.

"작가의 부인이 책을 냈다면 일단 사서 읽은 다음 누구보다 먼저 감상문을 써서 보내야 해. 찬사를 늘어놓는 건 기본이겠지. 연극에 출연한다면 맨 앞자리에 앉아서 감동의 눈물을 흘려야지. 그림을 그려서 개인전을 열면 화환을 보내고 맨 먼저 달려가서 그림을 사야 하고. 콘서트를 열면 눈에 잘 띄는 곳에서 기립 박수를 치는 거야. 굳이 설명할 필요도 없는 일들이지만 말이지."

"보통 고생이 아니군요."

"그 정도는 일도 아니야."

고사카이의 말이다.

"그럼, 편집자라면 그 정도는 당연히 해야지."

시시도리가 천장을 향해 연기를 내뿜었다.

"마지막으로 말씀하신 '나서는 타입'이란 어떤 경우인가요?"

"그게 말이지,"

시시도리는 꽁초를 재떨이에 비벼 끄고 새 담배에 불을 붙였다.

"어떤 의미에서는 그런 타입이 제일 성가셔."

"왜요?"

"무관심한 타입은 물론이고 관심을 받고 싶어 하는 타입도 우리가 일하는 데는 크게 지장을 주지 않아. 골치 아픈 건 사사건건 감 놔라 배 놔라 참견하는 부인들이지. 프로듀서 타입이라고도 부른다네."

"아니, 그럼,"

아오야마의 눈길이 고사카이를 향했다.

"가라카사 씨의 경우는……."

"바로 그런 타입이지."

고사카이가 떨떠름한 표정으로 말했다.

"프로듀서 타입의 화신이랄까. 게다가 아직 결혼도 안 했는데 말이지. 내 참."

"그런 타입이 골치 아픈 건 편집자의 일에 참견하는 것으로 끝나지 않기 때문이야. 작가의 창작에까지 이래라저래라 한다니까."

시시도리의 말에 고사카이가 "맞습니다, 맞아요." 하고 한숨을 내쉬었다.

"그게 정말이에요?"

아오야마가 의외라는 듯이 물었다.

"그런 타입의 부인은 원래 그 작가의 팬이었던 경우가 대부분이야."

시시도리가 설명했다.

"팬이란 자고로 응원해 주는 대신 요구 사항도 많은 법이야. 게다가 제멋대로지. 전에 어느 작가는 매너리즘을 탈피하려고 시리즈의 등장인물 중 한 사람을 죽는 것으로 처리했는데, 왜 그따위 짓을 했느냐며 고쳐 쓰라는 협박장을 받은 적도 있어. 감정 이입이 과도한 나머지 전개가 자신의 마음에 안 드는 방향으로 나아가면 히스테리를 일으키는 거야."

세상에, 라며 아오야마가 입을 딱 벌렸다.

"때로는 개인적인 취향을 강요하는 사람도 있지."

고사카이가 말했다.

"예를 들어 정사 장면을 넣지 말라고 한다든가."

"아아, 그러고 보니 이런 일도 있었어. 연애 소설로 유명한 여류 작가의 소설에서 언제부턴가 갑자기 정사 장면을 찾아볼 수 없어서 왜 그런가 했는데, 알고 보니 당시에 사귀던 연인이 그런 소설을 쓰지 않았으면 좋겠다고 했다는 거야. 어처구니없는 얘기지."

"하지만 작가도 문제가 있네요. 그런 의견은 한쪽 귀로 듣고 한쪽 귀로 흘려야죠."

"그렇긴 한데, 그러지 못하는 작가가 많아. 다들 아내나 연인에게는 약한 거지. 그럼 어떻게 할까요, 편집장님? 가라카사 씨는 처음부터 새로 쓰겠다고 고집을 부리는데요."

고사카이의 질문에 편집장이 생각에 잠겼다.

"지금 쓰고 있는 작품이 메이지 시대의 거리를 무대로 탐정이 부조리한 사건과 맞닥뜨린다는 스토리던가?"

"그렇습니다. 가라카사 씨의 특기인 본격 부조리 미스터리죠. 스토리의 큰 줄기나 트릭은 그대로 두고 무대와

인물 설정을 바꾸고 싶다는데요."

시시도리는 홍, 콧방귀를 뀌더니 "어쩌겠어, 일단 프로
듀서에게 맡기는 수밖에." 하고 체념한 듯이 말했다.

3

가라카사 잔게, 즉 다다노 로쿠로는 컴퓨터 앞에서 한
숨을 내쉬었다. 커피잔을 끌어당겼지만 잔이 비어 있었
다. 커피를 새로 끓일까 망설이다가 그만두기로 했다. 오
늘은 이미 다섯 잔이나 마셨다.

모니터를 바라보며 다시 한숨을 내쉬다가 머리를 긁
적였다.

아무리 애를 써도 아이디어가 떠오르지 않는다. 고사
카이에게 말한 대로 설정을 뜯어고쳤지만 스토리는 순
조롭게 굴러가지 않았다.

전에는 이런 일이 없었다. 무대만 준비되면 등장인물
들이 저절로 움직여 주었다. 로쿠로 자신은 생각지도 못
했던 수수께끼가 나타나고 의외의 인물이 의미가 불분
명한 행동을 반복했다. 그러다가 마침내는 부조리하면

서도 근사한 세계가 구축되었던 것이다.

그런데 요즘은 그렇지 않았다. 한 회 한 회를 쥐어짜듯이 쓰고 있지만 결과를 보면 자신조차 전혀 납득이 가지 않았다. 이게 슬럼프라는 것일지도 모른다. 이 상태를 벗어나지 못하면 어쩌나 생각하니 등골이 오싹했다.

무대를 메이지 시대의 도쿄에서 19세기 런던으로 바꾼 것이 문제였을까. 프랑스로 바꿔 볼까? 아니, 아예 미국으로……. 그런 생각을 하는데 현관문 열리는 소리가 났다. 그리고 안녕, 하며 모토코가 들어왔다. 그녀에게는 로쿠로의 집 열쇠가 있다.

"잘돼 가요?"

그녀가 다가와서 모니터를 들여다보며 물었다.

"어머, 진전이 별로 없네요. 어쩐 일이에요?"

"잘 안 써져. 설정이 신통치 않아서 그런가 봐."

모토코가 팔짱을 끼었다.

"런던으로 바꾼 건 나쁘지 않은 것 같은데……."

"무대만의 문제가 아닌 것 같아. 그래서 생각해 봤는데, 이참에 도전을 할까 싶어."

"도전이라니, 어떤 식으로요?"

모토코의 눈이 반짝 빛났다.

로쿠로는 혀로 입술을 한 번 핥고 나서 입을 열었다.

"경찰을 등장시키면 어떨까?"

"경찰을요?"

모토코의 미간에 주름이 한 줄 잡혔다.

"응. 아무래도 정식으로 수사하는 사람을 내세우는 편이 스토리 전개가 깔끔할 것 같아."

"본격 부조리 미스터리는 포기하겠다는 건가요?"

"아니, 아니, 그건 아니지."

로쿠로가 다급히 손을 내저었다.

"그런 말이 아니야. 그럴 수야 없지. 내 소설의 핵심이 그건데. 당연하잖아."

"하지만 경찰에게 수사를 시킨다면서요. 그래서는 부조리 미스터리라고 볼 수가 없을 텐데요."

"그러니까 그 수사도 부조리한 방향으로 흐르는 거지. 예컨대……."

로쿠로가 자신의 아이디어를 열심히 설명하며 모토코를 이해시키려 했다.

스와 모토코는 고등학교 친구의 여동생이다. 그런 그녀에게서 편지가 온 건 로쿠로가 데뷔한 직후였다. 편지에는 신인상 수상을 축하한다는 말과 함께 자신이 수상작인 '허무승 탐정 조피'를 읽고 얼마나 감동했는지 모른다는 내용 등이 구구절절이 적혀 있었다.

로쿠로는 기쁜 나머지 즉시 친구에게 전화를 걸어 감사 인사를 전한 뒤 셋이 한번 만나자고 했다. 그리하여 오랜만에 긴자의 중국집에서 만나게 되었다.

십수 년 만에 만난 모토코는 아름다운 숙녀가 되어 있었다. 로쿠로는 그녀와 똑바로 눈을 마주치지 못했다. 그런가 하면 그녀는 오빠의 친구라서가 아니라 동경하는 작가를 만나 기쁜 것 같았다.

그 일을 계기로 두 사람은 사귀게 되었다. 모토코는 로쿠로가 쓴 책을 모조리 읽고 감상을 말해 주었다. 칭찬만 하는 것이 아니라 넌지시 불만을 얘기하기도 했다. 로쿠로는 그녀의 그런 점이 마음에 들었다. 칭찬만 하면 기분은 좋겠지만 작가에게는 크게 도움이 되지 않는다.

그는 그녀와 결혼할 생각이다. 이미 양쪽 부모에게도 인사를 드렸다. 아직 출판계에 공식적으로 발표하지는 않았지만, 평소에 신세를 지고 있는 선배 작가 다마자와 요시마사에게만은 그런 사실을 알렸다.

"괜찮겠어요, 모토코 씨? 소설가의 아내로 살기가 여간 힘들지 않을 텐데요."

다마자와가 빙글거리며 물었다.

"각오하고 있어요."

그때 모토코가 대답한 말이다.

모토코의 태도가 달라진 건 그 무렵부터다. 그 전부터도 로쿠로는 자신이 쓰고 있는 소설을 그녀에게 읽히고 감상을 부탁하곤 했지만 그때까지 그녀는 의견을 강하게 주장하는 일이 별로 없었다. 그런데 최근에는 상당히 적극적으로 자신의 주장을 펼치곤 했다. 아무래도 다마자와의 으름장에 작가 아내로서의 자각이 싹튼 듯하다.

그녀의 의견은 일관되게 '허무승 탐정 조피'를 웃도는 본격 부조리 미스터리를 써야 한다는 것이었다. 물론 그건 로쿠로 자신이 지향하는 바이기도 했다. 인터넷 등을 통해서 보면 그런 자신에게 열광하는 팬이 상당수 있었다. 그들의 기대를 저버리고 싶지 않았고, 그래서 그들을 대표한다고 할 수 있는 그녀의 의견을 듣는 것은 의미 있는 일이라고 생각했다.

그러나 소설에 경찰을 등장시킨다는 로쿠로의 아이디어에 모토코는 동의하지 않았다.

"그건 좀 아닌 거 같아요. 사이비 가라카사 잔게 같은 느낌이랄까……."

"역시 그런가……."

"역시, 라면 가라카사 씨도 그렇게 생각했다는 말이군요. 그래요, 타협하면 안 돼요."

반론의 여지가 없었다. 모토코의 말이 옳다.

그때 휴대 전화가 울렸다. 고사카이였다. 전화를 받자 그는 "어때요, 잘돼 갑니까?" 하고 물었다.

흠, 하고 로쿠로는 신음했다.

"뭔가 큰 벽에 가로막힌 느낌이에요."

"그래요? 그럼 지금 어떤 상황인지만이라도 듣고 싶은데요."

"네, 알겠습니다."

편집자를 만나 봐야 무슨 소용이 있을까 싶었지만, 그렇다고 무시할 수도 없었다. 두 사람은 늘 만나던 레스토랑에서 보기로 했다.

4

레스토랑으로 들어오는 두 사람을 보고 고사카이는 기분이 우울해졌다. 또 저 여자, 스와 모토코와 함께군.

•

프로듀서인 체하는 여자.

"아, 지난번 뵈었을 때 설정을 바꾼하고 말씀하셨죠?"

주문한 음료가 다 나온 후 고사카이가 말을 꺼냈다.

"그랬는데도 문제가 있는 겁니까?"

"이야기가 좀처럼 재미있게 전개되지 않아요. 정체 상태라고 할까요. 그래서 이번에는 과감하게 경찰을 투입할까 생각했어요."

그거 괜찮은데요, 라고 고사카이는 말하려 했다. 가라카사의 소설은 미스터리물임에도 절대 경찰이 등장하지 않는 것이 특징이었다.

하지만 그가 입을 열기 전에 스와 모토코가 먼저 "안 된다니까요, 그런 설정은." 하고 말했다.

"그러면 가라카사표 미스터리가 아니잖아요. 팬들이 실망할 거예요. 고사카이 씨도 같은 생각이시죠?"

"글쎄요, 어떨지…… 저는 그래도 나쁘지 않을 것 같습니다만……."

고사카이가 말끝을 흐렸다.

"무슨 말씀이세요. 가라카사 팬의 대표로서 그건 반대예요."

"아아, 그래요……."

그 여자 정말 시끄럽네, 하고 고사카이는 속으로 투덜거렸다. 작가가 모처럼 글을 쓰고 싶은 의욕이 생겼으니 입 닥치고 있으라고 쏘아붙이고 싶은 심정이었다.

"무슨 일이 있어도 소신을 굽혀서는 안 돼요. 응원하는 독자들을 소중히 여겨야 합니다."

스와 모토코의 일침에 가라카사 잔게는 위축되고 말았다. 그야말로 엄처시하다.

"실은 여기 오기 전에 아이디어가 하나 떠올랐습니다."

고사카이가 가라카사와 모토코의 얼굴을 번갈아 보며 말했다.

"실제로 살인 사건을 일으키면 어떨까요?"

"살인을요?"

가라카사가 등을 바짝 곤추세우며 되물었다.

"소설 속에서 실제로 사람이 살해당한다, 이 말씀인가요?"

"그렇습니다. 그걸 탐정이 늘 그래 왔듯이 부조리 추리로 해결하는 겁니다. 그러면 독자들도 틀림없이 놀라 ……."

"고사카이 씨!"

스와 모토코가 테이블을 내리치며 벌떡 일어섰다.

"그거 진담인가요? 가라카사 잔게의 소설은 실제로는

살인 사건이 일어나지 않고 사람이 죽지도 않는다는 것이 최대의 특징이란 사실을 잊으셨나요?"

그녀가 눈을 치켜뜨고 고사카이를 바라보았다. 그 커다란 눈동자가 분노로 이글거렸다. 주위에 앉은 손님들이 놀란 듯이 바라보았지만 스와 모토코는 전혀 신경 쓰지 않았다.

"자, 자, 흥분하지 마시고, 일단 앉으세요."

고사카이가 두 손바닥을 내밀며 말했다.

그래, 앉아, 하고 가라카사도 조그만 소리로 그녀를 달랬다. 그제야 스와 모토코는 다시 자리에 앉았다.

"물론 가라카사 씨 소설의 특징은 저도 잘 압니다."

테이블 위에 양손을 얹고 고사카이가 말했다.

"하지만 그 어떤 일에도 타협이 필요한 경우는 있는 법입니다. 탐정이 주인공인 본격 미스터리에서 실제 살인 사건이 일어나지 않는 스토리를 끌고 나가기란 여간 어려운 일이 아니에요. 지금까지 줄곧 그런 식으로 글을 써오신 가라카사 씨가 대단하다고 생각합니다. 엄청난 재능이죠. 하지만 아이디어가 마냥 샘솟을 수는 없지 않겠습니까. 그러니 이번에는 한번 허들을 낮춰 보면 어떨까요. 독자들도 이해할 거라고 생각합니다만."

"무슨 말씀이세요. 가라카사 잔게라는 작가는 이제 겨우 시작인걸요. 그런데 벌써 허들을 낮추면 어쩌라는 건가요. 그랬다가는 그저 평범한 작가로 끝나고 말 거예요. 고사카이 씨는 가라카사 잔게를 망가뜨릴 생각인가요?"

"아니, 결코 그런 생각은……. 허들을 낮춘다는 표현은 좋지 않았던 것 같습니다. 사과드려요. 변화랄까, 그래요, 조금 더 변화를 주자는 뜻입니다. 그것도 안 될까요?"

"안 되고말고요!"

스와 모토코가 세차게 고개를 가로저었다.

"그런 짓은 제가 용서할 수 없어요!"

그걸 왜 당신이 결정하냐고 항의하고 싶은 것을 고사카이는 간신히 참았다.

"그럼 이러는 건 어떨까요. 살인 사건은 일어나지 않지만 누군가의 목숨이 위협당하는 거예요. 독자들이 이번에는 패턴이 평소와 다르다고 여기지 않을까요?"

"바보 같은 소리."

스와 모토코가 거칠게 내뱉었다.

"팬이 그런 식으로 생각할 리 없잖아요."

"그럴까요?"

"최고의 팬인 내가 하는 말이니 틀림없어요."

"그럼 이건 어떨까요. 범인이……."

"됐어요, 그만하세요. 도대체 말이 안 통하네요."

그리고 스와 모토코는 가라카사의 팔을 잡았다.

"가요, 로쿠로 씨. 말도 안 되는 얘기예요. 이런 인간이 시키는 대로 했다가는 망가지고 말 거예요."

"이런 인간이라니……."

"좀 더 제대로 된 사람과 얘기해야지, 그러잖으면 로쿠로 씨에게 하나도 도움이 안 되겠어요."

"잠깐만요. 가라카사 씨 본인의 얘기를 한번 들어 보죠."

고사카이는 속이 부글부글 끓었지만 있는 힘을 다해 살가운 미소를 지으며 말했다.

"그건 들으나 마나예요. 그렇죠?"

스와 모토코가 가라카사에게 동의를 구했다.

"글쎄…… 찬찬히 생각해 봐야겠지."

가라카사는 고민스러운 표정으로 대답했다.

"실제로 살인 사건이 일어나도록 하는 것도 방법일 수 있지. 등장인물이 목숨을 위협받는다는 전개도 재미있을 것 같고."

"로쿠로 씨!"

스와 모토코가 고함을 질렀다.

"그게 무슨 말이에요. 독자를 배신하겠다는 뜻인가요?"

그러자 가라카사가 어깨를 움츠렸다.

"……역시 안 될까?"

"당연하죠."

그녀가 고양이 같은 눈으로 고사카이를 노려봤다.

"고사카이 씨가 자꾸 얼토당토않은 얘기를 하니까 로쿠로 씨마저 이상해졌잖아요."

"아니, 저는 창작하는 데 힌트가 되었으면 해서……."

"당신 같은 사람이 도와주지 않아도 로쿠로 씨는 잘 쓸 수 있어요. 그러니 입 닥치세요."

"입을 닥치라고?"

고사카이가 마침내 폭발했다.

"당신이야말로 입 닥쳐!"

자신도 모르게 입에서 그런 말이 나오고 말았다.

순간 스와 모토코가 멈칫하더니 천천히 고사카이 쪽으로 고개를 돌렸다. 그 눈초리가 아까보다 한층 치켜 올라가 있었다.

"방금 뭐라고 하셨죠?"

아뿔싸, 이거 큰일인데, 라고 생각은 하면서도 입이 제멋대로 움직였다.

"그거 누구한테 한 말이에요?"

낮은 목소리로 물으며 스와 모토코가 자리에서 일어섰다.

고사카이 역시 그녀를 노려보며 자리에서 일어섰다.

"누군 누구겠어, 당신이지. 제가 프로듀서라도 되는 줄 알고 나대는 여자!"

"뭐야? 그쪽이야말로 무능한 편집자 주제에."

"진짜 무능한 사람은 당신이지. 남의 일에 끼어들 시간이 있으면 화장법이라도 배우지 그래. 술집 여자처럼 하고 다니지 말고."

"말 다 했어, 이 해골 같은 남자야?"

스와 모토코가 물 컵을 집어 들더니 고사카이를 향해 냅다 물을 뿌렸다.

"아니, 이 여자가 정말!"

고사카이도 잔에 남아 있던 커피를 그녀에게 들이부었다.

이 자식이, 라며 스와 모토코가 옆 테이블에서 케첩 병을 들고 왔다. 피할 틈도 없이 고사카이는 케첩을 뒤집어쓰고 말았다.

"한번 해 보자 이거야?"

고사카이가 머스터드로 응수하자 상대는 마요네즈로 맞섰다. 주위에서 비명이 들렸지만 신경 쓸 여유가 없었다. 두 사람은 소금, 후추, 냅킨 등 손에 잡히는 물건을 마구잡이로 던져 댔다. 주위는 아수라장이 되었지만 두 사람은 피가 거꾸로 솟아 자신들이 무슨 짓을 하고 있는지 알아차리지 못했다.

정신을 차리고 보니 고사카이는 바닥에 누운 채 종업원에게 제압당한 상태였다. 스와 모토코는 가라카사가 붙들고 있었다. 머스터드를 뒤집어쓴 그녀는 얼굴 절반이 노랗게 물든 채 거친 숨을 몰아쉬며 여전히 고사카이를 노려보았다.

가라카사가 그녀를 놓아주고 자리에서 일어섰다.

"두 사람 다 이제 그만해요. 이래서야 글이 써지겠어요?"

고사카이도 냉정을 되찾았다. 엄청난 일을 저질렀구나 싶어 후회가 밀려왔지만 돌이키기에는 늦었다.

"죄송합니다. 가라카사 씨가 좋은 글을 쓰셨으면 하는 마음에 그만……."

"그럼 타협하라느니 허들을 낮추라느니 하는 말은 하지 마세요."

스와 모토코가 뾰로통해서 말했다.

"표현이 지나쳤다면 죄송합니다만, 제 말뜻은 다소 변화를 주어 보면 어떻겠느냐는 겁니다. 댁처럼 이상만 추구하다가는 벽에 부딪히고 말아요."

"그럴 리 없어요. 그렇죠, 로쿠로 씨?"

그러나 가라카사 잔게는 연인의 질문에 대답하지 않고 고개를 숙인 채 생각에 잠겨 있었다.

"로쿠로!"

스와 모토코가 애가 타는 듯이 그를 불렀다.

"대답해 봐요. 어느 쪽을 선택할 거예요? 이 멍청한 편집자가 말한 대로 다소 변화를 주겠다느니 하는 교활한 짓을 할 건가요, 아니면 우리 팬들의 기대에 부응해 본격 부조리 미스터리의 왕도를 걸을 건가요?"

하지만 가라카사는 침울한 표정을 지은 채 묵묵부답이었다. 고사카이는 숨을 삼키고 그의 대답을 기다렸다.

이윽고 가라카사가 고개를 들었다. 그리고 이어진 그의 말에 고사카이는 경악했다.

"그 어느 쪽도 선택하지 않겠어. 본격 부조리 미스터리는 이제 졸업하겠어."

슈퍼마켓 식료품 코너에 있는데 휴대 전화가 울렸다.
모토코는 발신자 표시를 본 후 전화를 받았다.

"네, 스와입니다."

"시시도리예요. 잘 계셨죠? 잠깐 통화해도 괜찮을까요?"

"네, 괜찮아요."

대답하면서 모토코는 가게 한쪽 구석으로 자리를 옮
겼다.

"가라카사 씨의 신작을 중간쯤까지 읽었습니다. 야아,
정말 좋더군요."

"그래요? 저는 읽지 않았는데요."

"닌자 출신의 남자가 메이지 시대 초기 도쿄를 무대로
스파이로서 활약한다는 이야기입니다. 피스톨도 나오지
만 수리검도 등장하더군요. 놀라웠습니다. 가라카사 씨
의 기존 작품과는 이미지가 백팔십도 달랐으니까요. '허
무승 탐정 조피'의 작가가 썼다는 게 믿기지 않았습니다.
역시 재능이 있어요."

"그 말씀을 들으니 안심되는군요. 감사합니다."

"감사드릴 사람은 저죠. 멋진 책이 나올 겁니다. 스와 씨

덕분이에요. 정말 애 많이 쓰셨습니다. 고사카이가 내막을 듣고 어찌나 놀라던지요."

"고사카이 씨에게는 죄송하다고 전해 주세요. 그나저나 양복에 묻은 케첩은 깨끗이 지워졌는지 모르겠네요."

"그 친구는 신경 쓰지 않으셔도 됩니다. 그럼 앞으로도 잘 부탁드립니다."

"저야말로요."

전화를 끊은 모토코의 머릿속에 최근 몇 주 동안 있었던 일들이 떠올랐다. 계기는 선배 작가 다마자와 요시마사였다. 로쿠로에게 그를 소개받은 날, 로쿠로가 잠시 자리를 비우자 그가 모토코에게 명함을 한 장 건넸다. 규에이 출판사 시시도리 편집장의 명함이었다.

"저 친구, 지금 슬럼프죠?"

다마자와의 말에 모토코는 화들짝 놀랐다. 사실이었다. 어떻게 알았냐고 묻자 다마자와는 "역시 그렇군." 하며 웃었다.

"그럴 때거든요. 누구나 경험합니다. 그 명함에 적힌 시시도리라는 사람과 상의해 보세요. 반드시 좋은 아이디어를 줄 테니까요. 다만 가라카사에게는 비밀로 하십시오."

알겠습니다, 하고 모토코는 명함을 챙겼다.

그 며칠 후 그녀는 시시도리를 만났다. 몸집이 크고 얼굴이 우락부락한 것이 좀 무서워 보였지만, 막상 얘기를 나눠 보니 호인이었다.

"가라카사 씨는 말이죠, 독자를 지나치게 신경 쓰는 것 같아요. 이런 식으로 쓰면 팬들이 기뻐하지 않을까, 이렇게 하면 독자들이 떠나지 않을까, 그런 생각만 하는 것처럼 보이거든요."

시시도리의 지적을 듣고 모토코는 다마자와를 만났을 때처럼 놀랐다. 그녀도 똑같이 느꼈기 때문이다. 그랬군요, 하고 시시도리는 기쁜 표정을 지었다.

"그런 현상을 저는 히트작 증후군이라고 부릅니다. 신인 작가나 그동안 인기가 없던 작가가 히트작을 내게 되면 아무래도 그 작품에 얽매이게 되죠. 어렵사리 얻은 독자들을 놓치고 싶지 않을 테니까요. 특히 가라카사 씨처럼 본격 부조리 미스터리의 기수니 뭐니 하는 칭송을 받으면 좀처럼 거기서 벗어나기 힘들어요. 뭔가 새로운 것을 시도해 보려고 마음먹어도 자신이 만든 테두리를 뛰어넘지 못하고 잔재주 수준의 변화에 그치고 말지요. 그 결과 작품의 수준도 향상되지 않고 자기 자신도 납득시키지 못합니다. 악순환이에요."

그럼 어떻게 해야 좋을까요, 라고 모토코는 물었다.

"테두리를 벗어나야 합니다. 본격 부조리 미스터리 따위에 집착할 필요가 없어요. 물론 전혀 다른 스타일의 소설을 쓰면 '허무숭 탐정 조피'의 팬들은 실망할지 모릅니다. 그래도 상관없어요. 가라카사 씨는 젊잖아요. 수십 년 넘게 글을 써야 합니다. 앞으로 그의 팬이 될 독자의 수에 비하면 본격 부조리 미스터리에 국한된 팬은 한 줌에 지나지 않습니다."

자신감에 가득 찬 시시도리의 말을 듣고 있자니 신뢰가 절로 생겼다. 그의 말에 설득당한 모토코는 속으로 과연, 하는 감탄사를 내뱉었다. 그런데 로쿠로에게 똑같은 말을 해 줄 수 있느냐는 물음에는 "소용없습니다."라는 대답이 돌아왔다.

"스스로 깨달아야 해요. 옆에서 아무리 뭐라고 해 봤자 작가는 납득하지 못합니다. 그런 인종이니까요."

그럼 어찌해야 하느냐는 모토코의 물음에 시시도리는 잠시 고민하더니 아이디어를 하나 내놓았다.

그것은 제멋대로인 팬을 몸소 체험하게 하자는 것이었다. 그 팬은 되도록이면 그와 가까운 사람이 좋다고 했다. 가까이 있으면서 이런저런 주문을 쉴 새 없이 내놓는 것이다. 로쿠로가 본격 부조리 미스터리를 쓰려고 하는 한 아주 조그만 일탈도 허용하지 않는다. 편집자가 타협안을 내놓아도 단호히 거부하라고 한다. 그러다 보면 로쿠로도 마침내 팬을 일일이 신경 쓰다가는 작가가 성장할 수 없다는 것을 깨닫게 되지 않겠느냐는 것이 시시도리의 설명이었다.

모토코는 찬성했다. 물론 그녀 자신이 그 팬의 역할을 맡기로 했다. 아니, 실제로 그녀는 그의 팬이므로 연기할 필요가 없었다. 생각하는 대로 말하면 그만이었다.

고사카이에게 물과 케첩을 뒤집어씌운 것도 연기가 아니었다. 내심 '이런 멍청한 편집자 같으니라고.' 하고 생각한 게 사실이다.

가라카사 잔게가 본격 부조리 미스터리를 쓰지 않게 되는 것이 그녀는 싫었다.

하지만 참아야 한다고 생각했다. 자기는 가라카사 잔게의 팬이기에 앞서 다다노 로쿠로의 아내가 될 사람이기 때문이었다.

'소설가의 아내로 살기가 여간 힘들지 않을 텐데요.'

다마자와 요시마사의 말이 되살아났다.

문학상 신설
분투기

1

아오야마가 책상에 앉아서 교정지를 들여다보고 있는데 누군가 뒤에서 그의 양쪽 어깨를 움켜잡았다. 돌아보니 서적 출판부 시절의 상사인 시시도리가 서 있다. 커다란 체구에 넓은 이마, 짧게 자른 머리. 그 얼굴 가득히 미소가 번져 있었다.

"아오야마, 잠깐 얘기 좀 나눌 수 있을까? 중요한 일이야."

"지금요?"

"그래, 지금 당장. 흡연실에서 기다리지."

아오야마의 어깨를 툭툭 두드리고 나서 시시도리는 뒤돌아 사무실을 나갔다. 상대의 사정을 봐주지 않는 것이 시시도리의 특징이기도 하다.

아오야마는 교정지를 정리하고 자리에서 일어났다.

흡연실로 향하는데 "자네도 불렀어?"라는 소리가 뒤에서 들려왔다. 선배 편집자인 고사카이였다. 그는 호리호리한 몸매에 안색이 늘 좋지 않다.

"그럼 고사카이 선배도요?"

"응. 대체 무슨 일일까?"

골치 아픈 일이 아니었으면 좋겠다, 라고 그의 얼굴에 씌어 있었다.

두 사람이 흡연실에 가 보니 시시도리는 기분 좋은 표정으로 담배를 피우고 있었다.

"왔어? 바쁜데 미안해."

눈을 가늘게 뜨고 후, 연기를 내뿜는다.

"뭡니까, 중요한 일이라는 게?"

고사카이가 물었다.

"뭘 그렇게 서둘러. 느긋하게 얘기하자고. 일단 담배나 한 대씩 피우지 그래?"

시시도리가 내민 담뱃갑에서 고사카이는 담배를 한 대 뽑았다. 불을 붙이고 "그래서, 무슨 일인가요?"라고 재차 물었다. 어차피 좋은 일은 아닐 거라며 경계하는 눈치다. 아오야마도 내심 같은 생각이었다.

"둘 다 왜 그래? 긴장할 것 없어. 모처럼 반가운 소식을 알려 주려는데 말이야…….”

그러면서 시시도리는 의미심장하게 히죽히죽 웃었다.

“이건 아직 일급비밀이니까 절대 다른 데 가서 얘기하면 안 돼.”

그렇게 전제하고 들려준 내용은 아닌 게 아니라 놀랄 만했다.

“문학상을 신설하다니, 우리 회사가 말입니까?”

아오야마는 자신도 모르게 소리를 질렀다.

쉬, 하고 시시도리가 집게손가락을 입술에 댔다.

“목소리 낮추게. 물론 우리 회사지, 다른 회사 얘기를 뭐 하려고 하겠나?”

“구체적으로 어떤 상인데요?”

고사카이가 물었다.

“수상 대상은 신인에서 중견에 이르는 작가의 엔터테인먼트 작품. 이 상을 받은 작가는 번데기가 허물을 벗고 나비가 되듯이 한 단계 도약한 것으로 간주되는, 그런 이미지의 상으로 자리매김하는 것이 목표야. 예전부터 사장에게 여러 차례 건의했지만 좀처럼 허락을 안 하더니 며칠 전에 드디어 상을 신설해도 좋다면서 고개를 끄덕이더군.”

그러니까 상을 신설하자고 의견을 내놓은 사람이 시시도리라는 얘기였다. 그가 사람 좋은 사장에게 침을 튀겨 가며 역설하는 모습이 눈에 선했다.

시시도리가 양복 안주머니에서 수첩과 볼펜을 꺼내더니 뭔가를 쓱쓱 적어 두 사람에게 보여 주었다. 거기에는 '덴카와이타로상'이라는 글자가 서투른 글씨로 커다랗게 적혀 있었다.

아니, 하는 소리가 아오야마의 입에서 저도 모르게 새어 나왔다.

"그렇군요."

"나쁘지 않지?"

시시도리가 흐뭇한 표정을 지었다.

덴카와이타로는 시대 소설에서 추리 소설, SF, 관능 소설, 역사 소설, 기업 소설에 이르기까지 다양한 장르의 소설을 쓰며 한 시대를 풍미했던 작가다. '오락 소설계의 20개 얼굴을 가진 사나이'라고 불리기도 했다.

"다른 문학상과의 균형은 어떻게 하실 건데요?"

고사카이가 물었다.

"설마 나오모토상보다 위에 두실 건 아니죠?"

"당연하지. 말해 뭐 하겠어."

시시도리가 딱 잘라 말했다.

"나오모토상은 주사위 던지기의 최정점이야. 그보다 상위의 문학상을 제정해 봐야 흥행이 될 리 없지. 그래서 덴카와이타로상에는 나오모토상의 전초전이라는 이미지를 심고 싶어. 아카데미상과 골든글러브상의 관계랄까. 사장에게도 말했어, '나오모토상의 전야제'라는 험담을 들으면 성공이라고. 물론 이건 우리끼리 하는 얘기지만 말이야."

"하지만 그런 상이라면 이미 몇 개나 있을 텐데요. 고단샤의 요시무라 문학 신인상이라든가 긴초 출판사의 야마모리초지로상 같은 것들요. 그런 상들과는 어떻게 차별화하죠?"

둘 다 엔터테인먼트 소설에 주는 문학상이다. 작가들이 데뷔하면 맨 먼저 요시무라 문학 신인상을 노린다. 그다음 목표가 야마모리초지로상이다. 두 문학상 수상자의 다수가 훗날 나오모토상을 받게 된다.

시시도리가 갑자기 떨떠름한 표정으로 새 담배를 한 개비 꺼내어 물더니 불을 붙이고 천장을 향해 연기를 내뿜었다.

"문제는 바로 그거야. 자네 말대로 그 두 상이 방해물이라네. 우리 회사가 새로 문학상을 만든다고 하면 보나마나 이러쿵저러쿵 말들이 많겠지. 고단샤나 긴초 출판사 흉내를 낸다느니, 나오모토상이 흘린 부스러기를 주워 먹는다느니 말이야. 그런 말을 듣지 않으려면 그들과 다른 색깔을 내야 해."

"어떻게 다른 색깔을 내죠?"

고사카이가 다시 물었다. 아오야마도 진지한 표정으로 귀를 기울였다.

그건 말이지, 하며 시시도리가 자신의 무릎을 톡톡 두드렸다.

"이제부터 생각해야지."

"이제……부터요?"

고사카이가 눈꼬리를 축 늘어뜨렸다.

"걱정 말게. 틀림없이 좋은 아이디어가 떠오를 거야. 그래서 말인데, 실은 문학상 신설을 위한 프로젝트 팀을 만들기로 했어. 자네들도 그 팀의 일원이지. 잘 부탁하네."

"네에?"

아오야마와 고사카이가 동시에 불만에 가득 찬 소리를 내질렀다.

"제발 봐주세요. 안 그래도 할 일이 산더미인데……."

고사카이가 울상을 지으며 말했다.

"저도 마찬가지예요."

아오야마도 우는소리를 했다.

"이미 결정됐으니 잔말들 말아. 이번 일은 규에이 출판사의 사운이 걸린 일이야. 선택된 걸 영광으로 알게. 이제부터 둘 다 바빠지겠군. 해야 할 일이 태산이야."

그러고서 시시도리는 하하하, 호쾌하게 웃었다.

2

오카와바타 다몽은 약속 시각보다 5분 늦게 나타났다. 아카사카에 있는 일류 호텔의 티 라운지였다. 아오야마는 시시도리와 함께 자리에서 일어서서 그를 맞았다.

분홍색 셔츠 위에 흰 재킷을 걸친 오카와바타는 일흔 둘이라는 나이가 느껴지지 않을 만큼 경쾌한 걸음걸이로 다가왔다.

"선생님, 바쁘실 텐데 시간을 내 주셔서 감사합니다."

시시도리가 정중하게 인사했다.

오카와바타는 살짝 고개를 끄덕이고 의자에 앉았다.

"자네들도 앉지."

세 사람은 자리에 앉은 후 마실 것을 주문했다. 종업원이 오카와바타에게 신경을 많이 쓰는 것이 느껴졌다. 이 라운지를 약속 장소로 정한 사람은 오카와바타였다. 평소에 자주 이용하는 모양이다.

그는 확고부동한 미스터리계의 거물이다. 펴낸 책이 300종도 넘는 데다 총 판매 부수는 1억 부에 이른다. 그럼에도 여전히 매년 두세 편의 신작을 발표하는 건재함을 과시한다.

"선생님, 신작은 잘 읽었습니다. 여전히 재미있더군요. 페이지를 넘기는 손이 멈춰지지 않았습니다. 게다가 라스트의 그 엄청난 반전이라니……. 두 손 두 발 다 들었습니다."

시시도리가 빠른 말투로 듣기 좋은 말을 늘어 놓았다. 작가를 만나면 일단은 신작을 칭송하고 보는 것이 그의 필살기다.

그러자 오카와바타가 귀찮다는 듯 손을 내저었다.

"인사치레는 그만하고 어서 본론으로 들어갑시다. 내가 이래 봬도 바쁜 사람이야."

"아, 그렇군요. 내 정신 좀 보게. 그럼 거두절미하고……,"

시시도리는 헛기침을 한 뒤 말을 이었다.

"실은 이번에 저희 출판사에서 문학상을 신설하기로 했습니다. 기존에 없던 새로운 발상으로 재능을 평가하자는 것이 그 취지입니다. 그래서 선생님께서 심사 위원을 맡아 주셨으면 해서요. 수락해 주시기를 간곡히 부탁드립니다."

아오야마는 옆에서 눈을 살그머니 치켜뜨고 원로 작가의 반응을 살폈다. 때마침 종업원이 오카와바타가 주문한 밀크티를 가져온 참이었다. 노작가는 거드름이 가득 밴 느긋한 동작으로 잔에 설탕을 넣고 티스푼으로 저은 뒤 밀크티를 한 모금 마셨다.

이어서 시시도리와 아오야마의 음료도 나왔지만 두 사람은 거기에 손을 댈 계제가 아니었다.

밀크티 잔을 내려놓은 오카와바타가 흥, 콧방귀를 뀌었다.

"자네가 긴히 할 말이 있다고 했을 때 대충 그런 일일 거라고 짐작했네. 규에이 출판사가 문학상을 신설할 거라는 소문은 나도 들었어."

"그렇습니까? 이미 알고 계시다니 길게 설명드리지 않겠습니다."

"하지만 방금 자네가 한 얘기는 내가 들은 내용과 조금 다른걸."

오카와바타가 고개를 갸웃했다.

"어떻게 다르다는 말씀입니까?"

그러자 오카와바타가 찻잔을 놓더니 시시도리를 힐끗 봤다.

"기존에 없던 새로운 발상으로 재능을 평가하는 상이라고 했지? 그런데 내가 듣기로는 요시무라 신인상이나 야마모리초지로상처럼 나오모토상으로 이어지는 상이라던데. 그게 사실이라면 새로운 발상과는 거리가 멀지 않은가. 기존의 평가와 그 기준이 다를 바 없으니 말이지."

아오야마가 자신도 모르게 목을 움츠렸다. 정곡을 찌르는 말이었다. 역시 문단에서 인맥이 풍부한 만큼 오카와바타는 모든 사정을 꿰뚫고 있다.

"아니, 아니, 아니요."

시시도리는 엉덩이가 들릴 정도로 오카와바타 쪽으로 몸을 기울이며 손을 휘휘 내저었다.

"그렇지 않습니다. 오해예요. 아니, 왜 그런 소문이 퍼졌을까요? 전혀 근거 없는 소문인데 말입니다."

"아니야? 나는 꽤 신빙성이 있다고 생각했는데. 규에이 출판사가 신설하는 덴조상이 요시무라 신인상이나 야마모리초지로상처럼 나오모토상의 전초전 역할을 할 거라는 얘기가 말이지."

"터무니없는 얘기예요. 절대 그렇지 않습니다. ……그런데 선생님, 방금 뭐라고 하셨죠, 덴조상이라고 하셨습니까?"

"그래, 덴조상. 덴카와이타로의 이름에서 따왔다며? 그렇게 들었는데."

"어디서 들으셨습니까?"

"어디서 들었더라……."

오카와바타가 고개를 갸웃거렸다.

"아마 긴초 출판사 히로오카 군에게 들었을 거야. 그 친구를 만났을 때 문학상 얘기가 나왔거든."

"선생님, 덴카와상입니다. 혹시 다른 데서 상 얘기가 나오면 줄여서 덴카와상이라고 부른다고 분명히 말씀해주세요. 이건 중요한 사안입니다."

"흠. 뭐, 그게 그거 아닌가?"

"그래도 일단은요."

시시도리가 양손을 테이블에 얹으며 고개를 꾸벅했다.

"나오모토상은 그렇다 치고, 요시무라 신인상이나 야

마모리초지로상 따위와 뭉뚱그려 보시면 곤란합니다. 저희는 독자적인 시점에서 우수한 엔터테인먼트 소설을 발굴하려고 합니다. 그래서 더욱이 오카와바타 선생님께서 심사 위원을 맡아 주셨으면 하는 거고요. 모쪼록 수락해 주시기 바랍니다."

떨떠름한 표정으로 밀크티를 마시던 오카와바타는 시시도리가 머리를 조아린 채 꿈쩍하지 않자 허허, 쓴웃음을 지었다.

"알았네. 하루 이틀 생각할 시간을 주게. 독자적인 시점에서 우수한 엔터테인먼트 소설을 발굴하려고 한다는 말을 믿어도 되겠나? 나는 말이야, 문학성 따위에는 관심이 없는 사람이야. 젊었을 때 두어 번 나오모토상 후보에 오르긴 했지만, 미스터리와 SF를 융합하겠다고 이리저리 주물럭거린 걸 가지고 누가 제멋대로 문학성이 있다느니 하면서 추천했을 뿐이지 나로서는 귀찮은 일이었어."

"야아, 그랬군요. 물론 잘 압니다. 문학성 따위는 무시하셔도 전혀 상관없습니다."

시시도리가 여전히 고개를 숙인 채 대답했다.

"그래? 그 말 절대 잊지 말게."

오카와바타는 밀크티를 마저 마시고, 잘 마셨다는 말

을 남긴 채 자리를 떴다.

노작가의 모습이 라운지에서 완전히 사라진 뒤에야 시시도리는 고개를 들고 커피잔으로 손을 뻗었다.

"됐어. 말투로 미루어 오카와바타 선생이 수락할 것 같아. 대어를 건졌어."

"하지만, 괜찮을까요? 문학성을 무시해도 상관없다고 하셨잖아요."

"괜찮아. 어차피 후보작은 우리가 결정하니까. 언급할 가치가 없을 만큼 문학성이 부족한 작품은 아예 후보에 올리지 않으면 돼. 그보다, 긴초 출판사의 히로오카 녀석 말이야, 덴조상이 뭐야, 제멋대로."

"덴카와이타로상을 줄여서 덴조상이라……, 역시 책 띠지 문구로는 출판계 일인자라고 불리는 히로오카답군요. 이름 짓는 솜씨가 보통이 아니에요."

"이봐, 감탄할 일이 아니야. 다 속셈이 있어서 그러는 거라고. 우리 쪽 문학상이 주목을 받으면 직접적으로 타격을 받는 건 자기네 야마초상이거든. 그래서 그런 사태가 벌어지기 전에 우리 상의 이미지를 조금이라도 떨어뜨리려는 거야. 덴조(천장이라는 뜻 – 옮긴이)상이라고 부르면 우스운 느낌이 드니까 말이지. 정말 더러운 놈이야. 이

봐, 아오야마. 회사에 들어가면 관계자 전원에게 메일을
보내서 상의 명칭을 확실히 알리도록 해. 정식 명칭은 덴
카와이타로상이고 약칭은 덴카와상이라고. 실수로라도
덴조상이라고 불리지 않게 말이야."

"알겠습니다."

"빌어먹을 놈, 어떻게 복수한담. 야마초상에 별명이라
도 붙일까? 야오초(채소 장수라는 뜻-옮긴이)상 어때?"

"그랬다가는 회사 차원에서 전쟁이 벌어질 텐데요."

"아무래도 좀 그렇지?"

시시도리는 남은 커피를 마저 마시고, 얼굴을 찡그린
채 자리에서 일어났다.

"돌아가지. 고사카이가 후보작 선정 작업에 들어갔을
거야."

3

마음껏 죽여라	아오모모 벤쥬로
이소벤, 도카벤, 오사카벤	닥터 하시모토
렌카 거리의 첩보 전술 기무코	가라카사 잔게

| 쭈글쭈글 소년, 탱탱 할머니 | 후루이 가부코 |
| 가족 백지화 | 하라구로 모토조 |

화이트보드에 적혀 있는 작품들을 보고 시시도리는 떨떠름한 표정을 지었다.

"뭐야, 이게. 이런 것들밖에 없어?"

"좀 그런가요……."

고사카이가 머리를 긁적거렸다.

"'렌카 거리의 첩보 전술 기무코' 외에는 그다지 평가가 좋은 작품이 없잖아. 화제도 안 된 작품들이고. 이러면 가라카사에게 상을 주려고 조작한 것처럼 보이기 십상이야."

시시도리의 말에 고사카이가 당황과 곤혹스러움이 뒤섞인 표정을 지었다. 아오야마는 그의 심정이 빤히 들여다보였다. 가라카사 잔게는 현재 규에이 출판사가 가장 역점을 두고 있는 작가다. 그러니 문학상을 신설한다면 맨 먼저 그에게 상을 안기고 싶은 게 당연하다.

"섣부른 짓을 해서는 안 돼."

시시도리가 말했다.

"물론 나도 가라카사가 받기를 바라지만, 그렇다고 짜고 치는 고스톱이 되면 의미가 없어. 부서 내의 투표 결과는 어때?"

"여기 리스트가 있습니다."

시시도리는 리스트를 쓱 훑어본 뒤 화이트보드에 적힌 작품들과 비교해 봤다.

"뭐야, 득표를 더 많이 한 작품들이 빠졌잖아. 가령 마쓰키 히데키의 '단숨에 날려!'라든가 말이야. 왜 이걸 후보작에 안 올렸지?"

"아, 그게 말이죠."

고사카이가 당황해하며 설명했다.

"마쓰키 씨는 금년 야마모리초지로상 수상자라서 일단 빼기로 했습니다. 야마모리초지로상 수상자를 후보로 올리면 저희 상이 야마모리초지로상보다 한 수 위라고 주장하는 것처럼 보이지 않겠습니까? 그래서……."

"이 멍청이야!"

시시도리가 벼락같이 소리를 질렀다.

"지금 다른 회사 눈치나 볼 때야? 우리 회사가 승부를 건 일이야. 그런 것까지 신경 쓸 필요가 없다고. 우리 상이 야마모리초지로상보다 윗길이라는 걸 어필하면 또 어때서. 걱정할 거 없어."

"알겠습니다. 그럼 마쓰키 씨 작품을 후보에 올리는 걸로······."

고사카이가 목을 움츠리며 말했다.

"그리고 그 작품이 안 올라가는 것도 이상해. 기요하타 가즈히로 씨의 '아웃사이드 낮은 쪽' 말이야. 그 작품이 올해 엔터테인먼트계의 최대 수확이라고 평가하는 사람도 적지 않아. 아마존 독자 리뷰를 봐. 온통 별 다섯 개라고."

"아니, 물론 그 작품을 후보에 넣자는 의견도 나왔습니다. 다만 기요하타 씨가 데뷔한 지 얼마 안 됐으니 우리 상을 받기 전에 거쳐야 할 상들이 있지 않나 싶어서요. 요시무라 신인상이라든가······."

"뭐? 자네, 그게 대체 무슨 말이야?"

"그렇잖습니까. 우리 출판사의 덴카와상은 야마모리 초지로상보다 한 수 위니까 만일 덴카와상을 수상한다면 그보다 아래인 요시무라 신인상이나 야마모리초지로상은 못 받게 되잖아요."

"그래서, 그게 어쨌다는 건데?"

"아니, 그게······, 기요하타 씨로서는 그런저런 상들을 받는 것이 수상 실적 면에서 보탬이 될 것 같은데요."

고사카이의 말에 시시도리가 답답하다는 듯이 얼굴을 찡그렸다.

"뭘 몰라도 한참 모르는군. 글쎄, 그런 것까지 신경 쓸 필요가 없다니까 그러네. 어차피 기요하타는 언젠가 나 오모토상을 받을 거야. 그렇게 되면 그때까지 받은 상들은 빛이 바래는 거야. 많이 받아 봐야 아무 소용이 없는 거라고. 그러니까 덴카와상 하나로 충분해."

"하하, 그렇군요. 그럼 기요하타 씨 작품도 후보에 넣겠습니다. 하지만 그러면 후보작이 너무 많아지는데요."

"아, 그런가?"

시시도리가 다시 화이트보드로 눈길을 돌렸다.

"'마음껏 죽여라'는 빼지. 이거 '왕창 죽여라' 시리즈의 하나잖아. 수상작으로 적합하지 않아. '이소벤, 도카벤, 오사카벤'도 빼고. 이 작가는 텔레비전에 뻔질나게 나와서 대체 변호사인지 연예인인지 헷갈릴 지경이란 말이야. 영예의 제1회 수상자로는 어울리지 않아. 그러면 남은 작품이 '쭈글쭈글 소년, 탱탱 할머니'랑 '가족 백지화'로군."

그러고서 시시도리는 고개를 갸웃하더니 "여성 작가는 남겨 두지."라고 말했다.

그리하여 새로 선정된 작품은 다음과 같았다.

렌카 거리의 첩보 전술 기무코   가라카사 잔게

쪽글쪽글 소년, 탱탱 할머니	후루이 가부코
단숨에 날려!	마쓰키 히데키
아웃사이드 낮은 쪽	기요하타 가즈히로

"4개면 너무 적은가……."

시시도리가 그러면서 이로 입술을 살짝 물었다.

"그래도 '이소벤'이나 '가족 백지화'는 안 돼. 누가 봐도 들러리인 게 뻔하잖아. 조금 더, 뭐랄까, 대중의 맹점을 찌르는 작품을 후보로 뽑았으면 좋겠어. 별로 알려지지는 않았어도 일부 독자층에게 높이 평가받는 작품 말이지. 그런 게 어디 없을까?"

까다로운 주문에 다들 입을 다물었다. 아오야마는 그런 작품이 있었다면 진즉 후보로 선정했을 것이라고 생각했다.

"이건 어떨까?"

시시도리가 투표 결과 리스트를 보며 말했다.

"'심해어의 피부 호흡'이라는 작품 말이야. 득표수는 많지 않지만, 표를 준 사람들은 모두 높은 점수를 줬는데……."

"아, 그 작품요."

고사카이가 시큰둥하게 말했다.

"그 작품은 읽은 사람이 별로 없어요. 투표한 사람한테 듣기로는 밋밋한 작품이라는데요. 드라마틱한 부분이라고는 눈을 씻고 봐도 없답니다. 그런데 바로 그런 점이 오히려 재밌다나요."

"그래? 그거 괜찮은데. 자못 개성 있는 작품일 것 같아. 좋아, 이걸로 하지. 그럼 다 결정됐군."

이렇게 해서 '심해어의 피부 호흡'이 최종 후보작에 포함되었다.

4

며칠 후, 도쿄의 어느 호텔에서 문단 관계자들의 파티가 열렸다. 아오야마와 시시도리도 정장 차림으로 함께 참석했다. 이런 파티에서는 아오야마 등 출판사 직원들이 잘나가는 작가를 찾아다니며 인사하는 것이 보통이다. 하지만 오늘 밤은 달랐다. 작가들이 먼저 시시도리를 찾아와 인사를 건넸다.

"오랜만이군요. 얘기 들었어요. 규에이 출판사에서 문

학상을 신설한다면서요?"

화려한 정장을 입은 베테랑 여류 작가가 다가와서 말을 붙였다.

"덴조상이라던가? 이름이 그래서 그 상을 받으면 재능이 천장에 부딪쳐서 한계에 이를 것 같은 느낌이라고 다들 그러던데……."

"선생님, 아닙니다, 아니에요. 덴조상이 아니라 덴카와상이에요. 착오 없으시기 바랍니다."

시시도리가 열심히 여류 작가의 말을 정정했다.

"도대체 누가 그런 말을 하던가요?"

"어머, 그렇구나. 뭐, 그건 됐고, 그보다 왜 내 작품은 후보에 못 올랐죠?"

그러자 으하하하, 하고 시시도리가 짐짓 큰 소리로 웃었다.

"아이고, 선생님. 좀 봐주십시오. 덴카와상은 어디까지나 중견 작가의 작품에 주는 상이에요. 선생님처럼 일가를 이루신 분의 작품을 올릴 수는 없습니다."

"어머, 저도 아직 중견인걸요. 큰 상을 받은 적도 없고요. 한번 받아 봤으면 좋겠네요."

"아하하, 겸손이 지나치십니다. 네, 네, 정말이지……,

하하, 그럼 다음에 뵙겠습니다."

시시도리는 도망치듯 여류 작가에게서 물러났다. 그리고 "휴, 식겁했네."라며 한숨을 내쉬었다.

"저 선생, 절반은 진심인 것 같아. 미스터리 붐에 편승해서 인기는 얻었지만, 아직껏 상을 못 받은 것이 콤플렉스인가 봐. 안 그래도 마주치면 어쩌나 했는데 말이지."

"그렇군요……"

아오야마는 문학상을 만들면 여러 가지로 복잡한 일이 많다는 걸 새삼 깨달았다.

그때 "이봐, 시시도리." 하며 누군가 또 알은체를 했다. 경찰 소설의 일인자 다마자와 요시마사다.

"자네 출판사에서 이번에 문학상을 신설한다면서? 상이름이 뭐랬더라……"

"덴조상이 아닙니다."

시시도리가 앞질러 말했다.

"덴조상이라니? 나는 덴돈(튀김덮밥 – 옮긴이)상이라고 들었는데."

"데, 데, 덴돈상이오?"

"왠지 맛있는 상일 것 같아. 수상하면 튀김덮밥을 무제한으로 먹을 수 있는 건가?"

"왜 이러세요, 아닌 거 아시잖아요. 덴카와상입니다. 덴카와이타로상이오."

"그래? 다들 덴돈상이라고 부르던데."

"다들이라니, 그게 누굽니까?"

"다들이 다들이지. 그보다 말이야,"

다마자와가 목소리를 낮췄다.

"가라카사를 제대로 팔아먹을 자신은 있는 거지?"

네? 하고 시시도리가 눈을 동그랗게 떴다.

"그게 무슨 말씀입니까?"

"또, 또, 딴청 피운다."

다마자와가 팔꿈치로 시시도리의 옆구리를 쿡, 찔렀다.

"자네들 속셈이야 뻔하지 않나. 가라카사에게 상을 줘서 나오모토상으로 가는 발판을 만들어 주려는 거잖아. 그러려고 만든 상이라고 말하기는 뭐하지만, 그렇게 활용할 수 있으니까 상을 만들었다, 이 말일세."

"아니에요, 다마자와 선생님. 그건 아닙니다. 저희들은 어디까지나 순수한 의도로……."

"이봐, 시시도리. 그 얼굴에 순수한 의도라니, 어울리는 소리를 해야지. 뭐, 됐네. 자네 본심은 내가 마음속에 담아 두지. 그 대신 젊은 작가를 함부로 내돌리지는 말게."

다마자와는 시시도리의 어깨를 툭 치고서 자리를 떴다.

그의 뒷모습을 바라보며 역시, 하고 아오야마는 생각했다. 규에이 출판사가 문학상을 신설한 저의를 완벽히 꿰뚫고 있어서다. 20대부터 이 세계에 몸담으면서 쌓은 내공을 무시할 수는 없었다.

그 후로도 몇몇 작가와 평론가가 시시도리에게 말을 붙였다. 화제는 역시 신설되는 문학상이다. 그런데 그들 3명 중 1명은 그 상을 '덴조상'이라고 불렀다. 그리고 그 나머지는 하나같이 '덴돈상'이라는 터무니없는 명칭으로 알고 있었다.

제기랄, 시시도리가 중얼거렸다.

"누군가 정보를 조작하고 있어. 내 이놈을 찾기만 해봐라, 가만두나."

마침 그때 가장 유력한 용의자가 그들에게 다가왔다. 긴초 출판사의 히로오카다. 인텔리풍의 갸름한 얼굴에 얇은 금테 안경을 끼었다.

"오, 시시도리, 오랜만이야. 잘 지냈지?"

부드러운 말투가 히로오카의 특징이다.

"아, 히로오카 선배, 오랜만입니다."

어찌 됐건 출판계에서는 히로오카가 선배이므로 시시

도리는 일단 겸손하게 인사했다.

"규에이 출판사가 요즘 화제던데. 덴카와이타로상이라던가? 큰일을 했어."

"아아, 뭘요."

그러면서 시시도리는 뭔가 기대가 어긋난 듯한 표정을 지었다. 히로오카가 상의 정식 명칭을 말했기 때문이다. 뒤에서 '덴조상'이니 '덴돈상'이니 하는 말을 퍼뜨리고 다니는 티는 조금도 나지 않았다. 시시도리와는 다른 타입의 책사인 것이다.

"후보작들을 봤는데, 라인업이 상당히 과감하더군. 그런 식으로 나오리라곤 생각도 못했어. 설마 야마모리초지로상 수상 작가를 후보로 올릴 줄이야."

히로오카의 눈이 냉철하게 빛났다.

"혹시 규에이 출판사 사람들이 문학상 운영에 익숙하지 않아서 그런가 하고 얼핏 생각해 보았어."

"아니요, 그런 게 아닙니다."

시시도리가 여유 있는 표정으로 고개를 저었다.

"이번 저희 규에이 출판사 문학상 콘셉트는 다른 문학상을 일절 신경 쓰지 말자는 거예요. 그래서 후보작을 선정할 때도 어느 작가가 어떤 상을 받았는지 전혀 조사하지 않았죠. 그래서 책임자인 저도 그런 내용을 잘 모릅니다. 그렇군요, 이번 후보작 중에 야마모리초지로상 수상 작가의 작품이 있었나 보군요. 죄송합니다, 제가 야마모리초지로상에 관해 자세히 몰라서요."

히로오카의 창백한 뺨이 일순 굳어졌다. 하지만 그는 이내 경련 같은 미소를 지었다.

"그래? 그 말을 들으니 안심이 되는군. 그럼 나도 더는 신경 쓰지 않아도 되겠어."

"뭘 말입니까?"

"아니, 그게……, 가라카사 씨 말이야. 이쯤에서 가라카사 씨의 작품을 야마모리초지로상 후보로 올리자는 얘기가 회사에서 나왔거든. 그런데 덴카와이타로상을 먼저 수상해 버리면 과연 야마모리초지로상 후보로 올려도 될지 판단이 안 섰거든. 덴카와이타로상이 서열로 볼 때 어디쯤 위치하는지 알 수 없으니까. 하지만 그런 서열 따위와는 관계없는 상이라니 안심이야. 이번 결과가 어떻든 가라카사 씨를 후보로 올릴 수 있으니까 말이지. 그것 참 다행이야."

그러고서 히로오카는 금테 안경을 고쳐 쓰고 홀쩍 자리를 떴다.

●

"괜찮을까요, 편집장님? 어쩐지 긴초 출판사를 적으로 돌려 버린 듯한 느낌인데요."

아오야마가 물었다.

"무슨 소리야, 상관없어. 당한 걸 갚아 줬을 뿐인데, 뭐. 이 일로 시끄러워지면 더 좋아. 선전이 될 테니까."

시시도리가 정색하며 말했다.

잠시 후 이번에는 고단샤의 사와나카 부장이 시시도리에게 왔다. 이 남자도 히로오카와 더불어 출판계에서는 수완가로 알려져 있다.

"히로오카한테 들었는데, 이번에 신설하는 상이 기존의 서열과는 무관하다면서? 그렇다면 우리도 안심이야. 기요하타 씨의 '아웃사이드 낮은 쪽'이 후보에 오른 걸 알고 실은 좀 난감했거든. 우리 요시무라 문학 신인상에 후보로 올릴 예정이었으니까. 그런데 덴카와이타로상이 서열과 상관없는, 이른바 아류 문학상이라고 하니 다행이지 뭔가. 만일 '아웃사이드 낮은 쪽'이 덴카와이타로상을 수상하더라도 부담 없이 우리 상 후보로 올려야겠어. 그래, 그런 번외편 같은 상도 나쁘지 않지. 상들이 하나같이 진검승부를 겨루려고 하면 얼마나 피곤하겠어. 여유 있게 즐기는 시범 경기 같은 상도 필요하다고. 승부는 뒤로하고 말이야. 그래, 좋아. 아주 좋아."

사와나카는 일방적으로 그렇게 내뱉고 호탕하게 웃으며 시시도리의 등을 팡, 팡, 두드리더니 사라져 버렸다.

아오야마가 슬며시 시시도리를 바라보니 얼굴에 별다른 표정이 없었다. 그런 말을 듣고도 동요하지 않다니, 역시 그답다고 생각했다. 하지만 다음 순간 그의 머리에서 김이 오르는 게 느껴졌다. 동시에 굳게 쥔 주먹이 부들부들 떨리고 있었다.

"아류라니, 말 같지 않은 소리! 번외편이라고? 시범 경기?"

시시도리가 지옥 저 밑바닥에서 들려오는 듯한 목소리로 말한 뒤 "아오야마!" 하고 고함을 질렀다.

"무슨 일이 있어도 덴카와상을 성공시켜야 해. 알겠나!"

그의 기세에 압도된 아오야마는 네, 하고 꺼져 들어가는 목소리로 대답했다.

5

10월. 규에이 출판사로서는 기념할 만한 날이 찾아왔

다. 제1회 덴카와이타로상 심사 위원회가 열린 것이다. 장소는 니혼바시의 어느 요릿집이었다.

아오야마는 고사카이와 함께 요릿집 근처 카페에서 대기하는 역할을 맡았다. 기자 회견은 긴자의 호텔에서 있을 예정이었다.

"어떻게 될까? 전혀 짐작이 안 가네."

고사카이가 재떨이에 담뱃재를 떨며 말했다.

"시시도리 편집장은 자기만 믿으라는 식이던데요."

아오야마가 대답했다. 이번 심사 위원회는 시시도리가 진행을 맡았다.

"가라카사 씨가 수상하도록 유도하겠다는 얘기지? 무리라니까. 제아무리 편집장이라도 심사 위원들을 조종할 수는 없어. 사심도 없고 타산도 없는 사람들인걸. 그저 순수하게 자기 마음에 드는 작품을 추천할 뿐이지. 설득하기 어려울 거야."

"그래요? 그럼 어려울지도 모르겠군요."

"하지만 가라카사 씨가 승산이 없다는 건 아니야. 편집장의 유도에 심사 위원들이 걸려들지 않을 거라는 얘기지. 가라카사 씨의 작품이 심사 위원들 마음에 들 가능성은 있다고 봐."

"그러면야 최선이죠. 가라카사 씨에게도 비약의 계기가 될지 모르겠네요."

"그런데 다른 출판사 놈들이 짜고 치는 고스톱이라며 씹고 다니나 봐."

"가라카사 씨가 아니라면 누가 받을까요?"

아오야마의 물음에 고사카이는 팔짱을 끼고 잠시 생각에 잠겼다.

"가라카사 씨가 아니면 기요하타 씨가 받는 게 우리 출판사로서는 좋을 거야. 이번에 '아웃사이드 낮은 쪽'으로 크게 떴지만, 아직 우리 출판사에서는 책을 낸 적이 없거든. 수상한다면 글을 부탁하기 쉬워지겠지."

과연 실무형 편집자답게 고사카이는 앞일까지 내다보고 있었다.

"마쓰키 히데키 씨는 어때요?"

"물론 그쪽도 나쁘지 않지. 요즘 나는 새도 떨어뜨릴 기세잖아. 다음번 나오모토상 수상이 확실하다고들 하더군. 그 전에 덴카와상을 수상하게 되면 분위기도 한껏 달아오를뿐더러 덴카와상의 지명도도 올라갈 거야."

"나머지 두 사람은 어떤가요?"

"나머지는, 글쎄……."

고사카이가 입술을 여덟팔자 모양으로 늘어뜨렸다.

"한쪽은 마니아에게만 인기가 있는 소녀 취향 판타지이고, 다른 한쪽은 무명에다 나이도 많은 작가의 평범한 작품이야. 둘 중 누가 받더라도 회사에는 큰 타격이지. 아무런 이득이 없어. 상을 만든 의미가 없어져 버린달까. 화려한 수상 파티까지 예정되어 있는 판국에 말이야. 그런 일이 벌어지지 않기를 기도할 뿐이지."

선배의 말을 듣고 아오야마는 문학상을 제정하는 일이 얼마나 힘든지를 새삼 실감했다. 상당한 각오가 필요한 듯하다.

그로부터 한 시간쯤 지났을 때 고사카이의 휴대 전화가 울렸다. 생각보다 일렀다.

"네, 고사카이입니다. ……아, 네. ……네에? 설마……, 네, 알겠습니다."

전화를 끊은 고사카이가 망연자실한 표정으로 휴대 전화를 내려다봤다.

"어떻게 됐습니까. 결과가 나왔나요?"

아오야마가 물었다.

"심해어래."

"네?"

"'심해어의 피부 호흡' 말이야. 우리가 거의 모르는 작가에다가 화제조차 되지 않았던 작품이야."

그러고서 고사카이는 휴대 전화를 양복 안주머니에 넣은 후 힘없이 고개를 저었다.

"애써 문학상을 신설했는데 이런 결과가 나오다니……. 이걸로 덴카와상은 끝이야."

6

"거참, 이렇게 될 줄은 꿈에도 몰랐어. 만장일치라더군. 오카와바타 선생 등은 처음부터 끝까지 직진이었대. 공동 수상은 안 되겠느냐고 설득해 봤지만 꿈쩍도 안 하더라는 거야. 그 작품이 그렇게 재밌나? 한번 읽어 봐야겠네. 제기랄, 계산이 완전히 빗나갔어."

심사회장을 나온 시시도리가 시합에서 진 야구 감독마냥 허탈한 표정으로 투덜거렸다.

제1회 덴카와이타로상 수상작 '심해어의 피부 호흡'은 오요소 긴이치의 작품이다. 그는 몇 년 전 '살의의 문어 발식 배선'이라는 작품으로 조그만 문학 신인상을 수상하면서 데뷔했다. 2년 전에는 근무하던 시청에 사표를 내고 전업 작가가 되었다고 한다. 그의 책 여섯 권은 모두 소규모 출판사에서 출간되었다. 하지만 아오야마는 여태 그의 책에 관한 평판을 들은 적이 없었다. 아마 판매도 수천 부에 그쳤을 것이다. 규에이 출판사에서는 한 권도 낸 적이 없다.

오요소에게 수상 소식을 전한 고사카이의 말로는 별로 감격하는 것 같지도 않았다고 한다.

"축하한다고 했더니 아, 네, 하고 말더군. 긴장감도 별로 없이 말이야. 뭐, 어쩌면 당연한지도 몰라. 신설된 상이라서 지명도가 전혀 없으니까. 받아 봐야 그다지 기쁘지도 않을 거야. 그건 그렇고, 심사 위원들 말이야. 왜 그렇게 눈치가 없지? 수상자가 낼모레면 예순이야. 신설된 상이니만큼 좀 더 화제가 될 만한 작가를 골랐으면 좋았잖아."

고사카이도 시시도리와 마찬가지로 좀처럼 미련을 버리지 못했다.

오요소 긴이치의 주소는 사이타마의 가와구치로 되어 있었다. 9시로 예정된 기자 회견에 맞추기 위해 아오야마가 콜택시로 데리러 갔다.

목적지에 도착해 보니 그의 집은 아주 아담한 일본식 주택이었다. 문패에 '오요소'라고 적혀 있는 걸 보면 그것이 필명이 아니라 본명인 듯했다.

아오야마가 현관 인터폰을 누르자 네, 하는 남자 목소리가 들려왔다.

"규에이 출판사에서 왔습니다."

"네, 기다리고 있었습니다."

잠시 후 현관문이 열리더니 키가 작은 예순 살 정도의 남자가 나왔다. 양복 차림에 넥타이를 단정하게 매고 있었다.

"들어오시죠."

집 안으로 들어서자 어렴풋이 향내음이 났다.

"아오야마라고 합니다. 수상을 축하드립니다."

아오야마가 명함을 내밀었다.

"오요소입니다. 감사합니다. 이런 누추한 곳까지 오시게 해서 송구합니다."

말투가 담담했다. 얼굴에도 딱히 기쁜 기색이 없었다.

오요소도 명함을 건넸다. 거기엔 아무런 직함도 적혀 있지 않았다. 전업 작가이니 당연할 것이다. 얼마 전까지 공무원이었던 사람이 직함이 없는 명함을 갖게 되면 기분이 어떨까.

"그럼 오요소 씨, 제가 시상식장까지 안내하겠습니다."

"아니, 저, 부탁드릴 말씀이 있는데……, 실은 아내가 같이 가고 싶답니다. 그래도 괜찮을까요?"

"부인께서요? 물론이죠, 괜찮습니다."

"그래요? 그럼 금방 불러오겠습니다."

오요소가 집 안으로 사라졌다.

아오야마는 무심코 실내를 둘러보았다. 지저분한 벽과 문설주에 난 흠집들이 집이 얼마나 오래됐는지 말해주었다.

문득 낡은 신발장 위에 놓인 조그만 트로피에 눈길이 갔다. 거기에 새겨진 문구를 보고 그는 가슴이 조금 먹먹해지는 것을 느꼈다.

'제1회 신세기 미스터리 문학상, 살의의 문어발식 배선. 오요소 긴이치'

신세기 미스터리 문학상이라면 이제는 존재하지 않는 신인상이다. 2회인가 3회를 끝으로 사라지고 말았다. 그런데 오요소는 지금껏 그 트로피를 소중히 간직하고 있었던 것이다.

그런 생각에 빠져 있는데 집 안쪽에서 소리가 들렸다.

"서둘러요. 출판사 분이 기다리고 계시니까."

오요소의 목소리였다.

"하지만 예불은 제대로 드리고 가야죠."

여자가 대답했다. 오요소의 부인일 것이다.

"그토록 바라던 꿈이 이뤄졌잖아요."

머리를 한 대 얻어맞은 느낌이었다. 향내음이 났던 건 수상한 사실을 조상에게 알리려고 향을 피웠기 때문이었다.

아오야마는 가만히 집 안쪽을 들여다봤다.

맞은편 장지문에 두 사람의 그림자가 비쳐 보였다. 오요소 부부인 듯했다. 그 두 그림자가 불쑥 하나로 합쳐졌다. 두 사람이 포옹하고 있음이 분명했다.

아오야마는 자신도 모르게 고개를 움츠렸다. 그리고 조용히 뒤돌아서 현관문으로 향했다.

고사카이는 잘못 생각하고 있었다. 수상 사실을 통보했을 때 오요소가 기쁜 내색을 하지 않은 건 기쁘지 않아서가 아니라 실감이 나지 않았기 때문이었다. 그만큼 감격이 컸던 것이다.

●

잠시 후 "기다리시게 해서 죄송합니다." 하는 오요소의 목소리가 들렸다. 아오야마가 뒤를 돌아보니 오요소 뒤에 기모노 차림의 여성이 서 있었다. 그녀는 단정히 빗은 머리에, 화장도 나이에 걸맞게 기품이 있었다. 그리고 눈가에 눈물 자국이 보였다.

"다시 한 번 수상을 축하드립니다."

아오야마가 부인을 향해 깊숙이 고개를 숙였다.

"감사합니다."

부인이 조그만 소리로 대답했다.

"사모님만 동행하십니까? 자제분은……."

그러자 오요소가 살래살래 고개를 저었다.

"아이가 없습니다. 안 생기더군요."

"아, 그렇군요……."

괜한 걸 물었다며 후회했다.

"지금껏 둘이 살아왔어요."

오요소가 아내를 힐끗 보며 말했다.

"책이 팔리지 않는데도 글을 쓸 수 있었던 건 아내 덕분입니다. 2년 전 시청을 그만둔 것도 아내와 의논해서 결정한 일입니다. 그 결정이 결코 잘못되지 않았다는 게 이번에 증명됐습니다."

아오야마가 고개를 끄덕였다.

"정말 잘되었습니다."

세 사람이 집을 나서자 콜택시 기사가 달려와 차 문을 열어 주었다.

부인과 오요소가 차례로 차에 올라탔다.

아오야마는 조수석에 앉아 벨트를 맸다. 그리고 뒷자리를 흘끗 봤다.

초로의 부부가 살포시 손을 잡고 있었다.

아오야마는 다시 시선을 앞으로 향했다. 그리고 이런 사실들을 시시도리와 고사카이에게 알려 줘야겠다고 생각했다.

어떤 경위나 의도에서 제정되었건 문학상이란 작가들에게 특별한 존재인 것이다. 문학상을 수상하는 걸 생애 최고의 격려라고 생각하는 작가가 있대도 결코 이상한 일은 아니다. 그런 사실을 자신들은 결코 잊지 말아야 한다.

이 상을 지켜 내자. 작가들의 희망으로 만들자.

아오야마는 속으로 다짐했다.

대타를 찾아라!

1

간다가 자신을 불렀을 때 아오야마는 어쩐지 예감이 좋지 않았다. 목소리에 알랑거리는 느낌이 있었던 것이다. 부탁할 게 있는데, 어쩌고 하면 요주의다. 일전에 중학생 사내 견학을 부탁받은 적이 있는데 그때는 정말이지 호되게 당했다.

"무슨 일입니까?"

간다의 책상 옆에 서서 물었다.

"아, 실은 말이지……,"

간다가 살가운 미소를 지었다.

"부탁할 일이 있어."

대뜸 그렇게 말했다. 아오야마는 자신도 모르게 얼굴이 일그러졌다.

"무슨 부탁인데요?"

"그렇게까지 싫은 티를 낼 건 없잖아. 조금 곤란한 일이 생겨서 그래."

"설마 또 중학생을 상대하라는 건 아니겠죠?"

"아니야. 그게 아니라 미스터리 특집 얘기야."

"그래요?"

진지하게 얘기를 들을 마음이 생겼다. 아오야마는 규에이 출판사의 문예지『소설 규에이』편집부 소속이고 간다는 그 편집장이다. 다음 호『소설 규에이』에는 단편 미스터리 특집을 실을 예정으로, 이미 작가 10명에게 원고를 의뢰해 놓았다. '10인 10색'이라는 타이틀 아래 장르가 겹치지 않도록 배려해 작가들을 선정했다. 한마디로 '미스터리'라고 하지만 거기에도 다양한 장르가 있다.

"그게 말이지, 나가라카와 선생이 입원을 했나 봐. 위궤양으로 말이지. 그 선생이 애주가잖아."

"그거 큰일이네요."

사정을 알 만했다. 나가라카와 나가라는 본격 미스터리계를 대표하는 작가다. 이번 특집호에서도 그의 작품이 핵심의 하나였다.

"그렇지? 그래서 급히 대신할 작가를 찾아야 하는데 적당한 인물이 안 떠올라서 말이지."

"시간이 너무 촉박한데요."

아오야마가 팔짱을 끼고 생각에 잠겼다. 마감까지는 2주도 남지 않았다.

"원로 작가는 써 줄 리 없고, 중견이나 지명도 있는 작가도 어려울 거야. 그렇다고 한물간 작가는 이름을 올리기가 뭐하고."

"그 작가는 어떨까요? 지난번에 덴카와이타로상을 받은 오요소 긴이치 씨요. 그 사람이라면 본격 미스터리도 쓸 수 있을 것 같은데요. 독자 입장에선 신선미도 있을 거고요."

"아니, 그새 잊은 거야? 오요소 씨는 이미 10명 중에 들어가 있어."

"어, 그런가요?"

아오야마가 수첩을 펼쳤다. 거기에는 이번 특집호에 글을 의뢰한 작가들 이름이 적혀 있었다. 아닌 게 아니라 긴이치의 이름도 들어 있었다.

"그러네요."

"이번 기회에 경험해 보지 못한 장르에 도전하고 싶다고 해서 본격 미스터리 후보에서는 제외했잖아."

"그러고 보니 생각나네요."

아오야마가 다시 수첩을 들여다봤다.

"이제 부탁한다면 젊은 작가여야 할 텐데……."

"나도 같은 생각에서 그동안 점찍어 뒀던 몇몇 신인 작가에게 전화해 봤는데 하나같이 거절하는 거야. 시간이 부족하다면서 말이지. 다들 쓰고 있는 글도 있는 것 같고. 역시 주목받는 신인들에게 원고 의뢰가 집중되나 봐."

아오야마는 고개를 끄덕였다.

"본격 미스터리 작가들이 대체로 글 쓰는 속도가 느려요."

"그렇다기보다, 본격 미스터리가 품이 많이 드나 봐. 어쨌든, 이것 참 큰일일세. 명색이 미스터리 특집인데 본격 미스터리가 빠져서야 말이 안 되지. 무슨 방법이 없을까?"

지당한 말이었다. 본격 미스터리가 빠진 미스터리 특집이란 오아시스 없는 사막과 같은 것이다.

"이러면 어떨까요? 전혀 다른 장르로 데뷔한 젊은 작가에게 본격 미스터리를 의뢰하는 거예요. 어쩌면 의외로 좋은 작품이 나올지도 몰라요."

하지만 간다는 흠, 하고 신음하며 얼굴을 찡그렸다.

"글쎄, 여느 장르와 달리 본격 미스터리는 특수성이 있어서 말이지. 아마 쉽지 않을 거야."

"하지만 다른 수가 없잖습니까. 한시라도 빨리 의뢰하지 않으면 마감을 지키기 어려울 겁니다."

"그렇기는 해."

간다가 미간에 주름을 잡으며 한동안 천장을 올려다보더니 "좋아." 하고 고개를 끄덕거렸다.

"자네 말대로 하지. 누구에게 부탁할지는 자네가 결정하게."

"알겠습니다."

대답은 그렇게 했지만 아오야마는 일이 골치 아프게 되었다고 생각했다. 하지만 상사의 부탁을 거절할 수도 없는 노릇이었다.

"대체로 이 정도 선일 거야."

고사카이가 메모지를 한 장 내밀었다.

아오야마는 그 메모지를 받아 들고 내용을 확인했다. 작가 다섯 명의 이름이 적혀 있었다.

고맙습니다, 하고 그가 선배에게 인사했다.

"그다지 변변한 작가들이 아니라서 미안해. 마감이 너무 임박해서 말이지. 시간이 한 달만 있어도 조금 더 괜찮은 작가들을 물색할 수 있을 텐데……."

"아니에요. 저야말로 무리한 부탁을 해서 죄송해요. 이 다섯 분에게 차례대로 부탁해 보겠습니다."

미스터리 특집의 구멍 난 부분을 누구에게 메워 달라고 부탁해야 할지, 젊은 아오야마로서는 결정하기가 어려웠다. 지명도 있는 작가나 주목받는 작가에 관해서는 익히 알고 있었지만, 무리한 스케줄을 받아들일 만한 작가, 다시 말해 그리 인기가 없는 작가에 관해서는 정보가 별로 없었다. 그래서 서적 출판부 시절의 선배인 고사카이에게 부탁했던 것이다.

"하지만 품질은 보증할 수 없어. 본격 미스터리는 써 본 적이 없는 작가들이라서 말이지. 본격 미스터리를 읽은 적이나 있을지 몰라."

"일단 부딪쳐 봐야죠. 혹시 의외의 보석을 찾을지도 몰라요."

"그래도 너무 기대하지는 마. 특히 다섯 번째 작가는 주의할 필요가 있지. 본인은 하드보일드를 쓴다고 자부하지만 실제 작품은 얼토당토않은 소설이니까."

"그래요?"

선배의 말에 아오야마는 그게 어떤 소설일지 역으로 궁금해졌다.

자리에 돌아온 즉시 그는 전화를 돌렸다. 메모에 적혀 있는 다섯 명의 작가는 그 이름은 알아도 그들의 작품을 읽은 적이 거의 없었다. 하지만 그런 사실을 본인들에게 들켜서는 안 되기에 아오야마는 통화에 앞서 약간의 긴장감을 느꼈다.

그런데 막상 통화를 했을 때는 긴장감이고 뭐고 느낄 겨를이 없었다. 본격 미스터리를 써 달라는 얘기를 꺼내기가 무섭게 하나같이 그 자리에서 거절했기 때문이다.

"나더러 본격 미스터리를 써 달라고? 그건 무리지. 안 그래도 트릭을 생각해 내기 어려워서 심리 서스펜스를 쓰고 있는데 말이야. 미안하네."

"미안하지만 나는 본격 미스터리를 싫어해. 밀실이니 알리바이니 하는 자질구레한 내용이 나랑은 안 맞거든. 다른 작가를 찾아봐요."

"죄송합니다. 저는 인간 드라마를 그리고 싶어요. 트릭은 관심사가 아닙니다."

"모처럼 전화를 주셨는데 죄송합니다만, 저는 제 자신을 미스터리 작가로 여기지 않습니다. 하물며 본격 미스터리야 말할 필요도 없지요."

눈 깜짝할 새 네 명에게 거절당하고, 남은 선택지는 단

하나였다.

이 사람도 가망이 없을까. 이름을 보며 전화번호를 뒤졌다.

아타미 게이스케. 규에이 신인상을 수상하면서 데뷔. 데뷔작은 '격철의 포엠'.

아오야마는 그의 작품을 읽은 적이 없었다.

제발 좀 써 줬으면, 하고 기도하는 심정으로 전화를 걸었다.

2

만나기로 한 시각보다 5분 일찍 도착했는데 카페 한쪽 구석에 이미 아타미 게이스케가 와 있었다. 그는 앉아서 책을 읽고 있었는데, 사진에서 본 대로 털이 북슬북슬한 느낌의 남자였다. 파티에서도 본 적이 있는 것 같았다.

아오야마는 급히 그에게 다가가 말을 걸었다. 지각한 건 아니지만, 늦어서 미안하다고 사과했다.

아닙니다, 하고 책을 덮으려던 아타미는 너무 서두르다가 그만 책을 바닥에 떨어뜨리고 말았다. 그 바람에 책의 커버가 벗겨져 제목이 얼핏 보였다.

"아, 이런."

아타미는 얼른 책을 집어 옆에 놓여 있던 쇼핑백에 집어넣었다. 그 쇼핑백에는 서점 이름이 인쇄되어 있었다. 아마도 책을 방금 산 듯했다.

아오야마가 명함을 건네며 자신을 소개했다. 그리고 종업원이 다가오자 커피를 주문했다.

"그러니까, 저……,"

아오야마의 목소리가 갈라져 나왔다. 그는 헛기침을 한 번 한 후 말을 이었다.

"전화로도 말씀드렸습니다만, 원고 청탁을 수락해 주시는 걸로 알아도 되겠습니까? 그러니까, 본격 미스터리 단편을 써 주시는 걸로 말입니다."

아타미는 고개를 끄덕이며 커피잔을 들었다.

"물론입니다. 쓰겠습니다, 본격 미스터리를요."

기분 탓인지 목소리가 떨리는 것처럼 들렸다.

"그렇다면 안심입니다. 무리한 부탁을 드려서 죄송합니다."

"다만……, 그, 뭐라고 해야 하나……, 아오야마 씨는 구체적으로 어떤 작품을 상상하고 계시는지요. 가령 무대라든가 등장인물이라든가, 또는……,"

아타미가 입술을 핥았다.

"트릭의 종류라든가……."

아오야마가 상대의 얼굴을 바라보며 눈을 깜빡거렸다.

"제가 상상하는 것 말인가요?"

"아니, 아무 상상도 안 하셨다면 상관없습니다만, 혹시라도 원하시는 바가 있다면 듣고 싶습니다. 원고를 다 쓴 후에 사실은 이러이러한 내용을 바랐다거나 하시면 곤란하니까요."

"아니요, 그런 일은……,"

아오야마가 손사래를 쳤다.

"그런 일은 없을 겁니다. 그저 쓰고 싶은 대로 써 주시면 됩니다."

"그래요? 그렇다면 뭐, 내키는 대로 써 보겠습니다."

"네, 그렇게 해 주세요. 기대하겠습니다."

원고 매수와 향후 일정 등을 자세히 설명한 뒤 "그럼 잘 부탁드립니다."라고 말하고서 아오야마는 계산서를 집어 들었다. 그런데 그가 자리에서 일어나려고 했을 때였다.

"밀실로 하면 되려나……."

아타미가 중얼거렸다.

"네?"

아오야마가 아타미의 얼굴을 바라보며 물었다.

그러니까, 하고 아타미가 주위를 한 번 둘러본 후 목소리를 낮추어 말했다.

"밀실로 하면 되지 않을까요? 본격 미스터리 말입니다."

"밀실에 도전해 보시렵니까?"

"네. 본격 미스터리, 하면 밀실이잖아요."

자신 없는 말투로 아타미가 대답했다.

아오야마는 자세를 고쳐 앉았다.

"물론 밀실 트릭이야말로 본격 미스터리의 왕도라고 할 수 있습니다만, 본격 미스터리에 밀실 트릭만 있는 건 아닙니다. 게다가 밀실 트릭을 다룬 미스터리는 지금까지 하도 많이 쓰여서 아이디어가 고갈되었다고들 합니다. 그러니까 본격 미스터리에 처음 도전하시는 분이 시도하기에는 무리가 좀 있지 않나 싶습니다. 다른 종류의 수수께끼를 다루시는 편이 나을 것 같습니다. 프로 작가분께 이런 말씀을 드린다는 게 주제넘은 일이긴 합니다만."

아타미가 눈을 몇 번 깜박이더니 "다른 종류의 수수께끼……, 밀실이 아니고요?"

"물론 지금까지 없었던 참신한 밀실 트릭이 있다면 문

제가 없겠습니다만……."

아타미의 눈길이 허공을 방황했다. 그 표정이 어딘가 모르게 길 잃은 강아지를 연상케 했다.

저, 하고 아오야마가 다시 입을 열었다.

"아무래도 내키지 않으시면 무리하게 부탁드리지는 않겠습니다."

"네?"

아타미가 눈을 화들짝 떴다.

"아니, 아니, 아니요."

그가 격렬히 고개를 저었다.

"그렇지 않습니다. 무슨 말씀을요. 내키지 않았다면 애초에 거절했을 겁니다. 그게 아니라, 아이디어가 너무 많아서 뭘 쓸지 망설이는 겁니다. 괜찮습니다, 괜찮아요."

그러고서 하하하, 웃었다.

"부탁드려도 괜찮겠습니까?"

"물론입니다. 맡겨 주세요."

"그럼 좋은 작품을 기대하겠습니다."

아타미와 헤어져 카페를 나오면서 아오야마는 가슴에 먹구름이 번지는 것을 느꼈다. 정말로 저 작가에게 맡겨도 괜찮을까. 하지만 이제 와서 되돌릴 수는 없었다.

아타미의 대표작 '격철의 포엠'을 읽은 건 전화로 아타미에게 집필을 의뢰한 직후였다. 구체적으로 협의하기 전에 작품 하나 정도는 읽어 둬야겠다 싶었다.

책 띠지에는 '신인상 수상작'이라는 문구와 함께 '정통파 하드보일드 대작'이라는 캐치프레이즈가 적혀 있었다. 당연히 기대에 차서 읽기 시작했다.

하지만.

읽어 가는 동안 왠지 모르게 이마에 땀이 흘렀다. 동시에 닭살이 올라왔다.

유감스럽게도 작품에 감동해서가 아니다. 요즘도 이렇게 고색창연한 하드보일드 소설을 쓰는 사람이 있다는 사실이 놀라웠고, 이어서 이런 책이 자신이 몸담고 있는 출판사에서 나왔다는 사실이 부끄러웠다.

아니, '고색창연한 하드보일드'라는 표현은 옳지 않다. 그건 고전을 싸잡아 모욕하는 말이다. 그냥 '케케묵은 하드보일드', 혹은 '하드보일드를 흉내 낸 소설'이라고 표현하는 편이 타당할지 모른다. 예를 들면 문장에 쓸데없이 비유가 많은데 그게 별로 정확하지도 않다. '잠수함의 스크루처럼 보드카 토닉의 얼음을 휘저었다.' 같은 표현이 그렇다. 그리고 스토리도 등장인물도 리얼리티라고는 눈곱만큼도 없다. 주인공 형사가 미군의 군용 헬기를 훔쳐 적의 아지트에 진입하는 장면에서는 더 읽을 수 없을 정도였다. 대체 이런 작품이 어떻게 신인상을 받았는지 이해하기 힘들었다.

"그때 심사 위원들이 다들 머리가 어떻게 됐던 거 아닙니까?"

아오야마의 의문에 고사카이는 이렇게 대답했다.

"후보작들이 하나같이 졸작이라 자포자기하는 심정으로 제일 터무니없는 작품을 고르자고 했다나 봐."

두통이 밀려왔다. 그게 있을 수 있는 일이란 말인가. 고사카이는 대체 왜 그런 작가를 추천한 것일까. 아타미에게 전화하기 전에 미리 작품을 읽지 않은 자신에게 잘못이 있다는 건 알지만 고사카이에게 한마디 하지 않고서는 배길 수 없었다. 아오야마의 항의에 그는 "딱히 다른 작가가 생각나지 않아서 말이지. 하지만 주의하라고 했잖아."라고, 별일 아니라는 듯이 대답했다.

괜찮을까. 그 작가가 과연 써낼 것인가. 다시금 걱정이 밀려왔다. 밀실 트릭에 몹시 연연하던데, 혹시 본격 미스터리라고는 밀실밖에 모르는 것 아닐까.

카페에서 아타미가 읽고 있던 책의 제목이 아오야마

의 뇌리에 되살아났다. 그것은 '미스터리 소설 쓰는 법'
이었다.

3

컴퓨터 앞에 책상다리를 하고 앉아 있던 아타미는 그
자세 그대로 바닥에 벌렁 드러누웠다. 그리고 후, 크게 한
숨을 내쉬었다. 뇌는 지칠 대로 지쳤는데 화면에는 문장
이 한 줄도 쓰여 있지 않았다. 몇 줄 써 보기는 했지만 더
는 진전이 없어 지워 버렸다. 그걸 몇 번이나 되풀이했다.
'안 되겠어. 못 쓸 것 같아.'
머리카락을 쥐어뜯고 천장을 노려보기도 했지만 아이
디어가 나올 것 같지 않았다.
역시 거절할 걸 그랬나 하는 생각이 고개를 들었지만
억누르려고 안간힘을 썼다. 돌이키기에는 늦었다. 게다
가 아오야마의 제안을 받아들인 데에는 피치 못할 사정
이 있었다.
그 사정이란, 까놓고 말해서, 돈이다. 저금한 돈이 바닥
난 것이다. 설상가상으로 고가의 물건을 사느라고 진 빚

이 아직 남아 있다.

그는 수개월 전 실연했다. 상대는 여성 편집자다. 상대도 아타미에게 마음이 있는 눈치여서 프러포즈를 했는데 알고 보니 기혼자였다. 아마도 원고를 받아 내려고 꼬리를 쳤나 보다고 지금은 생각한다. 빚을 져서 샀다는 물건은 분하게도, 프러포즈할 때 주려고 했던 다이아몬드 반지다. 안쪽에 상대의 이름까지 새겨 놓아 전당포에 팔수도 없었다.

그 충격으로 한동안 일이 손에 잡히지 않았다. 아니, 일하고 싶은 생각조차 들지 않았다. 그래서 어쩌다 들어오는 집필 의뢰도 모두 거절했다. 그랬더니 얼마 지나자 그 어디서도 글을 써 달라고 하지 않았다.

본격 미스터리라는 말을 들었을 때는 솔직히 말해 당황했다. 겁이 났다고 해도 틀린 말이 아니다. 아타미에게는 미지의 영역이기 때문이다. 물론 그런 장르의 소설이 있고, 그 팬 층이 상당히 두껍다는 것은 알고 있다. 하지만 자신과는 상관없는 분야라고 생각해 지금까지는 별로 관심을 두지 않았다.

물론 아타미도 본격 미스터리라는 것을 읽어 보지 않은 것은 아니다. 하지만 끝까지 읽거나 재미있다고 느낀 적은 단 한 번도 없었다. 아니, 그보다는 스토리를 이해하지 못한 채 책을 덮은 경우가 많다고 표현하는 것이 적절할 것이다. 맨 마지막에 수수께끼가 풀리는 장면이 나왔지만 그 내용을 이해하지 못했기 때문에 욕구 불만만 쌓일 뿐이었다.

그러나 재정 상태가 악화 일로를 걷는 상황에서 단편 원고 청탁은 감사하기 이를 데 없었다. 마감이 임박했다는 것도 생각하기에 따라서는 행운이었다. 잡지 출간일이 얼마 안 남았으니 원고료도 빨리 들어올 터였다.

어떻게든 되겠지. 나는 프로야. 다른 사람이 쓰는데 나라고 못 쓰겠어?

아오야마의 전화를 받았을 때 단 몇 초 만에 머릿속에서 그런 결론을 내렸다.

"써 드리지요."

제정신으로 돌아왔을 때는 이미 그렇게 대답한 후였다.

전화를 끊자 초조감이 밀려왔다. 본격 미스터리라니. 어떻게 써야 할지 막막했다.

고민 끝에 아오야마와 만나기 전에 서점으로 달려갔다. 거기서 책 한 권을 발견했다. 궁지에 몰린 아타미를 구해 줄 듯한 오라가 뿜어져 나오는 듯했다. 제목은 '미스터리 소설 쓰는 법'. 일본 미스터리 작가 협회가 편집자로 되어 있고, 내용은 협회에 소속된 50명의 작가가 각자 자신의 집필 방법을 밝혀 놓은 것이었다. 그중에는 본격 미스터리 작가로 유명한 사람도 있었다.

책을 펼치자 맨 먼저 서문이 있었다. 일본 미스터리 작가 협회 이사장인 다마자와 요시마사가 쓴 것이다. 내용은 다음과 같았다.

'이 책은 앞으로 프로 작가가 되려는 사람은 물론이고 이미 미스터리를 쓰고 있는 우리에게도 실로 유용한 책이다. 나 자신도 새삼 배운 것이 많다. 자부심을 갖고 추천한다.'

아타미는 오오, 하고 감탄했다. 경찰 소설의 일인자가 이렇게까지 단언하다니. 믿음직스럽기 짝이 없었다.

그런데.

막상 읽어 보니 전혀 도움이 되지 않았다. 가령 이번에 아타미가 원고를 메우게 된 원인을 제공한 나가라카와 나가라라는 작가는 본격 미스터리의 명수인데, 이 책에서 그는 '실전, 아이디어에서 작품으로'라는 소제목 아래 얘기를 풀어 나간다. 그런데 다 읽어 봐도 도무지 참고가 되지 않았다. 굳이 자기 작품의 속임수까지 공개해 가며 친절하게 작품 집필 과정을 설명했지만, 정작 아타미의 관심사인 트릭을 어떻게 고안했는지에 관해서는 '목욕을 하다가 떠올랐다'라고만 쓰여 있었다. 그리고 '트릭은 책상 앞에 앉아 끙끙거린다고 떠오르지 않으며, 일을 손에서 놓았을 때 예고 없이 날아든다.'라고 덧붙였다.

아타미는 망연자실할 수밖에 없었다. 그가 알고 싶은 것은 트릭을 짜는 기술인데 '날아든다'라니, 정말 어이가 없었다.

또한 이 책에서는 나가라카와 나가라의 친구이자 본격 미스터리의 개척자로 불리는 이토쓰지 다케토가 '트릭을 짜는 방법'이라는 주제의 인터뷰에 응했는데, 이것 또한 아타미를 절망하게 했다. 가령 질문자가 "이번에는 트릭을 짜는 방법에 관해 여쭤보겠습니다. 누구나 멋진 트릭을 짤 수 있는 방법을 가르쳐 주세요."라고 했을 때 아타미는 '이거야, 이거!' 하면서 마음속으로 쾌재를 불렀지만 이 질문에 대한 이토쓰지의 대답은 "그런 노하우가 있으면 제게도 좀 가르쳐 주세요.(웃음)"였다.

이게 대체 뭐야, 하고 그는 자신도 모르게 절규했다.

이토쓰지는 이 밖에도 작가를 지망하는 사람에게 조언해 줄 말이 있느냐는 물음에 다음과 같이 대답했다.

"예를 들어 '추리 소설 쓰는 법'과 같은 How to 장르의 책은 신뢰하지 않는 것이 좋습니다."

피가 머리로 쏠리는 느낌이었다. 신뢰하지 말라면서 이따위 책은 왜 내는데? 마치 사기를 당한 것만 같았다. 일본 미스터리 작가 협회에는 아직 가입하지 않았는데, 설사 가입을 권유하더라도 절대 들어가지 말자고 결심했다. 제기랄, 두고 보자, 다마자와 요시마사 녀석.

하지만 지금은 화를 내고 있을 때가 아니었다. 어떻게 든 본격 미스터리, 아니 그 비슷한 것이라도 생각해 내야 한다. 그리고 본격, 하면 역시 밀실이다. 밀실 트릭을 짜야 한다. 아오야마는 밀실이 아니라도 괜찮다고 했지만, 그게 아니면 뭘 쓰란 말인가.

다시 컴퓨터를 향해 앉는데 휴대 전화가 울렸다. 받아 보니 아오야마였다.

4

"이랬다저랬다 해서 정말 죄송합니다."

카페에서 마주 앉자마자 아오야마가 고개를 숙였다.

"그러니까, 그게 대체 무슨 말씀이죠?"

아타미가 물었다.

"상황이 이해가······."

"아, 그러니까, 전화로 말씀드린 것처럼 아타미 씨는 쓰고 싶은 글을 마음대로 쓰시면 됩니다."

"본격 미스터리가 아니라도 말입니까?"

"그렇습니다."

"흠, 왜 그렇게 된 거죠? 미스터리 특집을 기획했는데 본격물을 쓸 사람이 없어서 난감하다고 하셨잖아요."

아니, 그게, 하며 아오야마가 얼굴을 찡그렸다.

"울며 매달리는 분이 있어서요."

"네? 그게 무슨 말입니까?"

그러자 아오야마는 집게손가락을 입술에 대며 "이거, 비밀입니다만······," 하고 운을 뗐다.

"뭔데요?"라며 아타미가 몸을 앞으로 바짝 기울였다. 어쩐지 흥미진진했다.

"오요소 긴이치 씨라고, 혹시 아십니까? 일전에 덴카와 이타로상을 수상한 분입니다만."

"'심해어의 피부 호흡'을 쓴 사람이잖아요."

아타미의 목소리에서 불쾌감이 묻어났다.

그렇잖아도 그 상에 대해 아타미는 한마디 하고 싶었
었다. 왜 자기 작품이 후보에 오르지 못했냐고. 하지만 지
금은 그런 일을 따질 계제가 아니었다.

　　"그 사람이 울며불며 매달렸단 말인가요?"

　　그렇다니까요, 하고 아오야마가 입 끝을 일그러뜨리
며 웃었다.

　　"처음 미스터리 특집 얘기를 꺼냈을 때 자신은 지금까
지와는 전혀 다른 장르에 도전하고 싶다고 했어요. 그래
서 저희도 그렇게 알고 있었는데, 오늘이 돼서야 전화를
걸어서 역시 안 되겠다고 하는 거예요."

　　"대체 어떤 장르에 도전했는데요?"

　　"아니, 그게, 그러니까……."

　　아오야마가 머리를 긁적였다.

　　"알겠어요."

　　아타미는 손가락을 딱, 튕겼다.

　　"혹시 하드보일드인가요?"

　　"네? 아니, 저……."

　　"맞죠?"

　　"하하, 그런 거죠, 뭐."

　　아아, 하고 아타미의 입이 크게 벌어졌다.

"그건 무리죠. 잘은 모르지만, 오요소 씨는 정통파 추리 소설을 써 온 사람이잖아요. 그런 사람이 하드보일드를 쓰겠다니, 어려운 일입니다. 못 써요. 그렇다면 출판사 쪽에도 책임이 있는걸요. 풋내기에게 하드보일드를 의뢰하면 안 되는 일이었어요."

"안 그래도 충분히 반성했습니다."

아오야마가 다시 고개를 깊이 숙였다.

"그래서요? 왜 나한테 불똥이 튄 겁니까?"

"저희들이 오요소 씨에게 물어봤어요. 그렇다면 쓸 수 있는 미스터리가 어떤 종류냐고요. 그랬더니 본격 미스터리라면 당장이라도 쓸 수 있다고 하더군요."

"아하."

아타미가 천천히 팔짱을 끼었다.

"알 만합니다. 그러니까, 본격 미스터리는 오요소 씨에게 쓰도록 하고 아타미 게이스케에게는 하드보일드를 맡기자, 얘기가 그렇게 됐다는 거 아닙니까."

"아니, 아니, 아닙니다."

아오야마가 손사래를 쳤다.

"하드보일드가 아니어도 괜찮습니다. 전화로 말씀드렸다시피, 내키는 대로 쓰시면 됩니다."

"그래요?"

아타미가 커피잔에 우유를 넣고 스푼으로 천천히 저었다.

"그렇군요. 이제 본격 미스터리는 필요 없다는 거군요. 거참, 유감이네요. 애써 이것저것 생각해 뒀더니만."

"아니, 벌써 쓰기 시작하셨습니까?"

"그런 건 아니지만 아이디어는 거의 정리가 됐어요. 거기까지만도 시간이 상당히 걸리더군요. 꽤 괜찮은 트릭이라고 생각했는데. 그걸 읽으면 본격 미스터리 전문 작가들도 놀라지 않을까 싶었습니다만."

그러고서 아타미는 커피를 한 모금 마셨다.

"정 그러시다면,"

아오야마가 뭔가를 탐색하듯이 눈을 살짝 올려 뜨고 아타미를 봤다.

"그 작품을 쓰셔도 괜찮습니다만……."

아타미가 헉, 숨을 삼켰다. 그 바람에 하마터면 사레가 들릴 뻔했다.

"아니요, 제가 양보하겠습니다."

평정을 가장하며 대답했다.

"장르가 겹치는 건 좋지 않죠. 따로 본격 미스터리를 쓸

사람이 있다니 저는 하드보일드를 쓰겠습니다. 그래도
되겠죠?"

"네, 물론입니다."

"그럼 그렇게 하는 걸로 하죠."

아타미가 자리에서 일어났다.

카페를 나와 아오야마의 모습이 사라진 걸 확인한 뒤
아타미는 양손으로 브이 자를 그렸다.

5

건물 모퉁이를 돌자마자 아오야마는 휴대 전화를 꺼
냈다. 상대가 바로 받았다.

"아오야마입니다. 얘기가 잘됐습니다."

"아타미 씨가 납득한 거지?"

간다가 다짐하듯 물었다.

"물론입니다. 예상대로 울고 싶자 뺨 때린다는 표정이
었습니다."

"우리로서도 다행이군. 그 사람이 쓴 본격 미스터리가
어떤지 한번 읽어 보고 싶은 마음도 있지만, 그건 다른 잡지에 쓰는 걸로도 충분해. 그 글이 우리 잡지에 실릴 생각을 하면 등골이 오싹하다고. 그래서, 뭘 쓰겠대?"

"하드보일드를 쓸 생각인 듯합니다."

"역시 그렇군. 됐어, 그럼. 본인이 뭘 쓸 생각이든 아마 지금까지 쓴 것과 같은 장르의 작품이 나올 거야. 우리 생각대로 진행하면 돼. 오요소 씨가 애초에 어떤 장르의 미스터리를 쓰겠다고 했는지는 아타미 씨에게 말하지 않았지?"

"그럼요. 적당히 얼버무렸습니다."

"잘했어. 그럼 오요소 씨에게 연락하지."

"알겠습니다."

아오야마는 전화를 끊고 오요소 긴이치의 번호를 눌렀다.

"그러니까 오요소 씨는 본격 미스터리를 써 주시면 됩니다."

아오야마의 활기찬 목소리가 전화기에서 들려왔다.

오요소는 서서 전화기를 귀에 댄 채 고개를 숙였다.

"폐를 끼쳐 정말로 죄송합니다. 제가 얼마나 미숙했는지 통감했습니다. 앞으로는 이런 일이 절대 없도록 할 테니 모쪼록 잘 부탁드립니다."

"아닙니다. 그렇게 마음 쓰지 않으셔도 됩니다. 빨리 말씀해 주셔서 감사할 따름이에요. 다행히 대신 쓸 분도 찾았고요."

"그래요? 그게 누굽니까? 사과라도 드리고 싶은데요."

"아니요, 그러실 필요 없습니다. 원고를 쓰는 게 작가의 일인걸요."

"그럼 그렇게 알겠습니다. 누가 대신 쓰는지는 『소설 규에이』 다음 호를 보면 알겠죠."

"맞습니다. 한번 직접 확인해 보세요."

"그러겠습니다. 그런데 참 어렵더군요, 새로운 장르에 도전한다는 게 말이죠."

"그렇게 힘들던가요?"

"네. 제게는 맞지 않는다고 느꼈어요. 그 장르, 그러니까 유머 미스터리를 쓰는 사람은 대체 어떤 사람일까요."

얘기하면서 오요소는 고개를 갸웃했다.

"다음 호 『소설 규에이』에 과연 어떤 유머 미스터리가 실릴지 벌써부터 기대됩니다."

그러자 아오야마가 흠, 하고 신음 소리를 냈다.

"유머 미스터리라기보다는 코미디 소설이라고 하는 게

옳을 겁니다. 그분이 쓰는 글은 대체로 그런 느낌이에요."

"그런가요? 어쨌든 공부가 될 것 같습니다."

"뭐, 별로 그렇지도 않을 겁니다."

아오야마는 의미심장한 말을 내뱉은 뒤, 그럼 잘 부탁 드린다며 전화를 끊었다.

오요소는 수화기를 놓고 소파에 앉았다. 아내가 차를 내왔다.

"잘 해결되었나 보네요."

그녀가 오요소 앞에 찻잔을 놓으며 말했다.

"응, 그럭저럭."

오요소가 찻잔을 들어 한 모금 마셨다.

"정말 다행이야."

"앞으로는 너무 의욕만 앞세우지 마세요. 감당하기 어려운 일을 맡아서는 안 돼요."

"맞는 말이야."

오요소가 한숨을 내쉬었다.

"하지만 쓸 것 같았거든, 유머 미스터리 말이야."

"그런 책을 사다니. 바보같이……."

아내가 쓴웃음을 지었다.

"그러게 말이야. 보기 좋게 속았어, 일본 미스터리 작가 협회에."

오요소가 옆에 있던 책을 집어 들며 말했다.

'미스터리 소설 쓰는 법'이라는 책이었다.

* 작가 주 : 이 작품에 등장하는 '일본 미스터리 작가 협회'는 실재
  하는 '일본 추리 작가 협회'와 무관합니다. 또한 본문의 『미스터
  리 소설 쓰는 법』과 달리 일본 추리 작가 협회가 펴낸 『미스터리
  쓰기』(겐토샤 출간)는 미스터리 작가를 지망하는 분들께 매우 유
  익합니다.

작가 은퇴
기자 회견

1

오랜만에 이 길을 걷는군, 하고 간다는 생각했다. 몇 년 전까지만 해도 뻔질나게, 라고 말할 정도는 아니지만 비교적 자주 다녔던 길이다.

그는 옛날 타입의 편집자다. 설령 잘 팔리지 않더라도 좋아하는 작가의 원고를 책으로 내는 게 기뻤다. 작가와 대화를 나누며 다음에는 어떤 소설을 낼지 결정할 때의 고무적인 느낌이 좋았다. 그런 대화에 기초해 쓰인 원고를 처음으로 읽을 때의 기대감과 그것을 읽으며 느끼는 팽팽한 긴장감은 이루 말로 표현하기 힘들 정도였다. 다 읽고 나면 최고의 찬사를 작가에게 보낸다. 다만, 칭찬만 할 수는 없다. 편집자로서 작품이 더 나아지도록 작가에게 충고하는 것도 때로는 필요하다. 그럴 때는 사명감이 그의 가슴을 가득 메웠다.

이 길을 자주 오간 건 그런 충실한 편집자의 생활을 하던 무렵이다.

이제 간다는 그런 식으로 일하지 않는다. 부하 직원에게도 그런 지시를 내리지 않는다. 그저 상사의 지시를 부하에게 전할 뿐이다.

"잘나가는 작가의 원고라면 그게 뭐든지 상관없으니 받아 내도록 해."

그가 기본적으로 지시하는 내용은 이것뿐이다. 그 외에는 이렇다 할 방침이라는 게 없다.

멍청한 지시라는 건 안다. 잘나가는 작가의 원고를 받아 내고 싶지 않은 출판사가 어디 있을까. 그런 원고로만 책을 만들 수 있다면 그보다 쉬운 장사는 없을 것이다. 하지만 실제로 잘나가는 작가란 한 줌에 불과하다. 흑자를 내는 작가도 찾기 힘들다. 그 몇 안 되는 작가를 두고 출판사들이 피 튀기는 경쟁을 한다.

모름지기 출판사란 아직 알려지지 않은 작가를 잘 훈련시켜 세상에 널리 알리는 역할을 해야 마땅하다. 전에는 그런 식으로 베스트셀러 작가를 키워 냈다. 이름 없는 작가에게 원고를 맡기는 건 일종의 투자였다.

하지만 이제는 그럴 여유가 있는 출판사가 극히 소수

다. 대다수 출판사는 타사가 새로운 스타를 탄생시키길 기다릴 뿐이다. 간다가 근무하는 규에이 출판사도 마찬가지다. 몇 년 전, 앞으로 팔릴 가능성이 없는 작가에게는 원고를 청탁하지 말라는 지시가 내려왔다. 그는 함께 일하던 작가 몇몇을 정리했다.

어느 전통 가옥 앞에서 간다는 걸음을 멈췄다. 그 집 현관을 지나는 것도 오랜만이다. 전에는 투자하는 셈 치고 이곳에 왔었다. 이번에야말로 히트작을 써내길 빌면서 오곤 했다.

문패에 '사무카와 고로'라고 쓰여 있었다. 간다가 처음으로 정리한 작가다.

2

"아이고, 일부러 이렇게 오라고 해서 미안하네. 밖에서 만날까도 생각했지만 주위가 소란스러우면 안정이 안 돼서 말이지. 다른 사람들이 우리 얘기를 듣는 것도 께름칙하고."

소파에 앉은 사무카와는 전보다 살이 조금 오른 듯했

다. 하지만 머리숱은 한결 적어졌다. 유행이 지난 스웨터를 입은 점은 전과 다름없다.

"그동안 격조했습니다. 별것 아니지만……."

간다가 종이 봉지를 내밀었다. 역에서 사온 양갱이다.

"미안해서 어쩌나. 요즘은 자네 출판사 일도 안 하니 이렇게 신경 쓰지 않아도 되는데……."

사무카와는 선물을 받으며 기쁜 표정을 감추지 못했다.

하지만 사무카와의 말에 간다는 심경이 복잡해졌다. 혹시 규에이가 일을 주지 않는 데 대해 빈정거리는 거 아닌가 싶어서였다.

"언젠가 자네가 말했지, 절대로 서두르지 않아도 되니까 내 페이스대로 스스로 납득할 만한 글을 써 달라고. 그런 글이 나올 때까지 언제까지고 기다릴 각오가 되어 있다면서 말이지. 그 말만 믿고 줄곧 의리를 지키지 않았어. 요 몇 년간 규에이에는 원고를 단 한 장도 못 넘겼더군. 진심으로 미안하게 생각하네."

사무카와가 괴로운 표정으로 고개를 숙였다. 그 모습이 연기하는 것으로는 보이지 않는다. 그가 연기나 거짓말에 서투르다는 걸 간다는 알고 있다. 그러니 사무카와의 사과는 진심인 듯했다. 자신이 버림받았다는 걸 모르는 모양이다.

그럼 오늘은 그가 말한 것처럼 '의리'를 지키려고 간다를 부른 것일까. 요컨대 드디어 스스로 납득할 만한 글을 썼으니 그 원고를 주겠다는 것일까. 만일 그렇다면 이거 낭패인걸. 간다는 마음이 초조해졌다. 원고를 받는다 해도 출판될 가망이 없기 때문이다.

"아니요, 아닙니다."

간다가 마구 손사래를 쳤다.

"왜 고개를 숙이고 그러십니까. 저도 사무카와 선생님의 원고를 받을 수 있다면 더없이 기쁘겠죠. 하지만 그 전에, 그 소중한 원고를 어떤 형태로 출판하는 게 최선일지 먼저 생각해 볼 필요가 있다고 봅니다. 극단적인 경우 저희 출판사에서 내지 못한다 해도 어쩔 수 없습니다. 어느 출판사에서 어떤 식으로 책을 낼지 저와 함께 고민해 보시죠."

그러자 이번에는 사무카와가 손을 내저었다.

"아니야, 간다. 그런 말이 아니야. 원고는 없네. 정말 미안한 얘긴데, 자네에게 줄 원고는 지금 단 한 장도 없어. 그래서 이렇게 고개를 숙이는 거라네."

"아……."

간다는 당황해하며 베테랑 작가의 허연 정수리를 바라봤다.

"원고를 쓰신 게 아니었습니까? 아니, 그럼 오늘은 그렇게 사과의 말씀을 하려고 저를 부르신 건가요?"

"아니, 그게 전부는 아니고,"

사무카와가 고개를 들었다.

"상의하고 싶은 것도 있고 해서. 상의라기보다 보고라고 하는 것이 옳으려나. 이제 결심을 굳혀서 더는 흔들릴 것 같지 않아서 말이야."

간다는 작가의 얼굴을 똑바로 봤다. 사무카와가 뭔가 결심한 모양이었다. 하지만 그 내용을 전혀 짐작할 수 없었다.

"자네, 올림픽 본 적 있지?"

"올림픽 말입니까? 텔레비전에서 종종 보지요."

"스포츠란 참 좋은 거야. 금메달을 목표로 자신의 온 힘을 발휘하려는 선수들의 모습은 실로 아름답지. 그들의 근육의 움직임을 바라보는 것만으로 나는 감동하네. 하지만 화려한 한편으로 그들은 늘 자신이 물러날 때를 생각하지. 몇몇 선수는 메달을 딴 직후 은퇴를 발표하기도 했어. 정상을 달리는 선수는 자신의 한계를 알거든.

만신창이가 될 때까지 계속하는 것도 나름의 미학이 있지만, 그보다는 깨끗이 포기하고 다음 스테이지로 향하는 모습이 역시 멋지지. 안 그런가?"

"네, 물론 그렇죠."

대체 무슨 말을 하려고 저러나 궁금했지만 간다는 인내심을 가지고 맞장구를 쳤다.

"그래서 말인데,"

사무카와가 양손으로 허벅지를 짚으며 몸을 간다 쪽으로 기울였다.

"나도 마침내 결심했네. 말리지 않았으면 좋겠군."

간다는 눈을 껌뻑이며 사무카와의 느긋한 표정을 바라보았다.

"아……, 그러니까 무슨 결심을 하셨다는 거죠?"

사무카와의 미간에 주름이 잡혔다.

"이보게, 여태 뭘 들었나. 얘기의 흐름으로 볼 때 은퇴 아니겠나. 은퇴하기로 결심했네."

간다는 여전히 무슨 말인지 알아들을 수 없었다. 사무카와가 그동안 취미로 무슨 스포츠를 했다는 건가 싶기도 했다.

"저, 사무카와 선생님, 제가 머리가 나빠서 그러는데, 도

대체 뭘 은퇴하시겠다는 겁니까? 골프인가요?"

"골프라니, 무슨 소리야. 나, 골프 같은 거 안 해!"

사무카와가 테이블을 두드렸다.

"작가 말일세. 작가를 은퇴하기로 했어."

사무카와의 말이 간다의 뇌에 도달하기까지는 약간 시간이 걸렸다. 마침내 그 의미를 완전히 이해한 그는 "네?" 하고 소리를 꽥 질렀다.

"작가를 그만두신다는 말씀입니까? 소설을 안 쓰신다고요?"

"그렇다네. 일선에서 물러나겠다는 거야."

"선생님, 잠깐만요."

"더 들어 보게. 아까도 말했지만 이미 결심했네. 내 결의는 확고해. 누가 뭐라 하건 바뀌지 않을 걸세. 그러니 설득할 생각은 말게."

팔짱을 긴 채 입을 굳게 다문 사무카와를 보며 간다는 곤혹스럽기 짝이 없었다. 설마 이런 말을 듣게 될 줄은 꿈에도 몰랐다. 잠깐만요, 라고 한 것은 사무카와의 결심을 번복시키려는 것이 아니라 간다 자신의 머리를 정리할 필요가 있었기 때문이다.

"허허, 이거……, 은퇴를 하신단 말이죠."

간다는 머리를 긁적이며 중얼거렸다. 혼란이 아직 완전히 가신 것은 아니었다.

"느닷없는 말에 자네가 당혹스러우리라는 건 나도 잘 알아. 하지만 충분히 고민한 끝에 내린 결정이야. 금메달리스트들처럼 나도 화려한 모습으로 사라지고 싶네."

"화려한 모습으로요……."

간다는 그저 사무카와의 말을 반복할 뿐이었다. 어떻게 대응해야 좋을지 몰라 난감했다. 화려한 모습으로, 라니, 이 작가에게 그런 시절이 있었던가.

"그래서 말인데, 자네한테 부탁할 일이 있네."

"뭡니까?"

"내가 이 업계에 발을 디딘 지도 꽤 오래됐잖나. 그러니 신세를 지거나 인연을 맺은 사람도 많을 수밖에. 그런 사람들에게 아무런 예고도 없이 은퇴하는 건 실례라고 생각하네. 끝맺음을 분명히 하고 싶어."

"그렇군요. 그럼 편지 같은 걸로 알리시면 어떻겠습니까?"

간다의 제안에 사무카와가 불만스럽다는 듯이 아랫입술을 쑥 내밀었다.

"명색이 작가가 은퇴하는데 그런 형식적인 보고로 그

쳐서야 쓰나."

"그럼 어떤 식으로 하는 게 좋을까요?"

"글쎄, 나는 기자 회견이 제일 낫다고 보는데. 합동 기자 회견 말일세."

간다는 두통이 밀려오는 것을 느꼈다.

"합동이라면, 여러 언론사 기자를 부르자는 말씀입니까?"

"그러는 게 낫겠지. 취재에 따로따로 응할 경우 나로서는 같은 얘기를 수없이 반복해야 하니까. 그거 아주 귀찮아. 그래, 합동 기자 회견, 그걸로 하지. 자네가 좀 나서 주게. 알겠지?"

일방적으로 쏟아 내는 말에 머리가 멍해진 간다는 반론할 말이 떠오르지 않아 고개를 끄덕일 뿐이었다.

3

간다의 얘기를 듣고 있던 시시도리가 맥주를 내뿜었다.

"뭐? 은퇴 합동 기자 회견이라니, 그게 대체 무슨 말이야?"

맥주에 젖은 옷을 손수건으로 닦으며 시시도리가 물었다.

두 사람은 신주쿠의 어느 이자카야에 있었다. 간다가 할 얘기가 있다면서 불러낸 것이다. 시시도리는 간다의 입사 동기로, 현재는 서적 출판부 편집장으로 근무하고 있다. 사무카와와 알고 지낸 시간도 규에이 출판사에서는 간다 다음으로 길다.

"말 그대로야. 사무카와 선생이 자신의 작가 은퇴를 기자 회견에서 밝히겠대."

시시도리가 관자놀이를 손으로 꾹꾹 눌렀다.

"글쎄, 그게 무슨 말인지 모르겠다니까. 작가를 은퇴한다는 게 무슨 뜻이야?"

"그러니까, 더는 소설을 안 쓰겠다는 거야. 책을 안 낸다는 얘기지. 일선에서 물러나겠다고 표현하더군."

흠, 하고 시시도리가 고개를 갸웃했다.

"그걸 굳이 선언해야 하나? 쓰기 싫으면 안 쓰면 되지. 게다가 사무카와 선생은 최근 2년여 동안 신작을 내지 않았잖아. 이미 일선에서 물러난 거나 다름없어. 하지만 거기에 관해 아무도 관심이 없고, 본인에게 묻는 사람도 없을 거야. 그러면 그만 아닌가?"

"은퇴라는 형식을 선망하나 봐. 스포츠 선수의 은퇴 회견에서 영향을 받은 모양이야."

"귀찮은 부탁을 받았군."

시시도리가 얼굴을 찡그렸다.

간다는 생맥주 잔을 들어 꿀꺽꿀꺽 마신 후 한숨을 길게 내쉬었다.

"나도 처음 들었을 때는 말도 안 되는 소리라고 생각했어. 그런데 나중에 곰곰이 생각해 보니 사무카와 선생의 부탁을 들어주는 것도 괜찮지 않을까 싶더라고."

"그건 또 왜?"

"자네 말대로 사무카와 선생이 앞으로 일절 글을 안 쓰고 책을 출판하지 않는다 해도 신경 쓰는 사람은 거의 없을 거야. 선생의 몇 안 되는 독자 중에는 왜 신작이 안 나올까 의아해하는 사람도 있을지 모르지만, 그래 봐야 극소수겠지. 그 극소수마저 얼마 안 가서 그를 잊고 말 테고. 사무카와 선생뿐 아니라 대다수 작가가 그런 처지일 거야. 글을 안 쓰면 출판계에서 이름이 오르내리지 않게 되고, 그러면 일도 들어오지 않아. 그러다가 마침내 편집자나 독자의 뇌리에서 사라지겠지. 작가는 정년이 없는 직업이라고들 하지만, 그 대신 퇴직도 명확하지 않아. 물론 본인이 자신을 작가라고 주장하는 한 언제까지고 작가로 머무를 수 있겠지만 그렇다고 일이 계속 들어오는 건 아니야. 책을 내는 동안은 작가지만 그것이 끊기는 순간 무직자나 다름없지. 요컨대 스스로는 작가라고 생각해도 실제로는 전직 작가인 셈이야. 그러다가 다시 힘을 내서 글을 쓰고 책을 내면 도로 작가가 되기도 하고. 그러니까 죽을 때까지 작가와 전직 작가를 오가는 직업이라고 할 수 있지."

"동감이야. 자네 표현대로 하자면 현시점에서 사무카와 선생은 전직 작가지. 그것도 작가로 돌아갈 가망이 없는. 그런데 이제 와서 새삼 무슨 기자 회견이야?"

"바로 그 점이야. 자네 말도 맞지만, 자신도 모르는 사이에 은퇴자가 되면 슬프지 않을까? 그러기 전에 스스로 막을 내리기로 결심했다면 거기에 동조해 주는 것도 괜찮지 않을까 싶어. 웬만큼 실적이 있는 작가이기도 하고."

간다의 말에 시시도리는 턱을 괸 채 흠, 하고 신음 같은 소리를 냈다.

"그 말을 들으니 마음이 쓰라린걸. 회사가 어려울 때 그 선생 작품이 얼마간 도움이 된 게 사실이니까 말이지. 수시로 다른 작가가 펑크 낸 원고를 메워 달라고 부탁하곤 했어. 어떤 경우라도 작품의 완성도가 일정해서 안심됐거든. 그 수준을 크게 뛰어넘는 작품은 못 썼지만 말이야."

"그럼 날 좀 도와줄 테야?"

시시도리가 마지못해 고개를 끄덕였다.

"좋아, 한번 해 보지, 뭐. 다른 출판사 녀석들한테도 연락해 볼게."

"그럼 부탁해. 은퇴 선언이 화제로 떠올라 사무카와 선생 책이 조금이나마 팔리면 우리로서도 좋은 일이잖아."

"그럴 가능성은……,"

시시도리가 어깨를 으쓱했다.

"한없이 제로에 가깝겠지만."

4

10월 어느 토요일, 간다는 규에이 출판사 회의실에서 안절부절못하고 있었다. 회의실 문에는 '작가 사무카와 고로 합동 기자 회견장'이라고 적힌 종이가 붙어 있었다. 기자 회견이 20분도 안 남았는데 기자는 아직 한 명도 보이지 않았다.

손목시계를 노려보면서 회견 시각을 조금 늦출까 생각하는 참에 시시도리가 느릿느릿 들어왔다.

"아이고, 늦어서 미안해."

"어떻게 된 거야? 아직 아무도 안 왔어."

"저런."

시시도리가 파이프 의자가 줄줄이 늘어선 회의실을 둘러봤다.

"일단 아는 신문 기자들에게 연락은 했는데……. 녀석들도 바빠서 참석할 여유가 없을거야."

"이거 큰일이네. 어떻게든 사람을 모아야 할 텐데. 출판사 담당 편집자들에게도 알렸지?"

"물론이야. 다들 그런 행사라면 가능한 한 참석하겠다고 했어."

"가능한 한, 이란 말이지. 반드시, 가 아니고?"

"그래도 몇 명은 오겠지. 우리 회사 젊은 친구들한테도 되도록이면 오라고 말해 뒀어. 그보다, 사무카와 선생은?"

"대기실에서 쉬시라고 했어."

간다가 목소리를 낮추어 말했다.

"웬일로 정장 차림에, 이발소까지 다녀온 모양이더라고. 의욕이 넘치던걸. 이제 와서 취소할 수는 없어."

시시도리의 입에서 후, 하는 소리가 새어 나왔다.

그때 편집장님, 하며 젊은 남자 직원이 회의실로 들어섰다. 간다의 부하 직원인 아오야마였다.

"출근한 사람은 있는데 다들 바빠서 오기 어렵답니다. 토요일에도 출근할 정도면 얼마나 바쁘겠어요."

"어느 부서 사람이든 상관없어. 만화건 여성지건 말이지. 일단 머릿수를 채워야 해."

그러자 아오야마가 어두운 표정으로 고개를 저었다.

"만화랑 여성지 쪽에는 이미 가 봤습니다. 그런데 사무카와 고로라는 이름은 들어 본 적도 없다며 딱 잘라 거절하더군요."

"그럼 다른 부서에도 가 봐."

"가 봤지만 몇 명 없었어요. 그래서 말인데, 외부 사람들이라도 불러올까요?"

"외부 사람 누구?"

"한 사람은 경비원인데 양복을 입으면 문제없을 것 같아요. 그리고 청소하는 아주머니께 얘기했더니 도와주겠다고 했습니다."

"오케이. 그 사람들이라도 불러와."

"알겠습니다."

아오야마가 급히 회의실을 뛰어나갔다.

"경비원에 청소하는 아주머니라. 면면이 대체 어떨지
……."

시시도리가 고개를 절레절레 저었다.

"지금 그런 걱정을 할 때가 아니야. 토요일이라 회사에
사람이 별로 없어."

"왜 토요일로 잡은 거지? 평일이라면 어떻게든 해 볼
텐데 말이야."

"평일이었다면 회의실 사용을 허락하지 않았을 거야. 사
무카와 고로는 우리 회사에서 잊힌 과거의 이름 아닌가."

간다가 그렇게 말하는데 "아, 여기인가 봐." 하는 목소
리가 밖에서 들려왔다. 곧이어 큰 키에 비쩍 마른 남자가
회의실로 들어왔다.

"오, 히로! 와 줬구먼."

간다가 기뻐하며 알은체를 했다.

긴초 출판사의 히로오카였다. 사무카와를 담당했던 편
집자로, 간다 다음으로 그의 책을 많이 낸 사람이다.

"당연히 와야지. 사무카와 선생 은퇴식인데 안 올 수
있나."

그 뒤를 이어 반가운 얼굴이 속속 나타났다. 다들 오랜

기간 사무카와를 담당했던 편집자들이었다.

"이야, 이거 오랜만일세."

"잘들 지냈나?"

"응, 오랜만이야."

일당이 이렇게 모인 건 정말 오랜만이었다. 동창회마냥 다정한 인사말이 오갔다.

간다 자신도 마치 20년 전으로 돌아간 기분이 들었다. 함께 옛날 일들을 추억하며 금세 이야기꽃을 피웠다.

"그때 히로 군 참 대단했지. 사무카와 선생과 함께 전국을 돌아다니며 사인회를 열었잖아. 대체 서점을 몇 군데나 돌았어?"

간다의 질문에 히로오카가 코를 실룩거렸다.

"100군데도 넘었을 거야. 일주일 정도 걸렸지. 그땐 회사도 경기가 좋아서 출장비를 줬어. 회사에 돌아오자마자 3,000부 증쇄가 결정되어서 눈물을 다 흘렸지 뭔가."

"그 일은 정말이지 쇼크였어. 나 말고는 사무카와 선생의 책을 2만 부 이상 판매할 편집자가 없을 거라고 여겼거든. 한 방 먹었지."

화제가 끊일 줄을 몰랐다. 작가 하나를 둘러싸고 편집자들이 진검승부를 펼치던 시절이 있었기 때문이다. 아이러니하게도 사무카와는 잘 팔리지 않는 작가여서 더욱이 그 승부가 재미났다. 책이 나오는 대로 팔리는 작가라면 편집자의 수완이 그다지 드러나지 않는다. 사무카와의 책을 파는 데는 지혜와 노력이 요구되었다. 그런 만큼 라이벌보다 다만 1,000부라도 더 파는 날에는 밤에 마시는 술이 달콤했다.

시시도리가 간다에게 다가왔다.

"이제 시작해도 되지 않을까?"

간다는 회의실을 둘러봤다. 부하 직원들이 사람들을 불러 모으기도 해서 늘어선 파이프 의자의 절반 가량이 채워져 있었다. 그 정도면 그럭저럭 체면이 설 만했다.

"그럼 사무카와 선생 모셔 올게."

간다가 회의실을 나갔다.

5

"여러분, 오래 기다리셨습니다. 지금부터 사무카와 고로 씨의 합동 기자 회견을 시작하겠습니다. 먼저 사무카와 씨의 인사말이 있겠습니다. 그 후에 질의응답이 있을 예정이니 질문하실 분은 그 자리에서 손을 들어 주시기 바랍니다. 그럼 사무카와 선생님, 들어와 주세요."

간다의 말이 끝나자 문이 열리고 사무카와가 들어왔다. 갈색 정장 차림에 머리에는 빗질을 한 자국이 희미하게 남아 있었다. 그가 긴장한 발걸음으로 강단 위로 올라갔다. 카메라 플래시가 터졌다. 기자 회견 분위기를 연출한 것이다. 물론 플래시를 터뜨리는 사람은 간다와 시시도리의 부하 직원들이다. 실제 카메라 기자는 한 명도 없었다.

사무카와가 참석자들에게 고개를 숙인 후 자리에 앉았다. 그의 앞에 있는 테이블 위에는 마이크가 놓여 있었다. 회의실이 그리 넓지 않아 마이크가 필요할 것 같지 않았지만 이 또한 분위기를 살리기 위한 연출의 일환이다.

"오늘 이 자리에 와 주신 여러분께 진심으로 감사드립니다."

사무카와가 입을 열었다. 마이크 스위치가 켜져 있지 않았지만 그의 말은 충분히 잘 들렸다.

"실은 여러분께 보고드릴 중대한 내용이 있습니다. 저 사무카와 고로는……."

그는 거기서 일단 말을 끊고 사람들이 자신을 주목하

는지 확인이라도 하는 것처럼 참석자들을 둘러봤다.

"저 사무카와 고로는 오늘부로 작가 생활에서 은퇴하기로 결심했습니다. 그동안 정말 감사했습니다."

그리고 그는 깊이 고개를 숙였다.

장내는 조용했다. 모인 사람 대부분이 사무카와의 은퇴를 이미 알고 있었고, 아무것도 모른 채 끌려온 사람들은 사무카와가 누군지 모르니 당연한 일이었다.

"자, 그럼 질문을 받겠습니다. 질문이 있으신 분은 손을 들어 주세요."

불쑥 손을 든 사람은 시시도리였다. 물론 사전에 입을 맞춰 둔 일이다. 질문하세요, 라고 간다가 말했다.

"규에이 출판사의 시시도리입니다. 질문이 여러 개 있습니다. 우선, 은퇴를 결심하신 이유를 듣고 싶습니다."

사무카와 본인에게 물어 준비해 둔 질문이었다.

사무카와가 고개를 들고 마이크로 다가갔다.

"한마디로 말해서 힘의 한계를 느꼈기 때문입니다. 이대로라면 더는 여러분의 기대에 부응하는 작품을 쓰지 못할 것 같더군요. 그래서 제 스스로 막을 내리기로 결심했습니다."

사무카와를 오랜 기간 담당했던 편집자들이 쓴웃음을

지었다. 독자의 기대에 부응하지 못한 게 어제오늘의 일이냐고 생각하는지도 모를 일이었다.

"그러면 본인의 작품 중에서 독자의 기대에 가장 잘 부응했다고 생각하시는 작품은 무엇인가요?"

시시도리가 각본대로 질문을 이어 갔다.

사무카와가 일동을 둘러봤다.

"물론 『혈족의 아득한 산하』입니다. 그 작품이야말로 저의 최고 걸작이자 대표작이라고 생각합니다."

그 말에 간다는 아아, 역시, 하고 생각했다.

『혈족의 아득한 산하』는 10년쯤 전에 사무카와가 규에이 출판사에서 펴낸 책이다. 어느 일족의 3대에 걸친 얘기를 묘사했는데, 전기(傳奇) 소설을 비롯해 미스터리 소설, 역사 소설, 연애 소설, 거기에 사회파 소설까지 온갖 요소를 망라한 역작이었다. 분량도 원고지로 3,000매가 넘었던 걸로 기억한다.

"특히 마음에 드는 부분은 뒤에서 두 번째 장으로, 주인공이 아버지의 원수와 대결하는 장면입니다. 그 부분을 쓰기 위해 저는 2주간 산에 틀어박혔습니다. 자연에 둘러싸여 그 힘을 내 몸 안에 흡수하지 않고서는 도저히 글을 쓸 수 없다고 생각했기 때문입니다. 그 장면에는 그와 같은 노력의 성과가 나타나 있습니다."

사무카와는 힘주어 말했지만 듣는 사람들의 반응은 덤덤했다. 당연한 일이었다. 참석자 중 『혈족의 아득한 산하』를 읽은 사람은 거의 없을 터였다.

그 소설이 역작인 건 사실이다. 하지만 힘들여 썼다고 해서 반드시 잘 팔린다는 보장은 없다. 평가가 좋으리란 보장도 없다. 유감스럽게도 『혈족의 아득한 산하』는 딱히 화제가 되지 않았고 문학상 후보에도 오르지 못했으며 그리 잘 팔리지도 않았다. 발매된 지 한 달 후에는 서점에서 깨끗이 자취를 감추고 말았다.

사무카와가 그 작품에 모든 걸 걸었다는 것을 간다는 안다. 그 작품으로 문학상을 받고 세간에 이름을 알릴 작정이었다. 그런 만큼 작품이 외면당하자 그의 좌절은 깊었다.

사무카와뿐만이 아니다. 승부를 건 작품이 헛스윙으로 끝나는 일을 작가 대부분이 경험한다. 오늘날 베스트셀러 작가로 불리는 사람들 중에도 그런 위치에 오르기 전에 자신에 차서 출간한 책을 몇 권이나 무시당한 경우가 허다하다.

"지금의 심정을 듣고 싶습니다."

시시도리가 다음 질문으로 넘어갔다.

사무카와는 눈을 감고 심호흡을 한 번 한 뒤 다시 눈을 떴다.

"지금은 만족감과 서운함이 반반입니다. 앞으로 저 자신의 마음이 어떻게 변할지는 솔직히 잘 모르겠습니다만, 이것만은 분명히 말씀드릴 수 있습니다. 작가가 되길 정말 잘했습니다. 그리고 제가 그동안 작가로서 생활할 수 있었던 것은 여러분 덕분입니다. 마음 깊이 감사드립니다."

"감사합니다. 그럼 내일부터 뭘 하실 생각입니까? 혹시 생각해 보셨나요?"

시시도리가 기자 회견을 마무리하는 질문을 던졌다.

사무카와는 잠시 생각에 잠긴 표정을 짓더니 이윽고 얼굴을 마이크에 가까이 가져갔다.

"당분간은 그저 아무 생각 없이 지내려고 합니다. 다만 방금 말씀드렸듯이 제가 작가로서 생활할 수 있었던 건 여러분 덕분이므로 일단 그 감사의 마음을 구체적으로 표현해 볼까 합니다."

"그게 무슨 뜻이죠?"

"작가인 제가 구체적으로 표현한다는 말은 소설을 쓴

다는 뜻이라고 생각하셔도 좋을 듯합니다. 그것이 저의 마지막 작업, 그러니까 은퇴 시합이 아니라 은퇴 소설이 될 것입니다. 되도록 서둘러 발표할 작정이니 조금만 기다려 주시기 바랍니다. 그리고 그 작품은 누구보다 저의 작품을 깊이 이해하고 저의 원고를 기다려 온 규에이 출판사 간다 씨에게 맡길 생각입니다. 그러니 간다 씨, 모쪼록 잘 부탁드립니다."

사무카와가 간다를 향해 미소를 보냈다.

참석자들의 시선이 간다에게 집중되었다. 시시도리가 곤혹스러운 표정을 지었다.

잠시 후 짝, 짝, 하고 힘 빠진 박수가 하나둘 터져 나왔다.

6

간다가 다시 사무카와의 집을 방문한 건 은퇴 기자 회견 일주일 후였다.

"그 이후로 어떻게 지내셨습니까?"

간다의 물음에 사무카와는 쓴웃음을 내비치며 고개를 흔들었다.

"느낌이 묘해. 이제 소설 같은 건 생각하지 않아도 될 텐데 문득 정신을 차려 보면 머릿속에서 아이디어를 짜내고 있단 말이야. 작가의 천성이 이런 건가 싶어."

"당분간 좀 느긋하게 지내시는 게 어떨까요. 여행도 좋을 것 같은데요."

"그래, 일이 일단락되면 생각해 보지."

"일단락이라니, 아직 할 일이 남아 있습니까?"

"이것저것 좀 있지. 아 참, 기자 회견 때 얘기한 은퇴 소설 말인데……."

"선생님, 그 일은 신경 쓰지 마세요."

간다가 손을 휘휘 내저었다.

"자리가 자리인 만큼 립서비스를 하신 거라고 생각합니다. 이제 그런 생각 마시고 남은 인생을……."

간다는 거기까지 말하고서 입을 다물었다. 사무카와가 옆에 있는 서랍에서 커다란 봉투를 꺼냈던 것이다.

"기자 회견 뒤에 긴장감이 올라갔는지 단숨에 이만큼을 썼지 뭔가. 자네에게 맡길 테니 어떤 식으로든 발표해 줬으면 하네. 물론 『소설 규에이』에 내도 좋겠지."

"기자 회견이 끝나고 쓰셨단 말입니까?"

"어쩐지 붓이 가벼워진 느낌이야. 은퇴 선언으로 어깨

에서 힘이 빠졌는지도 모르지. 제목은 '붓의 길'일세. 나쁘지 않지? 잘 부탁하네."

사무카와가 두툼한 봉투를 두 손으로 내밀었다.

간다가 봉투를 받아 보니 상당히 묵직했다. 동시에 그의 마음도 무거워졌다.

"……알겠습니다. 그럼 제가 맡아 두겠습니다."

사무카와의 집을 나와 택시를 잡아탄 간다는 택시 안에서 봉투를 열어 봤다. 원고지가 가득 들어 있었다. 사무카와는 요즘으로서는 보기 드물게 손으로 글을 쓰는 작가다. 원고지 한 장 한 장마다 페이지 넘버가 적혀 있었다. 내용을 읽기 전에 마지막 페이지에 적힌 숫자를 확인했다. 115였다. 4백 자 원고지로 115매다.

난감하군. 이렇게나 많이…….

규에이 출판사는 사무카와 고로의 책을 더는 출판하지 않을 방침이었다. 하지만 간다가 간부들을 설득해 이번만 『소설 규에이』에 게재해도 좋다는 허락을 얻었다. 아무리 그렇다 해도 100매가 넘어가면 위에서 또 한 소리 할 것이다.

은퇴도 했는데 뭐 하러 그렇게 열심히 쓰는지…….

원고를 무릎에 내려놓았다. 일단은 읽어 볼 작정이었

다. 그런데 맨 앞 장에 적힌 제목을 보고서 간다는 소스
라치게 놀랐다. 뭔가 착오가 있겠지 생각했지만 그렇지
않았다. 현기증이 났다.

제목이 '붓의 길 제1장'이었다. 다급히 맨 마지막 장을
찾아보니 끝부분에 '제2장에서 계속'이라고 적혀 있었다.

베스트셀러
만들기

1

아타미 게이스케에게서 신작 장편 소설을 완성했다는 메일이 왔다. '독자의 기대를 배반하지 않는 작품이라고 생각합니다.'라는 자신감 가득한 문장과 함께 파일이 첨부되어 있었다.

의심과 함께 혹시나 하는 기대를 안고 고사카이는 파일을 열었다.

하지만 소설의 제목을 본 그는 일단 힘이 빠졌다.

'총탄과 장미에게 물어봐'

부제는 '격철의 포엠 2'였다.

한숨이 절로 나왔다. '격철의 포엠'은 아타미의 데뷔작으로, 지금으로서는 그의 대표작임이 분명하다. 하지만 그건 달리 이렇다 할 작품이 없기 때문이다.

'격철의 포엠'이 신인상을 받긴 했지만 딱히 주목을 받지는 못했다. 그런데 본인은 그 작품에 애착이 강한지 속편을 쓰고 싶다고 고집을 부렸다. 하도 그러니까 담당 편집자로서도 일단 써 보라고 하는 수밖에 다른 방법이 없었다.

텍스트 파일을 세로쓰기로 변환한 다음 읽어 나갔다. 그리고 얼마 지나지 않아 고사카이는 입술을 일그러뜨렸다.

역시…….

주인공은 '격철의 포엠'과 마찬가지로 '한 마리 외로운 늑대'라고 불리는 전직 형사다. 그가, 전에 자신을 구해 준 여자가 마피아에게 인질로 잡혔다는 소식을 듣고 혈혈단신으로 구출에 나서는데, 인질극의 배경에 세계 테러리스트계를 주름잡는 수수께끼의 조직이 연루되어 있다는, 장대하지만 어디선가 본 듯한, 그리고 현실감이 없는 스토리다. 하드보일드에 지나치게 심취한 문체가 여전한 데다 '남자는 흩날리는 장미의 꽃잎 수만큼 가슴에 탄흔을 품었다.'라느니 하는 문장까지 있어서 읽다가 얼굴이 빨개질 정도였다.

하루를 꼬박 들여 원고를 읽고 난 고사카이는 다시금 두통이 밀려왔다.

신인상 응모 원고였다면 최종 후보까지 올라가지도 못했을 것이다. 모르는 사람이 투고한 원고였다면 3분의 1도 채 읽지 않고 내던졌을 것이다. 솔직히 말해 출판할 가치가 없는 작품이다.

고쳐 써 달라는 수밖에 없었지만, 그런다고 과연 나아질지 의심스러웠다.

개선되지 않으면 포기하는 수밖에 없다, 냉정한 마음으로 고사카이는 그렇게 결론을 내렸다.

그런데 다음 날이 되자 시시도리 편집장이 "아타미 씨 원고는 어떻게 됐어? 올 때가 되지 않았어?"라고 물었다.

"어제 오긴 왔습니다."

"아, 그래?"

시시도리의 얼굴이 확 밝아졌다.

"어때, 예정대로 낼 수 있겠어?"

"아니, 그게 말입니다……."

고사카이는 고개를 저었다.

"이대로는 어렵다고 봅니다. 상당히 많이 고쳐 써야 할 것 같아요."

그 말에 시시도리가 얼굴을 찌푸렸다.

"그래? 얼마나 걸리겠어? 일주일 정도?"

아니요, 아니요, 하면서 고사카이가 손을 휘휘 저었다.

"제 생각에는 한 달, 아니 그 이상 걸릴 것 같습니다. 아예 처음부터 다시 쓰는 게 나을지도 모르겠어요."

"흠……, 그대로는 도저히 안 될까?"

"어려울 것 같습니다. 그런데 왜 그러시죠? 아타미 씨 작품은 별로 기대하지 않으셨잖아요. 꼭 출판할 필요는 없다고 말씀하셨으면서."

"그게 말이야, 상황이 바뀌었어."

시시도리가 난처한 듯이 짧은 머리를 긁적였다.

"어제 회의에서 신인상의 수익률에 관한 얘기가 나왔거든."

"신인상의 수익률이라니, 그게 뭡니까?"

"말 그대로야. 우리 회사 신인상을 받고 데뷔한 작가 중 몇 퍼센트가 회사에 돈을 벌어다 주는 작가로 성장했느냐는 얘기지."

"그건……,"

고사카이가 마른침을 삼켰다.

"형편없을 텐데요."

"영업부 놈들이 데이터를 뽑아 와서 다른 출판사 신인상과 비교한 결과 별로 안좋다는 결론이 나왔어."

"그래요?"

"응. 실제로 그렇더라고. 분하지만 말이야."

"하지만 그건 뽑는 사람들에게 문제가 있는 거 아닌가요? 심사 위원 말이에요."

그러자 시시도리가 입술을 일그러뜨리며 고개를 저었다.

"어느 신인상이건 심사 위원은 거기서 거기야. 그러니까 영업부 놈들이 우리더러 수상 작가들을 제대로 키우지 못했느니 어쩌느니 하는 거지."

"제대로 키우지 못했다……."

"신인 작가를 어떤 작풍으로 자리매김할 것인가, 다른 작가들과 어떻게 차별화할 것인가 등등, 편집자라면 조금 더 깊이 생각해야 하는 것 아니냐고 하더군. 급기야는 가라카사 잔게처럼 자기가 알아서 성장하는 작가가 나오기만 수수방관하며 기다린다면 편집자가 왜 필요하겠느냐고 하더라니까."

"뭐라고요? 물론 반박하셨겠죠?"

"당연하지. 내가 누군가."

시시도리가 가슴을 좍 폈다.

"뭐라고 하셨는데요?"

"우리라고 수수방관하는 거 아니다, 늘 새로운 작가

를 키우는 일에 심혈을 기울인다, 그 증거로 조만간 신인
상 출신 작가를 히트시켜 보이겠다, 계획이 착착 진행되
고 있다……. 사장이 보는 데서 그렇게 큰소리를 땅땅 쳤
지."

그때까지 믿음직한 시선으로 상사를 바라보던 고사카
이는 시시도리의 이 말에 기분이 급격히 어두워졌다.

"그 작가가 누군지는 묻지 않던가요?"

"물었지."

"설마 그 작가가……."

맞아, 하고 시시도리가 떨떠름한 표정으로 고개를 끄
덕였다.

"아타미 게이스케야. 우리 회사 신인상을 받은 작가 중
에 조만간 출간 예정인 사람이 달리 떠오르지 않아서 말
이지."

고사카이는 온몸의 힘이 빠져나가는 것을 느꼈다.

2

아타미 게이스케의 작품을 제대로 읽어 본 적이 없는

시시도리는 그가 여태 쓴 작품과 판매 실적 데이터, 이번에 탈고한 원고를 책상 위에 가져다 놓고 닥치는 대로 읽기 시작했다. 그 모습을 바라보며 고사카이는 이번 소동의 결말을 예상해 봤다.

전설의 편집자라는 소리를 듣는 시시도리는 작가적 재능을 꿰뚫어 보는 눈이 있었다. 아타미의 작품 정도는 몇 페이지만 읽어도 상품이 안 된다는 걸 알아차릴 것이다. 자존심이 센 사람이지만 다음 회의에서는 사장에게 고개를 숙일 수밖에 없을 걸로 생각되었다.

꼬박 이틀에 걸쳐 시시도리는 아타미의 작품을 읽었다. 다 읽은 뒤에는 의자를 빙그르르 돌려 한참 동안 창밖을 내다보았다.

석양이 완전히 진 뒤 시시도리는 "나 좀 잠깐 보지." 하고 고사카이를 불렀다. 고사카이가 살짝 긴장한 상태로 시시도리의 책상 앞에 가서 섰다. 그는 시시도리가 아타미의 소설에 대해 히트는 어렵겠어, 라고 얘기할 것이라고 예상했다.

이윽고 시시도리가 천천히 입을 열었다.

"히트는 어렵겠어."

예상에서 한 치도 벗어나지 않은 그의 말에 고사카이

는 놀라 자빠질 뻔했다.

그런데 시시도리가 하지만, 하고 말을 이었다.

"하지만 물건은 될지도 몰라."

"네?"

시시도리는 『격철의 포엠』을 집어 들었다.

"스토리에 무리가 많고 리얼리티라고는 눈곱만큼도 없는 게 사실이야. 게다가 문장이 과장스럽기 짝이 없고. 하드보일드 흉내를 낸 코미디 소설이라는 비난도 수긍할 만하더군. 그런데 판매 실적을 살펴보니 의아한 점이 있었어. 일단 두 번째 책부터 판매 부수가 뚝 떨어졌어. 아마도 첫 번째 작품인 '격철의 포엠'을 읽고 실망한 독자들이 그를 외면했기 때문일 거야. 그런데 그 후로 나온 책들은 판매 부수에 거의 변함이 없었어. 보통은 부수가 점점 떨어지거든. 왜 그럴까?"

"그 점은 영업부에서도 의아해합니다."

"그래서 그의 작품을 전부 다시 한 번 읽어 봤어. 그리고 한 가지 결론에 도달했지."

시시도리가 팔짱을 끼고서 말을 이었다.

"이 친구, 쿠사야(생선을 젓갈 비슷한 액체에 절였다가 말린 식품으로 일본 이즈반도의 특산품 – 옮긴이)더군."

"쿠, 쿠사야라고요? 그 냄새나는 건어물 말입니까?"

"맞아. 먹어 본 적 있어?"

"아니요. 한번은 하치쵸시마에 갔다 온 작가가 선물로 준 적이 있는데, 진공 팩을 여는 순간 아내와 둘이서 비명을 지르고는……."

"버렸나?"

고사카이가 고개를 끄덕였다.

"랩으로 둘둘 말아서요."

"그렇군. 나도 집에서 구워 본 적이 있는데 아파트 주민들이 항의를 하고 난리도 아니었어. 워낙 냄새가 강렬하잖아."

"그렇게 냄새나는 걸 먹다니, 도저히 믿기지 않더군요."

고개를 절레절레 흔들며 말하던 고사카이가 문득 뭔가 깨달은 표정을 지었다.

"아타미 씨의 소설이 쿠사야 같다는 말씀인가요?"

시시도리가 고개를 끄덕였다.

"쿠사야가 냄새는 그래도 막상 먹어 보면 맛있단 말이야. 먹는 데는 용기가 필요하지만. 그 악취를 이겨 내야 하니까. 그런데 악취를 이기고 먹어 보면 뭐라고 설명하기 힘든 독특한 맛이 있어. 아타미의 소설도 마찬가지야. 그 퀴퀴한 문체, 억지스러운 전개에 일단 익숙해지기만 하면 알 수 없는 매력이 보이지. 좀 과장해서 말하자면 중독된다고 할까. 그래서 적으나마 판매 부수가 줄어들지 않는 거야. 즉, 고정 독자가 있다는 뜻이지. 그러니까 좀 더 많은 사람이 그의 소설을 읽게 되면 팬이 지금의 몇 배로 늘어날지도 몰라."

상사의 자신에 찬 말에 고사카이는 당혹스러운 한편으로 신선한 느낌을 받았다. 지금까지 이런 식으로 아타미의 작품을 바라본 적은 없었다. 세간의 뛰어난 작품과 비교하며 그 결점을 들춰냈을 뿐이다.

"신작은 어땠던가요?"

고사카이가 물었다.

"'격철의 포엠 2' 말인가?"

시시도리가 빙그레 웃으며 옆에 놓여 있던 원고를 집어 들었다.

"괜찮아. 특유의 퀴퀴함을 잘 갈고닦았더군. 맛이 더 좋아졌다고 할까."

"그럼 고쳐 쓸 필요가……."

"전혀 없네. 이대로 내지."

상사의 자신 있는 말투에 고사카이는 고개를 끄덕였

다. 전혀 예상하지 못했던 전개였다.

다만, 하고 시시도리가 덧붙였다.

"문제는 어떻게 하면 좀 더 많은 사람이 읽게 하느냐, 그 점인데. 사람들은 퀴퀴한 냄새를 싫어하거든. 다가가려고 들지 않지. 그러니까 어떻게 해서든 서점에 들어온 사람들이 아타미의 책을 집어 들도록 방법을 찾아야 해. 요는 전략이야."

"광고를 대대적으로 하자는 말씀입니까?"

"그건 불가능해. 지금은 계획에 없던 광고비를 지출하기 힘드네."

"그럼 어떻게……."

그러자 시시도리의 입가에 의미를 알 수 없는 미소가 떠올랐다.

"일단 아타미를 만나 봐야겠어. 스케줄을 한번 물어봐 주게."

3

평소에 만나던 카페에 나타난 아타미 게이스케는 늘

그렇듯이 쉬는 날 동네 슈퍼마켓에 물건을 사러 온 아저씨 같은 차림이었다. 폴로셔츠에 무릎이 나온 바지, 머리는 7 대 3 가르마다.

얼굴을 마주하기가 무섭게 시시도리는 '격철의 포엠 2'를 입에 침이 마르도록 칭찬했다. 하드보일드 소설의 역사에 남을 만한 작품, 이라고 치켜세우기까지 했다.

아타미는 겉으로는 기쁜 표정을 지었지만 내심 당황스러웠다. 이토록 칭찬을 받은 적이 없기 때문이다. 아타미가 시시도리를 만난 건 이날이 처음이었다.

"우리 회사는 '격철의 포엠 2'를 베스트셀러로 만들겠다는 생각입니다."

"아……, 네."

아타미는 여우에 홀린 표정으로 고개를 끄덕였다.

"다만, 지금 이대로는 어렵습니다. 판매하려면 개선할 점이 많습니다."

"어떤 점을요?"

"그건 말이죠, 한마디로 캐릭터를 만들어야 한다는 겁니다. 독자들이 흥미를 느끼려면 독특한 캐릭터가 있어야 합니다."

시시도리의 말에 아타미는 이해가 안 간다는 듯한 표

정을 지었다.

"소설의 캐릭터가 약하다는 말씀입니까?"

그러자 시시도리가 "노, 노." 하며 집게손가락을 좌우로 흔들었다.

"소설의 등장인물은 이대로도 괜찮습니다. 그보다 아타미 씨 본인의 캐릭터가 필요합니다."

"네?"

아타미가 흠칫 놀라며 몸을 뒤로 젖혔다.

"저 말입니까?"

"그렇습니다. 이런 말씀은 좀 뭐하지만, 아타미 씨는 너무 평범해요. 그렇게 퀴퀴한…… 아니, 농도 짙은 하드보일드를 쓰는 작가는 개성이 한층 강렬해야 합니다. 엄밀히 말하자면 독자들에게 개성이 강한 작가라고 여겨져야 하는 거죠. 그러려면 무엇보다 중요한 것이 외모입니다. 이렇게 생긴 작가가 쓴 소설은 과연 어떨까, 한번 읽어 보고 싶다……, 독자들이 그렇게 생각할 만한 외모를 갖춰야 합니다."

하지만 아타미는 여전히 납득할 수 없다는 표정이었다.

"제 모습이 독자들 눈에 띄는 일은 거의 없는데요."

시시도리가 눈을 살짝 감으며 천천히 고개를 저었다.

"지금까지는 그랬죠. 앞으로는 다릅니다. '격철의 포엠 2' 발간을 계기로 각종 미디어에 노출될 거예요. 우선은 우리 회사에서 발행되는 모든 잡지에 인터뷰가 실릴 겁니다. 그 밖에, 라디오나 텔레비전 프로그램도 섭외 중입니다. 그때까지는 어떻게 해서라도 캐릭터를 확립해야 해요. 대중에게 주목받을 만한 캐릭터를요."

시시도리의 말을 듣고 난 아타미는 눈을 껌뻑거리다가 도움을 청하는 듯한 표정으로 고사카이를 바라봤다. 그가 쓰는 소설의 등장인물들 캐릭터가 파격적이기는 해도 아타미 자신은 지극히 소심하고 평범한 사람이었다.

고사카이가 가방에서 파일을 꺼내 아타미 앞에 놓았다.

"실은 시시도리 편집장님과 의논해서 아타미 씨의 캐릭터를 어느 정도 설정해 놓았습니다. 그 내용을 이 파일에 정리해 두었습니다. 이걸 드리고 갈 테니 앞으로 인터뷰 같은 걸 하실 때는 여기 적힌 캐릭터대로 꾸미고 행동해 주셨으면 합니다."

아타미는 파일을 열었다. 내용을 훑어보던 그의 눈이 동그래졌다.

"흑인처럼 머리를 크고 둥글게 부풀리라고요?"

"아타미 씨 헤어스타일은 매우 중요합니다."

시시도리가 몸을 앞으로 내밀며 말했다.

"여자들이 헤어스타일만 바꿔도 다르게 보이지 않습니까. 개성을 어필하기에 가장 빠른 방법입니다. 그런 만큼 흔한 헤어스타일을 해서는 안 되고요. 현재 그런 머리를 한 작가는 저희가 아는 한 없더군요. 그걸 노린 겁니다."

"하지만 저는 머리가 짧아서 그런 헤어스타일이 불가능할 것 같은데요."

아타미가 자신의 머리를 쓰다듬으며 말했다.

"그거야 저희도 알죠. 당분간 가발을 쓰고 나서시면 됩니다. 고사카이 군이 준비해 드릴 겁니다."

"주문은 이미 해 놓았습니다."

고사카이가 틈을 주지 않고 말했다.

아타미는 얼빠진 표정인 채 시선을 다시 파일로 돌렸다.

"수염도 길러야 합니까?"

"하드보일드니까요."

그렇게 말하고서 시시도리가 고개를 숙였다.

"부탁드립니다."

"이 일러스트에서는 담배를 물고 있네요. 저는 담배를 피우지 않는데요."

"그러신 것 같더군요. 고사카이 군에게 들었습니다. 그래서 담배가 아니라 금연파이프로 설정했습니다.”

“금연파이프요? 담배를 안 피우는데도요?”

“취미로 빠는 거지요. 약간 괴짜로 보이는 것도 매력적이잖아요.”

아타미의 얼굴이 갈수록 창백해졌다. 그 모습을 바라보는 고사카이의 마음도 괴로웠다.

“저……, 빨간색 가죽 재킷 말인데요, 이런 건 어디서 파나요?”

“그것도 저희가 찾아 놓았습니다. 의상은 모두 저희가 준비하겠습니다.”

고사카이가 말했다.

“표범무늬 바지도요?”

“네.”

“아타미 선생님은 수염만 기르시면 됩니다.”

옆에서 시시도리가 말했다.

“겉모습은 그 정도면 완벽할 것 같습니다. 남은 일은 태도나 말씨인데요, 거기에 관해서는 파일에 자세히 적혀 있으니 참고하십시오.”

아타미는 파일을 펄럭펄럭 넘기며 “제가 할 수 있을까요?”라고 자신 없는 목소리로 물었다.

"할 수 있느냐 없느냐를 따질 일이 아니라 해야만 합니다. 아타미 씨, 인기 작가가 되고 싶으시죠? 아니면 혹시 초판 작가로 영원히 남고 싶은가요?"

아타미가 고개를 저었다.

"아니요, 그렇지는 않습니다."

"그렇죠? 그럼 한번 해 봅시다. 저희를 믿으세요."

시시도리가 테이블을 양손으로 탁, 내리치며 힘차게 말했다.

4

"그럼 우선 왜 이 작품을 쓰게 되셨는지, 그 얘기를 듣고 싶습니다."

주간지 여기자의 질문에 아타미는 금연파이프를 입에 물었다. 마음을 가라앉히려는 행동일 것이다. 지시받은 대로 머리에는 크게 부풀려진 곱슬머리 가발을 쓰고 있다.

"왜 썼느냐……, 참 난감한 질문이군요. 아이디어가 번뜩였다고 말할 수밖에. 제가, 아니, 내가 지금까지 보고 듣고 경험한 일들이 소설이라는 형태를 갖추길 바랐달까.

그런 것 아니겠어요?"

아타미는 준비된 대본대로 대답했다. 물론 그 대본은 고사카이가 시시도리와 의논해서 썼다.

"하지만 작품을 읽어 보니 도저히 사실이라고 믿기지 않는 기발한 설정이 나오던데요. 기관총을 탑재한 자가용 헬리콥터가 밤마다 대열을 지어 날아다닌다든가, 야쿠자 출신 여객기 기장이 단도를 휴대한다든가, 국회 의사당 지하에 비밀 역이 있어서 무장한 열차가 다른 모든 지하철 노선에 올라탈 수 있다든가 말이죠. 그런 설정은 어디서 가져오시나요?"

"그거야 내 오리지널이지. 하지만 백 퍼센트 공상은 아니고."

"그런데 리얼리티가 전혀……, 아니, 저, 현실과는 다른 세계를 묘사한 느낌이던데요."

"그건 일부러 그런 거야. 내가 아는 사실을 그대로 쓰면 다칠 사람이 한둘이 아니거든. 자칫하면 목숨이 위태로울지도 몰라. 언젠가 인종 차별이라는 비판을 피하려고 로봇을 주인공 삼아 만화를 그린 사람이 있었지. 그와 마찬가지야."

"아, 그런 겁니까?"

기자가 괴상한 생물이라도 보고 있는 듯한 얼굴로 애매하게 고개를 끄덕였다.

인터뷰는 이번이 세 번째였다. 앞으로도 몇 개가 더 있다. 물론 가만히 앉아 있는데 인터뷰 요청이 들어온 건 아니다. 시시도리와 고사카이가 인맥을 동원해 각 매체에 취재를 요청한 결과다.

처음에는 긴장한 기색이 역력했던 아타미도 차츰 인터뷰에 익숙해진 듯하다. 말투에서 어색함이 사라지고, 사진 촬영을 할 때도 표정에 여유가 생겼다. 카메라 렌즈를 마주하는 순간 미간에 주름을 잡는 건 시시도리가 지시한 일이다.

고사카이는 손에 들고 있던 책으로 눈길을 떨어뜨렸다. 피스톨과 붉은 장미의 일러스트를 배경으로 '총탄과 장미에게 물어봐—격철의 포엠 2'라는 제목이 적혀 있었다. 출간된 건 10일 전이다. 초판 부수는 아타미의 책으로서는 최대인 7,000부. 반드시 팔릴 거라고 시시도리가 영업부를 설득해서 얻어 낸 부수다.

책 띠지에는 경찰 소설의 대가인 다마자와 요시마사의 추천사가 씌어 있었다. 그 내용은 다음과 같다.

'이 작품을 독파한 나 자신에게 건배!'

다마자와 선생, 고생하셨겠네, 하고 고사카이는 생각했다. 듣기로 처음에는 난색을 표했다고 한다. 하지만 롯폰기 길 위에서 시시도리가 그의 필살기인 무릎 꿇기를 감행해 결국 오케이를 받아 냈다는 것이다. 역시 전설의 편집자다.

　인터뷰와 사진 촬영이 끝나고 기자와 카메라맨이 회의실을 나갔다. 아타미는 금연파이프를 내려놓고 후, 하고 한숨을 내쉰 뒤 가발로 손을 가져갔다.

　"안 됩니다. 벗지 마세요. 조금 이따가 사인회가 있어요."

　"아, 그래요?"

　아타미가 손을 도로 내렸다.

　"그리고, 전에도 말씀드렸지만 평소에도 사람들 앞에서는 가발을 벗지 마세요. 가발이 아니라 본인 머리라는 설정이니까요."

　"아, 네……. 그런데 인터뷰라는 게 상당히 피곤하네요."

　"벌써부터 그러시면 안 됩니다. 우는소리 하지 마세요. 책을 팔려면 어쩔 수 없어요. 참으셔야 합니다."

　"그건 이해하는데, 정말 이런 캐릭터로 가도 괜찮겠습니까?"

아타미가 이마를 긁으며 물었다. 가발 때문에 간지러워서 그럴 것이다.

"독자들은 자신과 종류가 다른 사람을 흥미로워하고 동경하게 마련입니다. 일단 괴짜인 아타미 게이스케에게 주목하도록 해야 합니다. 그런 다음 이런 인간은 도대체 어떤 소설을 쓸까, 그 점에 관심을 갖게 하는 거죠. 어떻게 해야 아타미 씨의 책을 집어 들게 할 수 있을지 저희가 과거의 사례를 분석해서 얻은 결론입니다. 한번 믿어 보세요."

"아니, 물론 믿기는 합니다."

아타미가 눈을 내리깔았다. 기발한 의상으로 몸을 치장했지만 그가 풍기는 분위기는 평범한 서민 그 자체였다.

사인회는 도쿄의 어느 대형 서점에서 열리기로 되어 있었다. 물론 시시도리가 강력히 밀어붙인 결과다. 그 대신 다음 달 다른 서점에서 열릴 예정이던 다마자와 요시마사의 사인회를 그 서점에서 열도록 손을 썼다.

서점 사무실로 가니 시시도리가 점장과 함께 기다리고 있었다. 아타미를 본 점장이 화들짝 놀라며 눈을 부릅떴다.

"오늘은 이게 목표야."

시시도리가 오른쪽 손가락을 폈다.

"50권. 문제없어, 손을 써 놓았으니까."

"한가한 회사 사람들을 동원하는 거죠?"

"그뿐이 아니야. 뭐, 기대해도 좋아."

시시도리가 의미심장한 미소를 지었다.

이윽고 서점 한쪽에서 사인회가 시작되자 어디서 나타났는지 모를 사람들이 줄을 서기 시작했다. 고사카이는 마음이 놓였다. 시시도리의 말이 사실인 듯했다.

아타미는 열심히 사인을 했다. 적당히 내갈겨 쓴 서체인데, 그것도 기울여 쓴 사인인데, 고사카이가 아는 서예가가 고안해 준 것이다.

속속 찾아오는 사람들의 얼굴을 보고서야 고사카이는 시시도리가 한 말을 이해했다. 회사 사람들도 많기는 하지만, 그보다 젊은 여자들의 모습이 유난히 눈에 띄었다. 그중 몇몇은 고사카이도 잘 아는 긴자나 롯폰기 술집의 호스티스였다. 시시도리가 단골 가게에 부탁하고 다닌 듯했다.

그런데 그녀들 외에도 명백히 이질적인 집단이 있었다. 다들 50세 이상으로 보였다. 마치 도쿄 단체 관광을 온 노인들 같은 분위기다. 그중 노부인 하나가 아타미를 향해 자꾸만 손을 흔들었다. 그 모습을 본 아타미가 얼굴을 찡그렸다.

"저분들 혹시……."

고사카이가 옆에 있던 시시도리에게 작은 소리로 물었다.

쩝, 하고 시시도리는 입맛을 다셨다.

"아타미 씨 아버지께 연락해서 오늘 사인회가 있다고 알려 줬어. 혹시 시간 있으면 얼굴 한번 내밀어 달라고 말이야. 기대한 대로 친척들을 전부 출동시킨 모양이야."

역시. 고사카이는 감탄할 뿐이었다. 친척까지 동원하는구나.

그 친척들에게 사인할 차례가 돌아왔다.

"게이스케, 대체 차림이 그게……."

노인 하나가 못마땅한 듯이 말했다. 아무래도 아타미의 아버지인 듯했다. 얼굴이 매우 닮았다.

"잔소리 말고 내버려 두세요."

아타미가 사인한 책을 돌려주며 말했다.

"내버려 두라니. 내가 너를 그렇게 키웠냐!"

"하하, 고정하십시오, 어르신."

시시도리가 두 사람 사이에 끼어들었다.

"이렇게 먼 곳까지 찾아 주셔서 진심으로 감사드립니다. 저쪽에 음료수를 준비해 두었으니 마음 놓고 즐기시기 바랍니다."

"아니, 잠깐. 아직 아들놈에게 할 얘기가……."

"아니, 아니요. 자, 이쪽으로."

시시도리가 아버지를 붙들고 어디론가 데려갔다.

그런 소동도 있긴 했지만 어쨌든 사인회는 무사히 끝났다. 아타미가 돌아간 뒤 고사카이와 시시도리는 함께 서점 순례를 하기로 했다. 『격철의 포엠 2』의 판매 상황을 점검하기 위해서였다. 단지 매장을 둘러보기만 하는 것이 아니라 서점 직원이나 점장들과 얘기를 나누기도 했다. 책을 되도록이면 눈에 잘 띄는 곳에 놓아 달라는 부탁도 잊지 않았다.

세 군데 정도 서점을 돈 뒤 카페에 들어갔다. 아이스커피를 마시며 시시도리는 휴대 전화를 만지작거렸다. 메시지를 체크하는 듯했다.

"제기랄, 오늘도 별로네."

액정 화면을 보며 시시도리가 중얼거렸다.

"판매량이 안 늘었습니까?"

"응, 어제랑 똑같아. 오늘 조간신문 광고는 효과가 없는 것 같아."

"광고가 너무 작았나 봐요. 요즘은 신문을 읽지 않는 사람도 많고요."

"광고비를 좀 더 쓸 수 있으면 좋겠는데."

시시도리가 얼굴을 찡그리며 머리를 긁적거렸다.

서점을 돌아보고 난 느낌은 아쉽게도 별로 좋지 않았다. 게다가 서점 판매 사원들은 팔리지 않는 게 당연하다고 여기는 듯했다. 대놓고 "왜 규에이 출판사가 이런 책에 힘을 쏟는지 모르겠다."라고 말하는 점원까지 있었다.

"어딘가에 분명 있을 거야, 그 소설에 푹 빠질 사람들이. 제기랄, 대체 어디 있는 거야. 어디 숨어 있는 거냐고."

시시도리가 아이스커피를 벌컥벌컥 마시고 나서 초조한 듯이 말했다.

"다음 주부터 인터뷰 기사가 하나씩 나올 테니 뭔가 변화가 있지 않을까요?"

"그렇겠지? 라디오 방송에서도 아타미 씨를 인터뷰하고 싶다는 요청이 왔으니까 말이지. 승부는 이제부터야."

시시도리가 스스로에게 다짐하듯이 고개를 끄덕였다.

아타미 게이스케의 신작『총탄과 장미에게 물어봐—격철의 포엠 2』가 출간된 지 한 달이 되어 가고 있었다. 고사카이의 부서는 분위기가 어두웠다. 이유는 물론『총탄과……』가 잘 팔리지 않아서다. 말할 필요도 없이 2쇄는 아직 찍지 않았다.

요 며칠간 시시도리는 자리에 앉은 채 고민을 거듭했다. 뭐가 잘못됐는지 전혀 짐작이 가지 않았다.

"할 만큼 했잖아. 돈은 많이 안 들였어도 열심히 하지 않았느냐 이 말이야. 책을 많이 읽는 사람은 물론이고 어쩌다 읽는, 심지어 연예 잡지밖에 안 읽는 사람들한테까지 빠짐없이 메시지를 보냈다고. 그런데 왜 반응이 없지? 그 책에 빠져들 만한 사람들이 왜 서점에 안 가는 거야?"

결국 그런 독자층이 없었던 것 아니겠냐는 고사카이의 의견에 시시도리는 그럴 리 없다고 단언했다.

"분명 어딘가 있을 거야. 내 감이 틀린 적은 한 번도 없었어. 뭔가 잘못된 거야."

그러면서 그는 주먹을 불끈 쥐곤 했다.

오늘도 시시도리는 창밖을 내다보고 있다. 아니, 아마

아무것도 안 보고 있을 것이다. 머릿속에 『총탄과 장미에게 물어봐―격철의 포엠 2』 생각밖에 없을 것이다.

고사카이의 휴대 전화가 울렸다. 아타미 게이스케다. 중요한 얘기가 있으니 만나고 싶다고 했다. 늘 만나던 카페에서 만나기로 했다.

카페에 들어간 고사카이는 흠칫 놀라고 말았다. 아타미가 먼저 와 있어서가 아니다. 그가 가발을 쓰고 있지 않았다.

"이러시면 안 됩니다. 가발은 어쩌셨어요?"

자리에 앉자마자 아타미에게 물었다.

그는 천천히 고개를 저었다.

"안 그래도 그 얘기를 하려고요. 더는 그 머리를 하고 싶지 않습니다. 아니, 머리뿐 아니라 빨간색 가죽 재킷도 표범무늬 바지도 금연파이프도 싫습니다."

"아니, 왜요?"

그건, 하고 아타미가 약간 원망스러운 눈으로 고사카이를 봤다.

"효과가 없어요. 책이 안 팔리잖아요. 출판사 측에는 여러 가지로 감사합니다만, 캐릭터 조작은 그만하고 싶습니다. 부모님도 여간 언짢아하시는 게 아니에요."

"……그렇군요."

"아까도 서점에 들렀는데 제 책이 보이지 않았어요."

그렇겠죠, 라고 맞장구치고 싶었지만 고사카이는 입을 다물었다.

"왜죠?"

아타미는 한숨을 내쉬고 나서 물었다.

"왜 다들 그 소설이 재미있다는 걸 알아채지 못할까요?"

그건 퀴퀴하기 때문, 이라고 대답할 수는 없는 노릇이어서 이번에도 고사카이는 입을 다물었다.

6

여고생은 서가 앞에 서서 망설이고 있었다. 드디어 책을 찾아내기는 했는데, 사야 하나 말아야 하나. 1,900엔이면 출혈이 크다. 하지만 지금 사지 않으면 언제 다시 그 책을 찾을지 알 수가 없었다. 인터넷 주문은 할 수 없다. 집에 없을 때 부모님이 맘대로 열어 볼지 모르기 때문이다.

어느 잡지에 실린 인터뷰 기사로 그 책을 알게 되었다.

아타미 게이스케란 작가 인터뷰였다.

그걸 읽은 여고생은 작가가 자신과 같은 종류의 인간이라고 생각했다.

억지로 살아가고 있다. 자신의 본모습을 감춘 채 하루하루를 보낸다.

외모가 그 사실을 말해 주었다. 그런 헤어스타일은 하고 싶지 않았을 것이다. 빨간색 가죽 재킷이나 표범무늬 바지 따위도 입고 싶지 않았을 것이고 금연파이프도 던져 버리고 싶었을 것이다.

하지만 그럴 수 없다.

자신의 본모습을 속속들이 드러내고 싶지 않아서다. 그러는 게 두려운 것이다.

인터뷰 기사에 따르면 그 작가가 쓴 작품은 '악과 폭력과 인간 본성을 다른 차원의 세계에서 셰이크한 것 같은 작품'이라고 한다.

읽어 보고 싶었다. 스토리가 재미있을 것 같아서가 아니다. 자신의 본모습을 감추고 살아가는 작가가 어떤 글을 썼는지 알고 싶어서다.

그래서 작가의 데뷔작인 『격철의 포엠』을 사서 읽었다. 그리고 이내 빠져들었다. 이런 소설이 다 있었구나 하고 놀랐다.

생각한 대로였다. 소설은 허황된 세계를 그렸다. 악인이 나오지만 현실의 악인과는 달랐다. 범죄도 진정한 범죄가 아니다. 정의의 사도도 나오는데 현실 세계에서는 존재하지 않는 정의의 사도다.

하지만 그래서 더욱이 읽으면서 해방감을 느꼈다. 자신이 소설에서 맛보려고 했던 건 조마조마하거나 두근두근한 느낌이 아니었다. 깊은 안도감과 가슴이 뻥 뚫리는 해방감이다.

그 사람이니까 이런 소설을 쓸 수 있는 거라고 생각했다.

자신의 본모습을 감추고 있는 데서 오는 스트레스가 작품에 녹아든 것이다.

여고생은 하룻밤 새에 『격철의 포엠』을 다 읽었다. 당연히 그 속편인 『총탄과 장미에게 물어봐—격철의 포엠 2』도 읽고 싶었다.

그러나 책을 찾을 수 없었다. 학교를 마치고 집에 돌아가면서 서점 몇 군데를 들렀지만 어느 곳에서도 그 책은 보이지 않았다. 점원에게 물어봤으면 좋으련만, 여고생에게는 그럴 용기가 없었다. 자신이 어떤 책을 읽는지 남에게 알리고 싶지 않았다. 심지어 계산대에 책을 내미는 것도 싫었지만 그러면 책을 살 수 없다.

그런데 오늘 우연히 들른 이 서점에서 그 책을 발견한 것이다. 운명적인 만남이라는 생각마저 들었다.

마음을 굳히고 책을 집어 들었다. 고개를 축 숙인 채 계산대로 가서 카운터에 책을 올려놓았다.

돈을 지불하고 그곳을 벗어나는데 뒤에서 점원들이 하는 얘기가 들렸다.

"이상하네. 또 팔렸어. '격철 2' 말이야. 오늘 벌써 두 권째야."

"다른 서점에서도 어제쯤부터 움직이는 것 같다고 하던데."

"그래? 좋아, 책이 뜨려는가 보군. 이봐, 아타미 게이스케 책 좀 더 주문해 놓지."

활기찬 목쇼리가 서점 안에 울렸다.

소설가 사윗감

1

저녁 식사가 끝나 갈 때쯤 딸 모토코가 소개할 사람이 있으니 집에 데려오겠다고 했다. 이쑤시개로 이를 쑤시던 스와 미쓰오는 당황해서 이쑤시개로 잇몸을 찌를 뻔했다.

마침내 올 것이 왔군.

마음을 굳게 먹었다. 그리고 당황한 마음을 들키지 않으려고 찻잔을 집어 들고 일부러 천천히 차를 마셨다.

"그래?"

무심한 척 대답했다.

"물론 남자겠지?"

응, 하고 딸이 고개를 끄덕였다.

"그래."

역시 크게 관심 없다는 듯이 말했다. 아내 구니코는 부얽에서 설거지를 하고 있다. 어쩌면 아내는 딸이 오늘 저녁 이런 얘기를 꺼낼 줄을 알고 있었는지도 모른다. 아내와 딸은 지금까지 다양한 상황에서 결탁해 왔다.

"어떤 사람인데?"

미쓰오가 물었다. 말투가 퉁명스러워지지 않도록 신경 썼다.

"그게……."

모토코는 살짝 뜸을 들였다.

"오빠 고등학교 동창."

"히데유키의 동창? 어쩌다가?"

미쓰오가 다시 담담하게 질문을 던졌다. 모토코보다 다섯 살 위인 히데유키는 이미 취직해서 독립했다.

"뭐, 어쩌다 보니……. 설명하자면 길어지는데, 간단히 말해서 오빠랑 그 사람이랑 셋이 한잔하러 갔다가 그렇게 됐어."

딱 부러지게 얘기하지 않는 것이, 아빠에게 남자 친구 얘기를 하기가 껄끄러운 듯했다.

하지만 미쓰오는 살짝 안심이 됐다. 아들의 친구라면 어느 정도 믿을 수 있다는 생각이다.

"어느 회사에 다녀?"

부모로서는 제일 신경 쓰이는 부분이다. 반드시 일류 기업일 필요는 없지만 되도록이면 안정된 회사에서 근무하는 편이 마음이 놓인다.

그런데 모토코의 입에서 나온 대답에 미쓰오는 순간적으로 어리둥절했다.

"회사원이 아니라 글 쓰는 사람이야."

"글을 쓴다고?"

뭐지……, 수상쩍은데.

"정확히 말하자면 작가야. 소설을 쓰고 있어. 소설가라고 하는 게 제일 정확하겠네."

"소, 소설가?"

자신도 모르게 입이 딱 벌어졌다. 상상도 못했던 대답이었다.

그러자 모토코가 책을 한 권 꺼내 왔다. 표지 일러스트가 상당히 화려하다. 제목은 '허무승 탐정 조피'. 무슨 뜻인지 전혀 짐작이 안 갔다.

"이게 데뷔작이야. 규에이 출판사 신인상을 받았고, 지금 제일 주목받는 신인이야."

모토코는 눈을 빛내며 자신에 찬 말투로 설명했다.

"여기 쓰여 있는 가라카사 잔게는 필명. 재밌지? 본격 부조리 미스터리 분야에서 일인자래."

그러고서 그녀는 연인의 활약상에 관해 열변을 토했다.

하지만 미쓰오의 귀에는 그 얘기가 하나도 들어오지 않았다. 소설가라는 말을 들은 순간 머릿속이 혼란스러워진 것이다.

그런 직업이 있다는 건 알고 있었다. 서점에 진열된 수많은 소설이 어딘가의 누군가에 의해 씌어졌을 것이다. 출판사가 그들의 책을 팔아 이익을 올릴 것이다.

하지만 미쓰오에게는 다른 세계의 이야기였다. 자신이 사는 세상과는 동떨어진 곳이고, 그런 만큼 당연히 거기 사는 사람과 자신은 아무 관련이 없다고 여겼다.

하고 싶은 말만 한 후 "어쨌든 일이 그렇게 됐으니까 잘 부탁해."라는 말을 남기고 모토코는 자기 방으로 들어가 버렸다. 미쓰오는 아무것도 묻지 못했다. 질문 자체가 생각나지 않았다.

부엌에서 나온 아내 구니코가 모토코와 상대 남자가 어떻게 만났는지 자세히 설명해 주었다. 모토코가 다다노의 데뷔작을 읽고 감동해서 편지를 쓴 것이 그 계기라고 했다. 그 일로 오빠 히데유키와 셋이서 만났다는 것이다. 구니코는 이미 오래전부터 자세한 내막을 알고 있었던 듯했다.

"왜 진작 내게 말해 주지 않았어?"

미쓰오가 구니코를 나무라듯 말했다.

"모토코가 아빠에게 직접 얘기하겠다고 해서요."

미쓰오가 쯧, 혀를 찼다.

"대체 어떡할 셈이야?"

"어떡하다니, 뭘요?"

아내의 천연덕스러운 말투가 미쓰오의 화를 돋웠다.

"상대 남자 말이야. 세상에, 소설가라니. 그런 형편없
는 직업이라도 괜찮다고 생각해?"

"소설가가 형편없는 직업은 아니죠."

미쓰오는 머리를 긁적였다.

"그럼 제대로 먹고살 수 있단 말이야? 가족을 부양할
수 있냐고, 응?"

"왜 나한테 그래요?"

"그게 중요하잖아. 정말이지, 왜 하필이면 그런 남자를
……."

"그럼 왜 아까 모토코한테 그렇게 말하지 않았어요?"

"그건……, 당신이 뭔가 들은 게 있겠거니 해서 그랬지."

혼란스러워서 머릿속이 하얘졌다고 말할 수는 없었다.

"모토코는 바보가 아니에요. 좋은 사람이니까 선택했 겠죠. 왜 그렇게 자기 딸을 못 믿어요?"

반박할 말이 없어 그는 더욱더 부아가 치밀었다.

"시끄러워. 그런 문제가 아니잖아!"

거칠게 내뱉고 미쓰오는 자리에서 일어났다.

2

섬유 회사에 다니는 미쓰오는 요즘 모토코의 일이 신 경 쓰여 일이 손에 안 잡힌다.

소설가라는 직업.

그게 어떤 것인지 사실 미쓰오도 잘 몰랐다. 상대가 회 사원이나 평범한 자영업자라면 그가 직업인으로서 얼마 나 안정적인지 판단할 자신이 있었다. 하지만 이번 경우 는 그의 경험과 지식이 전혀 도움이 되지 않았다. 책이라 고는 비즈니스 서적이나 실용서밖에 읽은 적이 없었다. 아는 소설가를 꼽으라면 아쿠타가와 류노스케나 나쓰메 소세키 정도랄까. 그들의 작품이나마 제대로 읽었느냐 하면 그렇지도 않다.

점심시간에도 멍하니 그 생각을 하고 있는데 약간 떨어진 자리에서 여사원이 문고본을 읽고 있는 모습이 눈에 들어왔다. 그녀가 전에 독서를 좋아한다고 말했던 기억이 났다.

"자네는 늘 책을 보는군."

다가가서 말을 걸었다.

"그거 소설인가?"

여사원은 놀라움과 당혹감, 긴장이 뒤섞인 표정으로 미쓰오를 올려다봤다. 점심시간에 상사가 이런 식으로 말을 걸어온 적이 없었기 때문일 것이다. 미쓰오는 직책이 부장이다.

네, 하고 여사원이 작은 목소리로 대답했다.

"그래, 무슨 소설인데?"

여사원은 잠시 뜸을 들이다가 "순수 문학입니다."라고 대답했다.

순수 문학이라. 들어 본 적은 있지만 그 의미를 정확히는 몰랐다.

의자를 끌어당겨 여사원 옆에 앉았다.

"잠깐 얘기를 나눠도 될까? 소설에 관해서 말이야."

네, 하고 여사원이 책을 덮었다. 눈에는 여전히 당혹감이 어려 있었다.

"자네, 가라카사 잔게라는 작가를 아나?"

"가라카사…… 글쎄요."

고개를 갸우뚱거린다.

"어떤 소설을 쓰는데요?"

"그걸 잘 모르겠어. 친척 아이가 그 작가의 팬인가 보던데 말이야."

"엔터메 쪽 아닌가요?"

"엔터메?"

"엔터테인먼트 계열 소설을 말해요. 미스터리나 호러, 아니면 라이트 노벨이나……."

"그렇게 다양해?"

"네. 특히 엔터테인먼트 쪽은요."

"그러면 작가도 엄청 많겠네."

"그야 그렇죠."

그녀가 크게 고개를 끄덕였다.

"저도 꽤 많이 읽었다고 자부하는데도 모르는 작가가 셀 수 없어요. 요즘은 누구나 쉽게 데뷔할 수도 있고요."

"누구나? 설마……."

"정말이에요."

여사원이 자신에 찬 얼굴로 단언했다.

"누구나, 라는 말은 좀 과장이지만, 별로 어렵지도 않을 거예요. 신인상 따위는 널렸고요."

신인상이라는 말에 미쓰오는 귀를 쫑긋했다.

"그렇게 흔한가?"

"흔하죠. 유명한 상이 있는가 하면 들어 본 적조차 없는 상도 있고, 아마 100개도 넘을걸요."

"그렇게나 많아?"

미쓰오가 눈을 부릅떴다.

"책을 출간하고 데뷔까지 할 수 있는 상이라면 50개 정도일 거예요. 아, 하지만 가작까지 데뷔시켜 주는 곳이 있으니까 역시 신인상 수상을 계기로 데뷔하는 작가가 100명은 되지 않을까……."

여사원이 팔짱을 낀 채 중얼거렸다.

미쓰오의 눈에는 그녀가 소설에 일가견이 있는 사람으로 보였다. 적어도 지금 그에게는 스승이다.

"그러니까 같은 신인상이라고 해도 수준이 천차만별이겠군."

"물론이죠. 수상할 경우 베스트셀러가 보장되는 상도 있고, 수상해 봤자 별 볼일 없는 상도 있어요."

미쓰오는 기분이 우울해졌다. 모토코의 연인은 어느 쪽일까.

"부장님, 왜 그런 걸 물어보세요?"

"아, 아니, 그게……."

헛기침을 한 번 했다.

"아까 말했던 친척 아이가 소설가가 되고 싶다나 봐. 뭐, 아직 중학생이긴 하지만."

"아아, 그렇군요. 중학생 정도면 그런 생각을 할 수 있 겠네요. 저도 소설가가 되어 볼까 생각한 적이 있었어요."

"아니, 그랬어?"

"중학생 정도라면 그런 꿈이 있어도 좋잖아요. 대학생 이 그런 말을 했다면 당치 않은 소리라고 하겠지만……."

"아, 그래?"

미쓰오는 가슴이 철렁했다.

"그럼요. 데뷔해도 오래가기 힘든 게 소설가의 세계예 요. 소설로만 먹고살 수 있는 작가는 몇 안 되죠. 다른 일 을 병행하는 작가가 많아요. 출판이 불황인 데다 사람들 이 점점 책에서 멀어지고 있으니 장래성도 상당히 불투 명한 직업인 것 같고요."

여사원의 말이 날카로운 칼처럼 미쓰오의 가슴을 쿡

쿡 쑤셨다.

3

쨍하게 맑은 일요일 오후. 본명 다다노 로쿠로가 스와 미쓰오의 집을 방문했다. 감색 양복에 넥타이 차림이라서 미쓰오는 일단 안심했다. 상식적으로 용납하기 힘든 옷차림으로 나타나면 어쩌나 불안했던 것이다. 똑바로 서서 다다노 로쿠로입니다, 라고 정중하게 고개를 숙인 점도 호감이 갔다.

식탁을 사이에 두고 다다노와 모토코가 나란히 앉았다. 구니코가 홍차를 내온 뒤 도로 부엌으로 가 버리는 바람에 미쓰오가 대화를 주도할 수밖에 없었다. 잠시 이런저런 얘기를 나눈 뒤 다다노에게 부모님에 관해 물었다.

"부모님은 가나가와현 아쓰기에 계십니다. 아버지는 샐러리맨이었는데 재작년에 정년퇴직하시고 지금은 가볍게 농사를 지으십니다."

다다노가 거침없이 대답했다.

"아하, 부친께서 회사원이셨군."

만일 그렇다면 얘기가 통할 거라고 생각했다.

"어떤 회사에 다니셨지?"

"조그만 광고 대리점이었습니다."

그쪽이면 나랑은 다른 인종이군, 하고 미쓰오는 살짝 실망했다.

얘기가 좀처럼 이어지지 않았다. 구니코가 과일을 깎는 데 평소보다 시간이 걸리는 듯이 느껴졌다.

실은 어젯밤에 아들 히데유키에게 전화를 걸었다. 자리를 함께해 줬으면 하는 생각에서였다. 그러나 일언지하에 거절당했다. 다다노가 청하지도 않았는데 가는 건 경우가 아니라는 것이었다.

"다다노, 좋은 녀석이에요. 얘기를 나눠 보면 아실 거예요."

그러고서 히데유키는 전화를 끊었다.

미쓰오는 홍차 잔을 끌어당겼지만 잔은 이미 비어 있었다.

아빠, 하고 모토코가 입을 열었다.

"다다노 씨한테 묻고 싶은 거 없어요?"

"아니, 딱히……."

괜히 빈 찻잔만 손으로 비벼 댔다.

"뭐든 좋으니 물어보세요."

다다노가 진지한 눈길로 바라보았다.

미쓰오는 눈을 내리뜨며 찻잔을 테이블 위에 놓은 뒤후, 한숨을 내쉬었다.

"소설을 쓴다면서?"

그러면서 다시 눈길을 다다노에게로 향했다.

네, 하고 딸의 연인은 미쓰오의 눈길을 피하지 않은 채대답했다. 목소리가 씩씩했다.

"소설가가 되기 전에는?"

"프로그래머였습니다. 컴퓨터 프로그래머요."

"지금은 그 일을……."

"그만뒀습니다. 병행하기 힘들어서요."

병행하지 그랬어, 라는 말을 미쓰오는 속으로 삼켰다.

"왜 소설가가 되겠다고 마음먹었지?"

다다노가 살짝 고개를 갸웃했다.

"그냥……이라고 할까요."

"뭐라고?"

"언제부터인지는 정확하지 않지만, 저도 모르게 소설을 쓰고 싶다는 생각을 하고 있더군요. 그래서 시험 삼아소설 신인상에 응모했는데 당선되었습니다. 인생이란 정말 알 수 없더군요."

다다노가 해맑게 웃었다. 그 얼굴을 보고 있자니 나쁜 사람은 아니라는 생각이 들었다.

그때 구니코가 쟁반에 과일을 받쳐 들고 나타났다.

"저도 다다노 씨 소설을 읽어 봤어요. '허무승 탐정 조피'요. 굉장히 재미있었어요."

과일을 각자의 접시에 덜어 주며 구니코가 말했다.

"마지막 트릭은 눈치채지 못했지?"

모토코가 물었다.

"전혀. 맨 나중에 어찌나 놀랐던지."

구니코가 손으로 가슴을 누르며 말했다.

연극하고 있네. 미쓰오는 부아가 치밀었다. 구니코가 다다노의 작품을 읽은 건 사실이지만, 읽으면서 그녀는 도대체 무슨 말인지 모르겠다고 투덜댔었다.

그러나 미쓰오에게 아내를 흉볼 자격은 없다. 그 자신은 몇 페이지 못 읽고 책을 덮어 버렸다. 단 한 줄도 이해할 수 없었다.

사실 다다노가 오기 전, 미쓰오는 큰 서점을 몇 군데 돌아보았다. 가라카사 잔게가 어떤 수준의 작가인지 확인하고 싶었다.

데뷔작『허무승 탐정 조피』의 문고본은 서점마다 빠짐없이 있었다. 그 외에는 3개월 전에 출간된 단행본이 몇몇 서점의 눈에 띄지 않는 서가에 꽂혀 있을 뿐이었다.

그런 상황이 미쓰오는 불안했다. 서점에 구비되어 있지 않다는 건 당연히 팔릴 기회도 없다는 얘기다. 다시 말해서 수입이 제로에 가깝다는 뜻 아닌가.

하지만 실망스러운 일만 있었던 건 아니다. 미쓰오가 가라카사 잔게의 책이 있느냐고 물었을 때 서점 직원의 절반 이상이 그의 이름을 기억했다. 그리고『허무승 탐정 조피』의 문고본이 비치된 곳으로 곧장 미쓰오를 안내해 주었다.

"이 작가, 인기가 있나요?"라고 물었을 때 서점 직원들의 반응은 대개 비슷했다.

"『허무승 탐정 조피』는 어느 정도 팔렸지만, 그 뒤로 나온 책들은 고전하고 있습니다. 기존의 작가에게는 없는 매력이 있고 읽으면 재미도 있는데 조금 고집스럽다고 할까요. 그래도 어쨌든 재능이 있는 작가라고 봅니다. 출판계에서 주목받고 있으니 머지않아 뜨지 않을까 싶습니다."

하나같이 가라카사 잔게는 고집스럽지만 핵심 팬들에

게 인기가 높다는 식으로 말했다. 대뜸 부정적인 평가부터 하는 사람은 하나도 없었다. 적어도 서점 직원들에게는 재능을 인정받는 듯했다.

미쓰오는 머리가 아팠다. 재능은 있지만 아직 인기가 별로 없는 작가라. 그걸 어떻게 평가해야 할까. 그 반대라면 좋겠다는 생각도 들었다. 재능은 없지만 책이 많이 팔린다면 일단 안심은 될 텐데.

그런 생각에 빠져 있다가 문득 정신을 차려 보니 구니코가 다다노에게 온갖 질문을 퍼부어 대고 있었다. 고기랑 생선 중에 뭘 더 좋아하느냐는 등 대부분 쓰잘머리 없는 질문이었다. 좀 더 중요한 걸 물어야지, 하고 속으로 불만을 터뜨렸다.

"그런데 가라카사 잔게라는 필명이 참 재미있어요. 왜 그렇게 지었죠?"

또 해도 그만 안 해도 그만인 질문을 한다. 미쓰오는 초조함에 무릎을 달달 떨었다.

"제 소설은 트릭이 생명이라서 필명에도 그런 의미를 포함하고 싶었습니다. 그래서 이것저것 조사해 봤더니 가라카사라는 말을 옛날에는 '속임수 우산'이라는 뜻으로도 사용했더군요. 그래서 그걸 성으로 쓰기로 했죠."

"아하. 그럼 잔게는요?"

"그건 독자에게 보내는 제 마음입니다. 늘 트릭으로 독자를 속이니까 미안한 마음이 있어서요.(잔게는 '참회'라는 뜻의 일본어 – 옮긴이)"

"그렇군요!"

"저, 다다노 군."

속이 탔던 미쓰오가 다시 끼어들었다.

"자네 직업을 두고 부모님은 뭐라고 하시나?"

"그야 물론 응원해 주시죠."

물론, 이라……. 미쓰오는 살짝 실망스러웠다. 좀 더 무난한 직업을 찾으라고 조언하지 않는단 말인가.

"걱정은 안 하시나? 그, 수입이라든가……."

모토코의 표정이 싹 바뀌는 것을 미쓰오는 곁눈으로 느꼈다. 나중에 불평을 하겠지만 어쩔 수 없는 일이다.

"걱정하실 겁니다. 생활비를 보내 줄까, 하고 물으신 적도 있습니다."

"그래서 설마 그 생활비를……."

"거절했습니다."

다다노가 웃는 얼굴로 대답했다.

"부모님이 생활비를 보태 줄 정도라면 다른 직업을 찾

아봐야죠."

그래, 당장이라도 다른 직업을 찾아보게, 라는 말이 목
구멍까지 올라왔다.

"저, 아버님."

다다노가 갑자기 정색을 하며 등을 곧추세웠다. 눈빛
이 진지했다.

"앞으로 저는 1년에 단행본을 최소한 두 권은 출간하
려고 합니다. 제 책은 보통 한 권에 1,800엔 정도예요. 제
몫은 그중 10퍼센트, 그러니까 180엔 정도고요. 문제
는 판매 부수인데, 아직은 각 권당 7,000부 정도입니다.
7,000부에 180엔을 곱하면 126만 엔. 두 권이니까 252만
엔이 제가 1년간 단행본으로 벌 수 있는 돈입니다. 판매
부수가 줄어들면 수입도 그만큼 줄겠지만 그런 일이 없
도록 열심히 쓸 생각입니다."

막힘없이 말하는 다다노의 입을 미쓰오는 망연히 바
라보았다. 어떻게 반응해야 좋을지 몰라 그저 잠자코 있
을 뿐이었다.

"하지만 수입은 그것뿐이 아닙니다. 저희 신인 작가의
경우 단행본의 인세와 더불어 잡지의 원고료도 중요합
니다. 잡지는 원고료가 400자 원고지 매수로 환산되는

데, 제 경우 매당 4,000엔 정도입니다."

"그건 규에이 출판사의 경우고 5,000엔인 출판사도 있잖아. 단행본도 8,000부를 인쇄한 출판사가 있고."

옆에서 모토코가 거들었다.

"지금 최저 선을 말씀드리는 거야. 아버님이 알고 싶어 하시는 건 내가 최저 얼마 벌 수 있느냐 하는 거니까."

다다노가 차분하게 말했다.

미쓰오가 살짝 헛기침을 했다. 옳은 얘기다.

다다노가 미쓰오에게 시선을 되돌렸다.

"지금까지는 60매 정도의 단편 소설을 3개월에 한 편의 속도로 써 왔습니다. 연간으로 따지면 240매죠. 원고료 4,000엔을 곱하면 96만 엔입니다. 여기에 아까 말씀드린 단행본 인세 252만 엔을 합한 348만 엔이 현재 저의 연간 수입입니다. 물론 여기서 세금을 빼야 하니까 손에 쥐는 돈은 그보다 조금 적습니다."

막힘없이 술술 이야기하는 것을 들으며 미쓰오는 아마도 미리 계산해서 숫자를 외웠나 보다고 추측했다. 성실한 친구군, 하고 생각했다. 모토코가 그 점에 끌렸을지도 몰랐다.

"아버님, 이상이 저의 경제력입니다. 하지만 어디까지

나 현시점에서 그렇다는 말씀이고, 목표는 그보다 높습니다. 그러니까⋯⋯."

다다노가 다시 한 번 자세를 고쳐 앉았다.

"부디 결혼을 전제로 한 저와 모토코 씨의 교제를 허락해 주십시오."

느닷없이 스트레이트 펀치가 날아들었다. 순간 진짜 얻어맞기라도 한 것처럼 현기증이 일었다.

"아니, 저, 그게⋯⋯."

뭐가 뭔지 도무지 혼란스러워서 말이 나오지 않았다.

"아빠, 제발."

모토코가 애원했다.

"그러라고 해요, 응?"

구니코가 남의 속도 모른 채 딸의 역성을 들었다.

"응, 뭐, 그⋯⋯, 딱히 반대할 마음은 없어."

목소리가 떨렸다.

"하여간 둘이 잘 생각해서 해."

겨우 그렇게만 말했다.

4

"소설가라고? 이름이 뭔데?"

친구 오하라가 눈을 가늘게 뜨며 물었다. 그는 미쓰오
와는 입사 동기로, 지금도 종종 둘이서 한잔한다.

"말해도 모를 거야."

"일단 말해 봐. 이래 봬도 내가 시대 소설서껀 꽤 읽었
어."

"그래? 그럼…… 가라카사 잔게라고, 들어 본 적 있어?"

"가라카사? 무슨 이름이 그래. 들어 본 적 없는데."

"거봐, 모를 거라고 했잖아."

오하라는 생맥주 잔을 마저 비우고는 손을 들었다.

"이봐요! 여기 생맥주 한 잔 더. 흠, 그거 별론데. 자칭
소설가라는 작자들이 실은 무직자인 경우가 많거든."

"아니야, 신인상도 받았고, 책도 몇 권 냈어. 수입은 그
런 대로 있나 봐."

"얼마나?"

"글쎄……, 자세히는 모르겠지만 먹고살 정도는 되는
것 같아."

300만 엔쯤이라고 말하기는 뭐했다.

"어쨌든 좀 유감인데. 제일 위태위태한 직업이 소설가라고. 설령 지금은 수입이 어느 정도 있다 해도 앞으로 어떨지 알 수가 없잖아. 책이 안 팔리면 그만 아닌가."

"그러게 말이야……."

오하라는 미쓰오가 가장 꺼림칙하게 여기는 부분을 가차없이 지적했다. 위로나 받을까 하고 한잔하자고 했는데 결과는 정반대였다. 하지만 자신이 오하라라고 해도 역시 똑같은 말을 했을 것 같았다.

모토코가 다다노 로쿠로를 집에 데려온 지 한 달이 지났다. 그동안 미쓰오의 마음은 내내 무거웠다. 딸을 다른 남자에게 빼앗기는 것만으로도 가슴이 쓰라린데 상대가 소설가라니. 미쓰오에게는 뿌리 없는 풀이나 다를 게 없는 직업이었다.

게다가 며칠 전 모토코는 더욱이 말도 안 되는 얘기를 했다. 다다노의 조수 겸 비서 역할을 하기로 했으니 회사를 그만두겠다는 것이었다.

물론 미쓰오는 반대했다. 굳이 그 친구와 결혼해야겠다면 당분간 맞벌이를 할 수밖에 없다고 생각하던 참이었다.

"작가란 집필 외에도 할 일이 태산이야. 스케줄 관리라든가 자료 수집, 세금 계산 등등. 그러잖아도 바쁜 로쿠로 씨가 그런 데 시간을 들인다는 건 바람직하지 않아. 집필에 전념하게 해 주고 싶어."

"그렇게 바쁜데 수입이 고작 300만 엔이야?"

해서는 안 될 말인 줄 알면서도 끝내 그 말을 입 밖에 내고야 말았다.

아니나 다를까, 모토코가 눈꼬리를 치켜 올렸다.

"그러니까 수입을 좀 더 늘리려고 돕겠다는 거잖아."

"말도 안 되는 소리. 남자가 아직 제구실도 못하는데 너까지 직장을 그만두면 생활은 뭘로 할 거야?"

"제구실을 왜 못해? 걱정 마, 아빠한테는 손 벌리지 않을 테니까!"

모토코가 눈물을 글썽이며 큰 소리로 대들었다. 어릴 적부터 고집이 셌던 모토코는 이번에도 뜻을 굽히려 하지 않았다. 그리고 선언한 대로 다음 날 직장에 사표를 내던졌다.

"나라면 무슨 수를 써서든 헤어지게 하지. 그게 아버지가 할 일이야."

취기가 오른 오하라는 살짝 혀 꼬부라진 소리로 그렇

게 말했다.

미쓰오는 애매하게 고개를 끄덕이면서 속으로 그게
그렇게 간단한 줄 알아, 하고 중얼거렸다. 남의 일이니까
쉽게 말하는 것이다.

5

아내 구니코의 말에 미쓰오는 젓가락질을 멈췄다. 오
늘도 둘이서 저녁을 먹고 있었다. 모토코는 다다노의 작
업실에 있고, 대개 9시가 넘어야 귀가한다.

"덴카와…… 뭐라고?"

그러자 구니코가 옆에 놓여 있던 두꺼운 잡지를 집어
들었다. 문예지인 모양이었다. 표지에 '소설 규에이'라고
씌어 있었다. 그런 잡지가 있다는 것조차 미쓰오는 최근
에야 알았다.

"여기."

구니코가 잡지를 펼쳤다. 거기에 다음과 같은 내용이
있었다.

'제1회 덴카와이타로상 후보작 결정'

416

"신설된 문학상인가 봐요. 거기에 다다노의 작품이 후보로 뽑혔대요. 본인들은 꽤 오래전에 알았나 본데 정식으로 발표할 때까지 소문내면 안 된다고 했나 봐요."

미쓰오가 잡지를 끌어당겼다. 아닌 게 아니라 '렌카 거리의 첩보 전술 기무코. 가라카사 잔게'라는 글자가 씌어 있었다.

"그걸 받으면 어떻게 되는데? 책이 좀 팔리나?"

"모토코는 나름 화제가 될 거라고 하던데요. 제1회니까 규에이 출판사에서도 홍보에 힘을 쏟을 거라면서요."

"이거 언제 결정되지?"

"이번 주 금요일요."

"흥."

미쓰오는 콧방귀를 뀌었다. 문학상이란 건 나오모토상 정도만 안다.

회사를 그만둔 모토코는 아빠를 피하는 기색이 역력했다. 얼굴을 마주치면 이러쿵저러쿵 잔소리할 게 뻔하다고 생각하는 것이다. 그러니 미쓰오는 다다노의 일에 관해서는 아내가 이따금씩 해 주는 얘기 외에는 알 도리가 없었다.

"모토코는 왜 이렇게 늦어? 도대체 이 시간까지 뭘 하는

지……."

"다다노에게 밤참을 만들어 준다던데요."

"밤참? 다다노가 저녁형 인간인가?"

구니코는 고개를 저었다.

"모토코 말로는 아침부터 일한다는데요? 하루에 써야 할 원고 매수가 정해져 있어서 그걸 채울 때까지 일하나 봐요. 스스로 만족스러울 때까지 고쳐 쓰고 또 고쳐 써서, 결국 밤늦게야 마치는 일이 다반사래요."

"그 정도야?"

소설가란 역시 보통 일이 아니구나 싶었다. 그럼에도 연간 수입이 300만 엔 안팎이라니.

밤 10시가 조금 넘자 모토코가 들어왔다. 미쓰오가 거실에서 텔레비전을 보고 있었지만 모토코는 현관에서 곧바로 자기 방으로 들어가 버렸다.

다음 날 점심시간이 되자 그는 얼마 전에 소설에 관해 이야기를 나누었던 여사원에게 갔다. 그녀는 여전히 책을 읽고 있었다.

"덴카와이타로상요? 글쎄요, 잘 모르겠어요."

여사원이 단박에 대답했다.

"신설된 상인가 보던데."

"아, 그러고 보니 들어 본 것 같기도 해요. 상이 여간 많아야지요. 서점에 가 보면 무슨 무슨 상 수상, 이라고 띠지에 적혀 있는 책이 한둘이 아니에요."

"그런가."

이내 목소리가 침울해졌다.

"그런데 그 상은 왜요?"

"아니, 아무것도 아니야."

미쓰오가 돌아서려는 참에 "그러고 보니,"라고 여사원이 다시 말을 걸었다.

"지난번에 가라카사 잔게에 관해 물으셨죠?"

"응. 그런데?"

"얼마 전에 그 사람 책을 읽었어요. 말씀하실 때까지는 몰랐는데, 여기저기서 화제더라고요."

"아니, 그래?"

여사원이 고개를 끄덕했다.

"이번에 출간된 『렌카 거리의 첩보 전술 기무코』인데, 굉장히 재미있었어요. 제가 엔터테인먼트 소설은 가까이하는 편이 아닌데, 그 책은 만족스럽더군요. 그 작가의 다른 책들도 한번 읽어 볼까 생각 중이에요."

"그랬군. 고마워. 참고할게."

자리로 돌아가는 미쓰오의 마음이 조금은 가벼웠다. 모토코가 다다노를 소개한 뒤로 그런 기분은 처음이었다.

귀가하는 길에 서점에 들렀다. 『렌카 거리의 첩보 전술 기무코』는 금방 찾을 수 있었다. 눈에 쉽게 띄는 곳에 진열되어 있었기 때문이다. 역시 화제에 오른 모양이었다.

전철에 앉자마자 책을 펼쳤다. 『허무승 탐정 조피』는 불과 몇 페이지 만에 좌절했었다. 이번에는 어떨까 하는 불안감을 안고 읽기 시작했다.

그리고 얼마 안 가 '아니!' 하고 놀랐다. 작풍이라고 할까, 소설의 분위기가 달라져 있었다. 읽기에 조금도 고통스럽지 않았다. 아니, 고통스럽기는커녕 페이지를 넘기는 손이 멈춰지지 않았다. 자신도 모르게 빠져들었다. 하마터면 내릴 역을 지나칠 뻔했다.

전철역을 나와 집을 향해 걸을 때는 내일 출근길이 기대될 정도였다. 집에서는 읽지 않을 생각이었다. 다다노의 책을 읽는 모습을 구니코나 모토코에게 들키고 싶지 않았다.

미쓰오는『렌카 거리의 첩보 전술 기무코』를 3일 만에 독파했다. 점심시간과 귀갓길 전철에서만 읽었다. 출근길의 붐비는 지하철에서는 책을 펼치기 힘들었다.

다 읽고 나서 가벼운 흥분 상태에 빠졌다. 책 읽기를 싫어하는 자신이 소설 한 권을 읽어 냈다는 성취감이 있었던 것도 사실이지만, 그 이상으로 작품의 재미가 그의 피를 끓게 했다는 사실을 부인할 수 없다.

그 녀석이 이런 글을 쓴단 말이지.

물론 소설에 관한 한 자신이 풋내기라는 건 안다. 하지만『렌카 거리의 첩보 전술 기무코』가 매력적인 작품이라는 사실 정도는 그도 알 수 있었다. 서점 직원들이 말한 대로 가라카사 잔게는 재능이 있었다. 뿐만 아니라 스스로에게 엄격하고, 결코 타협하지 않는 강인함도 갖춘 작가였다.

그날 밤 또 오하라에게 한잔하자고 청했다. 늘 가는 선술집에서 생맥주를 몇 잔 들이켜고 난 오하라는 "그래서, 어떻게 됐어?"라고 호기심 가득한 얼굴로 물어 왔다.

"딸내미 애인 말이야. 헤어졌어?"

아니, 아니, 하며 미쓰오가 고개를 흔들자 오하라가 미간을 찌푸렸다.

"벌써 몇 개월째야. 시간을 끌수록 어려워져."

"그런데 말이지, 재능이 있는 것 같아."

"재능? 흥, 그게 다 무슨 소용이야. 재능이 있다고 누구나 성공하면 이 세상이 노벨상 수상자나 금메달리스트로 가득할걸. 고흐도 생전에 팔린 그림은 단 한 점이라던데."

오하라는 이미 살짝 취한 듯했지만, 말하는 내용만은 변함없이 단호하고 정확했다. 그건 그래, 하고 동의할 수밖에 없었다.

"대체 어떤 소설을 쓰는데 그래? 자네는 읽어 봤나?"

"응. 실은 오늘 한 권을 다 읽었어."

미쓰오가 가방에서 책을 꺼냈다.

"이게 꽤 재미있더라고."

"흠, '렌카 거리의 첩보 전술 기무코'라. 제목이 특이하군."

"'기무코'라는 말에 깊은 뜻이 있어."

"그래?"

오하라는 별로 관심이 없는 것 같았다.

그때였다.

"어, 그 책, 나도 읽었는데……."

어디선가 그런 소리가 들렸다. 돌아보니 카운터 석에서 미쓰오 또래의 남자가 내려다보고 있었다.

"그렇습니까?"

"네, 재밌더군요. 올해 읽은 책 중 최고였어요."

미쓰오는 자신도 모르게 감사합니다, 라고 인사할 뻔했다.

"하지만 1,800엔은 좀 비싸요. 댁은 그 책을 서점에서 샀습니까?"

"그렇습니다만."

그러자 남자가 기막히다는 듯이 입을 딱 벌렸다.

"그런 걸 돈을 주고 사다니, 도대체 무슨 생각인지 알수가 없다니까요."

"댁은 사지 않고 읽으셨다, 이 말인가요?"

남자가 고개를 끄덕거렸다.

"돈 아깝게 그런 걸 뭐 하러 돈을 주고 삽니까. 저는 읽고 싶은 책이 있으면 도서관에 가서 빌립니다."

"도서관……말입니까?"

"그래요. 댁도 앞으로는 그래 보세요. 고작 소설 따위에 돈을 쓰는 건 멍청한 짓이에요."

"멍청하다고요?"

미쓰오의 뺨이 움찔, 경련을 일으켰다.

"하기야 인기 있는 책은 차례가 돌아오려면 시간이 많이 걸리지요. 심할 때는 반년 가까이 걸리기도 합니다. 도서관도 참 인색하지. 인기가 많은 책은 잔뜩 갖다 놓으면 좋으련만."

"그런데도 기다립니까? 빨리 읽고 싶다는 생각은 안 드세요?"

"들지요, 물론. 그럴 때는 중고 서점에 갑니다. 아무리 신간이라도 일주일만 지나면 중고 서점에 나와요. 그걸 사서 읽은 다음 중고 서점에 되팔지요. 그러면 공짜는 아니라도 비교적 싸게 먹히니까요."

"하지만 그러면 책을 펴낸 쪽에는 일전 한 푼 안 들어가겠네요. 출판사라든가 작가에게 말이죠."

"네에?"

남자가 얼빠진 듯한 표정을 지었다.

"그게 어때서요? 그런 건 내가 알 바 아니지."

"다들 댁처럼 하면 소설로 먹고살 사람이 아무도 없겠네요."

남자가 이번에는 홍, 콧방귀를 뀌었다.

"그래서 어쨌다는 겁니까? 그게 싫으면 소설가 따위 안 되면 되잖아요. 그리고 그 몇 안 되는 소설가 놈들이 먹고살건 말건 무슨 상관입니까. 제멋대로 몇 자 끄적거리려서 돈을 벌겠다는 게 도둑놈 심보지요."

"제멋대로 몇 자 끄적거린다고요?"

미쓰오가 자리에서 일어났다.

"다시 한 번 말해 보시지."

"뭐야, 당신. 왜 이래?"

남자가 미쓰오를 쏘아보았다.

"소설가들이 얼마나 고생하는지 알지도 못하면서 함부로 지껄이지 마."

"그러는 당신은 알아?"

"당신보다야 많이 알지."

"뭘 안다는 거야. 그럼 말해 봐."

"그 사람들은 작품 하나 쓰는 데 심혈을 기울인다고."

"참 나, 뭐라는 건지. 어쨌든 됐어. 나랑은 상관없는 일이야."

남자가 고개를 돌리고 목을 긁적거렸다.

"멍청한 놈을 상대해 봤자……."

미쓰오의 머릿속에서 뭔가 툭, 끊기는 느낌이 들었다.

다음 순간 그는 맥주잔을 들어 남자 얼굴에 맥주를 끼얹었다.

"무슨 짓이야!"

남자의 주먹이 미쓰오의 얼굴에 날아들었다.

7

미쓰오가 경찰서에서 나온 건 밤 10시가 넘어서였다. 진땀을 빼고 나온 후 구니코에게 데리러 오라고 연락했다.

"그 나이에 무슨 짓이에요."

구니코의 첫마디는 그랬다.

미안하다고 사과할 수밖에 없었다. 스스로도 어리석은 짓을 저질렀다고 생각했다.

몇 년 만의 싸움인지 되돌아봤다. 사람을 때린 건 고등학교 이후 처음이고, 맞은 건 대학 때 이후 처음이다. 손등이 얼얼하고 얼굴은 반쪽이 아렸다. 내일 아침엔 부어오르겠구나, 하고 멍하니 생각했다.

그러나 돌아가는 택시 안에서 구니코는 별로 잔소리를 하지 않았다. 얼굴에 난 상처를 걱정할 뿐이었다. 싸움이 벌어진 이유를 경찰에게 들었기 때문인지도 몰랐다.

집에 돌아오자 곧장 옷을 갈아입고 침대로 기어들었다. 모토코는 아직 들어오지 않은 모양이었다. 평소보다 늦는다.

구니코가 얼음물에 적신 수건을 가져다줘서 누운 채로 얻어맞은 곳을 냉찜질했다.

조금 있으니 복도에서 소리가 들렸다. 모토코가 돌아온 듯했다. 얼굴에 난 상처를 어떻게 숨겨야 할지 고민스러웠다. 내일은 얼굴을 마주치지 말고 일찍 출근하자고 마음먹은 것도 잠시, 내일이 토요일이라 회사에 나가지 않는다는 걸 금방 깨달았다.

가만있자, 그럼 오늘이 금요일이란 말이지. 무슨 일이 있었던 것 같은데.

그런 생각을 하고 있는데 계단을 올라오는 발소리가 들렸다. 모토코가 자기 방으로 들어가나 보다고 생각하는 참에 방문이 벌컥 열렸다.

"아……."

"아빠, 괜찮아요?"

모토코가 입구에 서서 걱정스러운 듯이 묻는다.

"으응, 뭐, 별거 아니야."

얼굴에 수건을 댄 채 대답했다.

"별거 아닌 게 아닌데."

"괜찮다니까."

"정말? 나, 깜짝 놀랐어. 아빠가 싸움을 하다니 말이야."

"엄마한테 들었니?"

"응."

모토코가 고개를 끄덕였다.

"왜 싸웠는지도 들었어."

"그래……. 아, 맞다! 오늘이 그날이잖아. 덴카와이타
로상 발표하는 날."

"그렇지."

모토코가 숨을 길게 들이쉬었다.

"안 됐어."

"아, 그래……. 아쉽게 됐네."

목소리에 낙담하는 기색이 묻어나지 않도록 애를 썼다.

모토코가 고개를 저었다.

"아니야. 그 사람이나 나나 전혀 실망하지 않았어. 목
표가 더 높은 데 있으니까. 오늘 저녁에도 위로주 한잔
안 한걸. 대신 다음엔 어떤 작품을 쓸까 둘이서 작전 회
의를 했지."

미쓰오는 고개를 끄덕였다.

"그래."

"그럼 주무세요."

"응. 아 참, 모토코."

부르는 소리에 뒤를 돌아보는 딸에게 미쓰오가 나직이 말했다.

"힘내고, 그 사람 열심히 도와줘."

그러자 모토코가 숨을 한 번 크게 들이쉬었다가 내쉰 후 "알았어요." 하고 방에서 나갔다.

미쓰오는 천장을 바라보며 한숨을 내쉬었다. 그리고 다시 한 번 『허무승 탐정 조피』를 읽어 볼까 생각했다.

★ 아타미 게이스케의 소설

규에이 문고 호평리에 간행!

격철의 포엠

고층 맨션의 펜트하우스만 노리는 저격 사건이 발생. 한 마리 외로운 늑대 같은 형사 고지마 이와오는 마피아와 접촉해 세계적 범죄 조직이 배후에 있음을 알아낸다. 미군 기지에서 전투 헬기를 훔쳐 낸 고지마는 혈혈단신 범죄 조직과의 싸움에 뛰어든다.
제12회 『소설 규에이』 신인상 수상작

늑대의 외로운 여행

시합 중 상대 선수를 죽이고 만 격투기 선수 겐자키 다케시는 방랑 여행을 떠난다. 어느 날 그는 편지가 든 병을 발견한다. 그것은 옛 연인 마리아가 쓴 것으로, 자신이 비밀 조직에 납치당했다는 내용이다. 그 사실을 안 겐자키는 혼자서 비밀 조직에 뛰어든다.

총탄과 장미에게 물어봐

경찰청 국가 정보국의 암호 해석기가 도난당한다. 범행에 수수께끼의 비밀 결사가 관련된 것으로 본 전직 형사 고지마 이와오는 마피아의 도움으로 사설 군단을 결성해 비밀 결사의 요새에 공세를 펼친다. 그런데 적은 국회 의사당 지하에 군용 열차를 숨겨 두고 있었다. 과연 일본의 운명은?

★ 가라카사 잔게의 소설

허무승 탐정 조피
조그만 마을에 살인으로 보이는 사건이 발생한다. 하지만 사체를 찾을 수 없다. 그러자 다음 날부터 마을에 허무승이 속속 찾아든다. 그들이 주문처럼 읊조리는 '조피, 속이지 마라.'는 무슨 의미일까. 경악의 클라이맥스!
제1회 규에이 신인상 수상작

렌카 거리의 첩보 전술 기무코
메이지 시대, 미국에서 일본 육군성으로 운반되던 신형 폭탄이 열차 강도단에게 탈취당한다. 범인은 무사 출신 테러리스트들. 그들이 로쿠메이칸을 노린다는 것을 알아낸 내무성 특무국은 닌자의 후예인 남자를 스파이로 암약하게 한다. 과연 기무코의 정체는?

이상한 마을로 간 밀정 역사(力士)
때는 메이지 시대. 일본의 오지를 여행하던 미국 대사의 딸이 실종된다. 한편 도쿄에서는 대마가 유행하기 시작한다. 대사의 딸이 보낸 마지막 편지로 어느 마을을 주목하게 된 내무성 특무국은 스모 시합을 가장해 뚱뚱한 스파이 10여 명을 잠입시킨다.
제135회 나오모토상 수상작

★ 그 밖의 규에이 문고

심해어의 피부 호흡 오요소 긴이치

살의의 문어발식 배선 오요소 긴이치

마음껏 죽여라 아오모모 벤쥬로

지겹도록 죽여라 아오모모 벤쥬로

가족 백지화 하라구로 모토조

납량 드라마 하라구로 모토조

벨리 댄스 아저씨, 한 수 낚다 후루이 가부코

뚱뚱보 할머니의 통쾌하고 진한 화장 후루이 가부코

괴의 도둑 가면(제95회 나오모토상 후보) 오카와바타 다몽

괴인 해골 대 탐정 해골 오카와바타 다몽

붓의 길(제135회 나오모토상 후보) 사무카와 고로

* 절찬리에 발매 중